二見文庫

天使は涙を流さない

リンダ・ハワード／加藤洋子＝訳

Death Angel
by
Linda Howard

ローガン・チャンス・ウィーマンの笑顔に
そして、電子振替についての質問に答えてくれた
エクスチェンジ・バンク（為替銀行）のスーザン・ベイリーに

天使は涙を流さない

登　場　人　物　紹　介

ラファエル・サリナス	マフィアのボス
アンドレア・バッツ（ドレア・ルソー）	ラファエルの愛人
サイモン・クロス	暗殺者
リック・コットン	FBIシニア・エージェント
ゼイヴィア・ジャクソン	FBIエージェント
ブライアン・ハルシー	同上
スコッティ・ジャンセン	サイモンの協力者
ジャネット・ピアソン	銀行員
ドクター・ミーチャム	外科医
グレン	レストランのオーナー兼コック
キャシー	女性ドライバー

1

ニューヨーク・シティ

「よくやってくれた」ラファエル・サリナスが満足げに言った。声をかけた相手は暗殺者、部屋の反対側のドアのちかくに立っている。他人とちかづきすぎるのがいやなのか、サリナスを信用していないので、会談が険悪なものになったら逃げ出せるよう退路を確保しているのか——いずれにせよ頭の切れる男だ。サリナスを信用する人間より、警戒する人間のほうが長生きできる。サリナスのかたわらで丸くなっているドレア・ルソーにはどうだってよいことだが。理由がなんであれ、相手が距離を保ってくれるかぎり。

この男には虫唾《むしず》が走る。なにしろけっして瞬《まばた》きしないのだ。前に一度会ったことがあり、そのときも、彼女がいることがおおいに気に入らない様子だった。瞬きしないその目でじっと見つめられたので、正体を知る人間を視線で抹殺《まっさつ》する練習でもしているのだろうか、と思ったほどだ——むろん彼に金を払う人間は除くのだろうが、それだって、金が安全に手元に、あるいは口座に入り、それを回収したあとはわかったものではない。彼の名前も知らないし、知りたくもない。真実は人を自由にする、と言うけれど、この場合は命取りになりかねない。彼はラファエルの暗殺者だが、手下ではなかった。金で雇われるフリーの暗殺者だ。彼女の知るかぎり、いままでに少なくとも二度、彼はラファエルのために、金に見合うだけの働きをした。

彼のほうを見ようものなら、人の気を挫《くじ》く一瞥《いちべつ》を食らいそうだから、深紅色《マゼンタ》のペディキュアを調べるふりをする。けさ塗ったばかりだ。いま着ているクリーミーホワイトの部屋着に映えるだろうと思ったが、紫がかった色合いがどぎつすぎる。服の色と喧嘩《けんか》しないシェルピンクのような淡い色にすればよかった。まあ、何事も経験だ。

ほかの者たちなら、あなたのために働けて光栄です、とラファエルにおべんちゃらのひとつも言うところだが、暗殺者はなにも言わない。ラファエルの指が苛立たしげに腿《もも》を叩く。気詰まりなときにする癖《くせ》で、神経に障る。少なくともドレアにとって、口ほどに物を言う仕草だ。彼の気分も癖もすべて知りぬいていた。彼はいま恐れてはいないが、警戒している。つまり、部屋にもうひとり、切れる男がいるということだ。

「ボーナスを奮発しようと思うのだが」ラファエルが言った。「十万の上乗せ。どうだ？」

ドレアはうつむいたまま、その申し出の意味をすばやく推し量った。ラファエルの仕事にまったく関心を示さないようにするのは、とても骨が折れる。ラファエルはときおり、ごくさりげなく誘導尋問をしたが、それでなにを探り出そうとしているのか、まったくわからないふりでとおしてきた。その結果、警戒心の塊のラファエルが、彼女に警戒しないようになった。自分に直接関係のないことにはまったく関心がない女だと、彼は思っている。たしかにそのとおりだが、それはラファエルが考えているのとはちがう。彼のために暗殺者がだれを殺してこようが関係ない。彼女にとって大事なのはどんな服を着てどんな髪形をするか、セクシーでグラマラスな女でいることでラファエルをいかに引き立てるか、それだけだと彼は思っている。

もちろん最後の部分は彼女にとって大事だ。他人からよく見られると、ラファエルは朗らかで寛大な気分になるのだから。ドレアは右足首を飾るプラチナとダイヤのアンクレットをいじくり、ぶらさがったダイヤが陽光にきらめき、日焼けした肌にプラチナが映えるさまをうっとり眺めた。このアンクレットは、ラファエルが上機嫌のときの贈り物だ。暗殺者の成功で気をよくした彼が、また大盤振る舞いをしてくれることを、彼女は願っていた。お揃いのブレスレットなんていいかも——でも、口に出しはしない。ラファエルになにもねだらないよう気を配っていた。彼がくれるものがたとえどんなに醜い代物でも、まあ、とか、ワー、とか歓声をあげる。醜い代物でも売れるのだから。

ラファエルの人生における自分の立場は、永遠だなんて幻想は抱いていなかった。いまが女の盛りだ。成熟した女の色香をただよわせているが、白髪やしわを気にするほどの歳ではない。でも、一年、二年後にどうなっているかだれにわかる？

ラファエルはそのうち彼女に飽きる。それまでに充分蓄えておきたかった。宝石という形で。ドレア・ルソーは貧乏の味を知っていた。二度と貧乏生活をするつもりはない。貧乏白人の娘のアンディ・バッツとはきっぱり縁を切った。子供のころ、〝尻《バット》〟を連想させる苗字のせいで、意地悪なからかいの的だった。だから、アンドレア（フランス風に気取って〝アンドレイア〟と発音する）・ルソー（フランス風の名前に合わせた苗字）に変身したのだ。

「彼女」暗殺者が言った。「彼女が欲しい」

興味をひかれ――彼女ってだれ？――ドレアは顔をあげ……胃袋の底が抜けた。暗殺者があの冷たく瞬きしない目でこちらを見つめていた。ショックが津波となって襲いかかる。彼の言う〝彼女〟とは自分のことだった。部屋にはほかに女はいないのだから、彼女以外にありえない。純粋なパニックが冷たい指となって背骨をわしづかみにしたが、そこで常識が頭をもたげ、ほっと安心した。ラファエルは所有欲の塊だ。そんな要求を呑むはずが――

「ほかのものにしてくれ」ラファエルが物憂げに言い、彼女の肩に腕をまわして引き寄せた。

「幸運の女神を渡すわけにはいかない」彼が額《ひたい》にキスすると、ドレアは満面の笑みを浮かべて見あげた。ほっとして体の力が抜けそうだ。恐ろしくて気を失いかけたことはおくびにも出さない。

「もらうつもりはない」暗殺者は彼女を見つめたままそっけなく言った。「彼女とやりたいだけだ。一度」

ラファエルが要求を即座にはねつけたことで、ドレアは自信を取り戻し、笑いだした。鈴の音のような耳に快い笑い声だ。カールしたブロンドの髪といい、大きなブルーの目といい、鈴の音のような笑い声といい、おまえは天使を思わせる、とラファエルが一度言ったことがあった。だから、笑い声を武器として慎重に使ってきた。彼女はほんとうに彼の天使であり、幸運の女神だということを、ラファエルに無言で思い出させるために。

笑い声に、暗殺者の体が強張ったようだ。見つめる視線の激しいこと、肌に突き刺さりそうだ。それまでも、気をつけて見ていれば彼が警戒しているのはわかっただろうが、いまそれがさらに強まった。五感が鋭さを増し、視線が肌を焼く。その手で喉を絞められたかのように、彼女の笑いが不意に喉に詰まった。

「おれは分け合わない」ラファエルが言った。暢気《のんき》な口調の底に苛立ちがあった。ボスたるもの、自分の女を分け合うことはない。そんなことをしたら、手下に示しがつかない。統率力が失われる。暗殺者にはそれがわかっている。だが、ペントハウスにいるのは三人だけだ。ラファエルがなにをしたか、なにをしなかったのか、見ている者はいない。暗殺者が望みのものを手に入れられるかもしれないと思ったのは、そのせいだろう。

暗殺者はまた無言をとおした。ただ見つめるだけだ。まったく動いていないのに、あたりの空気がグツグツと煮立ったように感じられた。寄り添って丸くなっていたので、ラファエルがピクリとしたのがドレアにはわかった。空気の変化に、彼も気づいたのだろう。

「ほら、言ってみろ」ラファエルはなだめすかすように言ったが、ドレアは彼を知りつくしていた。本人は必死に隠しているが、不安を感じているのだ。彼のそんな態度に慣れていないから、警戒の視線を投げかけそうになり、マニキュアのはがれを見つけたように指を見てごまかした。「ほんのちょっとのことに、大金を無駄にすることはないだろう。セックスは安い。十万あればいくらでも買える」

それでも、暗殺者は墓石のように黙り込んだままだ。要求は出した。それを呑むかしりぞけるか、決めるのはラファエルだ。暗殺者はひと言も発せずに、提示された金を受け取るつもりのないことをはっきりさせた。ラファエルがしりぞければ、彼は立ち去るだろう。そしてラファエルは、必要となったとき暗殺者の腕をあてにできなくなる。それは最善の場合であって、最悪の場合――ドレアには考えたくもないことだが、最悪の場合が訪れるのだろう。彼のような男なら、なんだってできる。

ラファエルが不意にこちらを見た。その黒い目は冷ややかで、値踏みしていた。彼女はハッと息を呑んだ。突然の変わりように警戒心が湧く。ノーと言いつづけた場合の損失を秤《はかり》にかけ、要求を吞むべきか考えているの？

「もっとも」彼が言った。「こう考えれば納得がいく。セックスは安いし、十万あれば、おれだっていろいろなことができる」ドレアの肩から腕をはずし、立ちあがり、手馴れた仕草で足を横切るズボンの裾《すそ》が正しい位置にくるよう直した。「一度、と言ったな。これから仕事で出かける。五時間ほど留守にする。それで充分だろう」立ち止まり、軽い口調で言い添えた。「彼女に傷をつけるな」ドレアに目をくれることなく、リビング・ルームを横切ってドアに向かった。

なに？　ドレアは上体を起こした。まともに考えられない。彼はなんて言った？　なにをするって？　冗談でしょ、ね？　ね？

ドアに向かうラファエルの背中を信じられない思いで見つめながら、絶望を必死で抑えた。彼が本気のわけない。そんなことできるわけない。いまに振り向いて笑いだすにきまってる。暗殺者をだしにして冗談を楽しむのだ。彼女が心臓麻痺《まひ》を起こしかけたことなど、気にもとめない。いま彼がやめてくれたら、「おれが本気でそんなことすると思ってたのか？」と言ってくれたら、恐怖で死にかけたことも目を瞑《つぶ》ってあげる。だれが文句を言うもんですか。

彼が暗殺者に自分の女をくれてやるわけがない、そんな——

ラファエルはドアに手を伸ばし、開き……出て行った。

彼女は息もたえだえだ。つのるパニックに肺を締めつけられ、窒息しそうになりながら、必死でドアを見つめた。いまにも彼がドアを開け、笑うだろう。いまにもラファエルが戻ってくるだろう。

彼女は暗殺者を見なかった。身じろぎせず、瞬きせず、完全に凍りついていた。耳の奥で鼓動が轟《とどろ》き、心臓がバクバクいっていた。ラファエルがたったいましたことの重大さに押しつぶされ、なにも考えられなかった。体と頭の大半が麻痺していたが、かろうじて働いている部分が事実を把握していた。ラファエルは彼女をライオンに投げ与え、一瞬のためらいもなく、一度も振り返ることなく歩き去った。

視界に暗殺者が入ってきて、黙ってドアまで行き鍵をかけた——すべての鍵をかけ、デッドボルトもまわし、ご丁寧に安全チェーンまでかけた。たとえ鍵を持っていても、彼に気づかれずにだれも入ってこられない。

彼女の体が息を吹き返した。十センチのヒールで大理石の床を蹴《け》って逃げた。絶望に駆られ、考えも計画もないまま、体が自分の意志で反応したのだ。廊下に飛び出し、はっと気づいて不意に立ち止まる。頭が体に追いついたのだ。廊下の突き当たりはベッドルームだ。いちばん行きたくない場所。

必死で体の向きを変える。キッチン……あそこならナイフも肉を叩く木槌《きづち》もある――身を守れるかも――

彼から？　どんなに抵抗したところで、彼はせせら笑うだけ――それですめばいいけど、彼を怒らせて殺されるなんてことになるかも。一瞬のうちに、彼を避けることから生き延びることに、ゴールが変わった。死にたくない。どんなに乱暴な扱いを受けても、なにをされても、死にたくなかった。

安全な場所はない。逃げ込める避難場所はない。それがわかっていても、頭で認めていても、ただ突っ立ってはいられなかった。行く場所はどこにもなく、彼をとめる方法はひとつもないので、はるか下に街を見おろすバルコニーに飛び出した。柵まで行くとそれ以上は進めなくなった。飛ぼうとしないかぎりは。強い自衛本能がそれを許さなかった。生きているかぎりは、なんとか生き延びようとするだろう。

やみくもに手を突き出して柵の上の鉄の手摺りをつかみ、指に力を込めて虚空を睨《にら》んだ。眼下に広がるセントラル・パークは、鋼鉄とコンクリートでできたマンハッタンの森にある緑のオアシスだ。小鳥がはるか下を飛び交い、真っ青な空を大きな白い雲が流れてゆく。暑い陽射しが顔やむき出しの腕と肩に降り注ぎ、微風が髪をそよがせる。そういったあらゆるものから切り離された気分だ。なにもかも、頬に当たる太陽さえも現実のものとは思えなかった。

彼が近づいてくるのを感じる。すぐ後ろで立ち止まるのを感じる。足音に気づかなかった。風のそよぎとはるか下の街のざわめき以外、なにも聞こえなかった。それでも、彼がそこにいるのはわかった。肌が敏感になって警告を発し、死神が手を伸ばし、いまにも触れようとしていると教えていた。

彼の手がむき出しの肩に置かれた。

頭のなかでパニックが爆発し、火花が散って思考と行動を消し去った。なんの反応もしなかった。できなかった。その場に立って激しく震えた。それ以上のことも、それ以下のこともできなかった。

その感触を愛でるかのように、彼が腕をゆっくりと撫でおろした。その手は硬くあたたかく、指先も手のひらもまめができ荒れているが、触れ方は抑制がきいていて……やさしいとさえ言える？　乱暴に扱われると覚悟していたし、生き延びることしか考えていなかったので、実際の感触を認識することができなかった。まるで殴られたようにくらくらした。

手探りをつかんだままの指を軽く撫でると、手は向きを変え、おりてきたときと同様、ゆっくりとまた腕をあがっていった。肩まできてもとまらずに首筋へ向かい、豊かな髪をどけ、喉から顎《あご》の細い筋肉や腱《けん》をなぞってゆく。彼女の全身に悪寒が走った。彼の関心がシルクのタンクトップの太い肩紐《かたひも》に向かい、それをしばらくいじくってから指を下にもぐらせ、布地をなぞる。彼女がブラをしていないことに、彼がいままで気づいていなかったとしても、これでわかったはずだ。

「息をして」彼が言った。彼女に向かって発せられた最初の言葉だ。ややかすれた低い声で言われると命令に聞こえる。

彼女は喘《あえ》いで息を吸い、肺が大きく膨らんではじめて、失神寸前まで息を詰めていたことに気づいた。

あいかわらずゆっくりと彼の手が脇腹を這《は》っておりる。触れる手の熱が薄いシルクをとおして伝わってくる。タンクトップの裾までくると、指がなかに入ってきて、薄いクレープ生地のパンツのゴムのウェストバンドを探り当てた。これでパンティも穿《は》いていないことが彼にばれたわけだ。ドレアは喉のつかえを呑み込み、目をぎゅっと閉じた。

目を閉じたのは、彼を締め出し、いま、ここから自分自身を切り離す本能的な動きだったが、そのせいでほかの感覚がいっそう鋭くなった。彼がのんびりと腹を撫であげる。ほかに気をとられることがないから、その感触に全神経が集中する。筋肉を収縮させ、全身を強張らせ、また息をとめて、待った。

彼の手が左の乳房を包み込んだ。肺から空気を一気に吐き出す。彼は重さを量るように乳房を手のひらに載せ、指で撫でた。感じやすい乳首を親指で擦《こす》る。ざらざらした指の先で執《しつ》拗《よう》に撫でられ、乳首が鬱血《うっけつ》してピンと立った。すると彼は手を動かし、もう一方の乳房におなじことを仕掛けた。

頭がくらくらしてきた。触れられる歓びが思考を粉々にし、ただ喘ぐばかりだ。なにかにつかまらないとくずおれてしまいそうだ。思ってもいなかった、まさかこんなふうに……されるなんて。

彼はうつむき、首筋の敏感な部分に、熱くやわらかな唇を押し当て、背後から寄り添ってきて肩から膝まで体を密着させた。ああ、どうしよう、なんて熱いの。さっきまで寒かったのに、いまは彼の熱で焼かれている。暴力に対する覚悟はできていたが、彼は触れることで防壁をくぐり抜けた。それも、もっぱら歓びをもたらす触り方で。

「おまえを傷つけはしない」彼の唇が肌の上で動く。もう一方の手もタンクトップのなかに入ってきた。乳房を弄《もてあそ》ぶ。撫でて、乳首を摘《つま》んで。首筋に当たる彼の唇の動きに、またしても胃袋の底が抜けた。まるでローラー・コースター、めくるめく感覚の波に乗って、あがったり、さがったりを繰り返す。

どれぐらいの時間、そこにそうやって立っていたのだろう。心かき乱す歓びは果てしなくつづいた。羅針盤を持たずに海で遭難した気分だ。これまでの経験も想像力もおよびがつかない体験だから、なにをすべきか見当もつかない。歓び？　ラファエルとの関係は、彼を歓ばせることだけで成り立っていた。彼女の歓びは二の次、三の次だ。そのことを受け入れ、彼を満足させることならなんでもやってきた。彼女を肉体的に歓ばせようとしてくれた男と最後に付き合ったのはいつのことだった？　大昔のこと、記憶はおぼろげだ。自分自身の歓びを求めることは、ずっと昔にやめた。それをいま感じている。それも――文字どおり――冷血な殺し屋の手によって。とても信じられない。

彼が乳首を引っ張る。やさしく抓《つね》る。その感覚の激しさが性的興奮を生み、まっすぐ腿のあいだを直撃する。思わず両手をあげて後ろに伸ばしていた。体を弓なりにして彼の手に乳首を押しつけ、彼のうなじに指を這わせると、硬い筋肉の厚みを感じる。しがみつくと、自分が発するやわらかな誘いの声を耳にした。彼のズボンの前の硬い盛り上がりを感じ取り、尻を転がす。胃がまた収縮する。今度はやみくもな期待のせいだ。彼のほうを向きたい。

彼が向きを変えさせてくれない。手摺りに向かったまま、目のまえにもまわりにも街が広がっている。パンツのゴムのウエストバンドを彼が引っ張り、シルクのパンツを押しさげたので、むき出しの尻に冷気が当たった。腿にゴムが食い込む。

ふたたびパニックに襲われる。信じられない思いと恐怖がまたつのる。ここで？　屋根のないバルコニーでは、誰に見られるかわからない。通りははるか下だから、そこにいる人からは見えないだろうが、周囲の建物からは？　この街には無数の望遠鏡があって、何万という人たちが、隣人や通りの向かいのビルを覗き見している。ＦＢＩも麻薬取締局《DEA》も、ほかの誰かも、ラファエルを見張っているにちがいない。つまり、彼女のことも見張っているということで――この男は、その彼女を半裸でバルコニーに立たせているのだ。

　彼が低い心安らぐ声でささやきながら、さらに体を寄せてきた。彼女の裸身に体を押しつけながら、ふたりのあいだで手を動かす。ジッパーがさがるくぐもった音がした。指関節で尻を押し広げられ、驚いて小さく悲鳴をあげた。自分が恐ろしいほど無防備だということと、開かれた部分を重く圧するむき出しのペニスの感触以外、なにもわからなくなった。

「前屈みになって」

　彼女が言われたとおりにするのを、彼はうなじに手をあてがって確認する。両足のあいだに彼の足が入り込んできて、腿に食い込むゴムが伸びるぎりぎりまで脚を広げさせられた。彼は膝《ひざ》を折って体をさげ、最良の角度をとると、空いているほうの手で亀頭を開いた部分に擦りつけ、彼女と自分自身を湿らせた。そうして、ぐっと突いた。挿入はゆっくりで、厄介だった。

　針の先の釣《つ》り餌《え》の虫のように、ドレアは身悶《もだ》えした。腿の筋肉が強張り、ゆるみ、震えた。彼女の体を抱き寄せて支えながら、彼はゆっくりと引き抜き、もう一度突いた。右腕で彼女を抱え、左手をおろしてゆき、やわらかな陰唇をまさぐる。クリトリスを指で挟んだまま、彼女のなかで動く。引いて、突いて、引いて、突いて、太く長い彼のペニスがなにかに触れた――Gスポットだろう、たぶん――もう、そんなことどうだっていい、なにも考えられないまま、一気に絶頂へと駆けあがり、達していた。内側のひだが彼を搾《しぼ》り、荒々しく獣じみた声がドレアの喉を引き裂いた。

体に巻きつく彼の腕がなかったら、前に倒れ込んでいただろう。彼が腕を離して彼女を自分のほうに向かせ、彼女の喘ぎと震えがおさまるまで、泣くのをやめるまで、抱いていてくれた。なぜ泣くの？　嘘泣き以外、泣いたことなんてなかった。それなのに頬が濡れ、呼吸は荒くつっかえつっかえだ。自分を抑えようとし、なんとかそれができると目を開いて見あげた。彼と目が合い、またしても息を呑んだ。

彼の瞳は茶色だと思っていたけれど、いま目に映るそれは榛《はしばみ》色だった。でも、この色合いを言い表わすのにそれではとても足りない。ただ茶色と緑色と金色なだけではなく、青と灰色と黒がそこに混じり、白い筋が入っている。驚くほど多彩な色を秘めたダークオパールを思い出させる。それに、眼差しは冷たくなかった。熱く燃えあがる欲望を感じる。彼は少しも冷めていなかった。いままでの経験になかったことだ。男は絶頂に達すると、プレーをつづける気を失うものだ。でも、この男はまだ硬く、まだやる気があり、そして――

「あなたはいってなかったのね」ハッと気づいて、思わず口を滑らせた。

開いたガラスのドアのほうへ、彼がドレアを後ろ向きに歩かせ、さがったパンツがからまって転びそうになると、抱きあげた。「一度きり、そう言ったろう？」彼の輝く瞳から、熱と激しい意志が伝わってくる。「おれが達してようやく一度と数える」

2

　ラファエルのペントハウスのななめ向かいのビルでは、モニターを監視していたＦＢＩのエージェントが目をぱちくりさせ、驚いた声で言った。「ちょっと、愛人に男がいましたよ」

「なんだって？」シニア・エージェントがモニターにちかづいてきて、バルコニーのカップルをじっと見つめ、口笛を吹いた。「寸暇を惜しんでってやつか。サリナスはいま出て行ったばかりだ」顔をしかめ映像を見つめる。「こいつはいままでに見たことがない。身元はわかるか？」

「わかってないと思います。いまのところは。このアングルだと顔がよく見えないなあ」そうは言っても、最初のエージェント、ゼイヴィア・ジャクソンは、解像度をあげようとキーボードの上で指を躍らせた。サリナスはペントハウスを選ぶのに頭を使った。角度も高さも距離も、視覚による監視をむずかしくしていた――むずかしいとはいえ、そこからえられる映像は、苦労して拾っている音声よりはまだましだった。建物全体に防音装置が施されているばかりか、サリナスは盗聴を妨害するための高度な装置を設置していた。電話の盗聴が許されないのは、ジャクソンの考えによれば、高位の裁判官のなかに、サリナスと通じている者がいるということだ。彼の上等な仕立ての服のポケットにもぐり込んでいる奴が。まったく許しがたいことだ。彼の正義感に反する。善悪の観念はどこにいったんだ。裁判官も人間だから、愚かだったり、偏見をもっていたりもするし、ただの屑《くず》もいるが、悪に染まっていいはずがない。

カップルの静止画を人相認識プログラムに送ったが、あまり期待はしていない。

シニア・エージェントはリック・コットン、FBIひと筋二十八年のベテランだ。物静かで仕事ができるが、飛び抜けて優秀というほどではなく、うまく立ちまわって出世するタイプでもない。あと一年かそこらで退職し、年金を受け取るのだろう。彼が抜けたところで大きな穴が開くわけではないが、一緒に仕事をした仲間は、信頼できるエージェントとして長く記憶に留めるにちがいない。

ジャクソンは入局して六年、頭は切れるがろくでもない人間とも、ゴマすりの才能だけはあるボンクラとも仕事をしてきたから、コットンと組むことに異存はなかった。この世の中、いやなことだらけだ。まじめで有能な男と仕事ができてありがたいと思わなければ。

「これが突破口になるかもしれない」コットンが言った。ふたりは、コンピュータ・プログラムが正体不明の男の顔に名前を与えてくれるのを待っていた。これまでのところ、サリナスの防御壁に裂け目は見つかっていない。だが、ほかの男とやっている映像をネタに、愛人に揺さぶりをかけられる。内部の人間と通じることができれば大手柄だ――が、コットンの評判があがるわけではない。オフィスにいるずる賢く如才ない諜報員《オペレーター》が手柄をかっさらってゆき、コットンはそれに文句もつけず、これまでどおりコツコツと地道に働くにちがいないのだ。

ジャクソンは自分自身、ずる賢く如才ないオペレーターだと思っていた。この任務について以来、彼とコットンが費やしてきた耐えきれぬほど長く退屈な時間を思ったら、断じてほかの奴に手柄を渡しはしない。だが、コットンを出し抜く気はなかった。この男に対してそんな真似はできない。

分割スクリーンを見つめながら、もっとよいアングルを探したが、相手はこちらのことを知っているかのように、顔の一部以外をけっして曝《さら》そうとはしない。でも、彼の右耳――その鮮明な映像に、興奮のあまり動けなくなった。耳は役にたつ。形も大きさも、ついている位置も、蝸牛《かぎゅう》の螺旋《らせん》部も人によってちがう。変装する人間がうっかり忘れるのが耳だ。

人相認識プログラムは降参した。予想どおり、一致する人相はなし、という答が返ってきた。「さあ、ここを見て、鳩がでるからね」男にささやきかける。「写真を撮るよ」

一心に集中していたので、コットンが気まずそうに咳払いするまで、ジャクソンは自分がなにを見ているのか気づかなかった。「クソッ。あそこでやろうっていうのか、人目のあるあんな場所で」はっきり見えているわけではないが、カップルの位置と動きから、バルコニーでなにが起きているのかはあきらかだ。

そのとき、正体不明の男が体の向きを変え、カメラに背中を見せて歩きだし、途中から愛人を抱えてペントハウスに入ると、後ろ手にガラスのスライドドアを閉めた。

ただの一度も、顔をはっきりと見せることのないままに。


陽光が降り注ぐあたたかなバルコニーにいたあとだから、室内はよけいに涼しく薄暗く感じられた。それにふたりきりだ。ドレアは彼にしがみついた。脚は茹《ゆ》でたヌードルみたいで、脳味噌《のうみそ》はドロドロのお粥《かゆ》だ。彼がゆっくりとキスで彼女をなぞる。喉を伝って鎖骨を横切る。「ここは盗聴されているのか?」やっと聞き取れる低い声で彼が言う。彼女の肩の上で唇を動かし、肌にささやきかける。「どこかにカメラが?」

「いまはないわ」ドレアは答えた。欲望と恐怖の波に襲われ、体の内部が水に変わった。自分にしか興味のない、ちょっととろいお飾りの女、ようするに害のない女に見せかけるため、必死に演技してきた。人に見くびられているかぎり、優位に立てる……でも、彼はドレアを見くびっていない。それは嬉しくもあり、恐ろしくもあった。彼が演技の下の頭脳を見破ったとしたら、ほかの連中にも見破られていたのかも。その一方で、それほど重大な質問の答を、彼女なら知っていると彼は思った。そのことが、自分のなかに、ある程度同等に扱われたいという思いが眠っていたことを、ドレアに気づかせた。

いずれにしても、おバカのふりをつづけてもいまさらしょうがない。無謀にも言い足した。

「前はそうしてた。でも、どんなものでも、記録を残すのは自分にとって危険だと彼は判断したの」

最初のころ、ラファエルは、彼女がどこに行くにも尾行をつけ、彼女のベッドルームにもバスルームにも隠しカメラを設置して録画した。彼女にはプライバシーがまったくなく、ただ流れに身を任せ、まったく害のない退屈なことばかりやっていた。彼と暮らすようになって五カ月ちかくたったとき、ラファエルが、手下で電子機器オタクのオーランド・デュマに、カメラとマイクはすべて処分し、テープは燃やせ、と命じるのを立ち聞きした。すべてデジタル機器だからテープはない、とオーランドは言ったりしなかったが、ドレアはラファエルの無知を陰で笑った。

彼女がネイルサロンと美容院に週何度行くか、ラファエルが知りたいというなら、尾行をつけさせて彼の時間を無駄にさせてやろう。ショッピングに行き、テレビを観る。ちかくの図書館に通って、よその国の言葉はわからなくても見て楽しめる本を借りてくる。写真をじっくり眺め、異なる習慣や地理的特徴に関する他愛もない記述をラファエルに読んで聞かせる。すると彼はうんざりして、フェレットにもキツネザルにも興味はないし、世界一高い滝がどこにあろうが知ったことか、と言う。ドレアはちょっと傷ついたふうを装い、それ以後、他愛もない話題は口にしないことにした。じきに、彼女がペントハウスを出ても尾行がつかなくなった。

無茶はめったにしない。たいていは、尾行されていたときとおなじことをやっていた。あいかわらずネイルサロンや美容院に足繁く通い、実際に足を運ぶショッピングにも、インターネット・ショッピングにもたくさんの時間を費やした。ベッドルームのテレビはショップ・チャンネルに合わせてあり、商品番号を控えるためのメモ用紙をいつも手元に置いていた——ラファエルが誰かに調べさせる場合に備え、番号を走り書きしたり、書きなおしたりしておいた。彼がさらに調べるかもしれないから、実際の商品番号を控えておいた。たいていの時間、ラファエルが彼女にやってほしいと思っていることをやった。

しかし、ときどき別のことをやる。ラファエルは無慈悲で世慣れているが、彼女が隠れてなにかやれるほど頭がいいとは思っていないから、まんまと裏をかくことができた。

でも、この男、彼女を腕に抱いているこの暗殺者は、彼女が慎重に作りあげた仮面の下を覗き込み、パンツを脱がせたようにいともたやすく、彼女の鎧《よろい》を脱がせて裸にした。彼の細めた目を見あげながら、ほかになにを見ているのだろう、と彼女は思った。彼女の秘密は守られるのだろうか、それとも、戦術的に有効だと思ったとき切り札として使うつもりなのだろうか？　ラファエルに関する情報が欲しいのかもしれない。彼がなにをさせるつもりにせよ、従うしかない。ほかに選択肢はなかった。否も応もない。なぜなら、この男は、ラファエルに背くことのできる数少ない人間のひとりにちがいないから。

考えているうちに、オーバーヒートした感覚の支配から解き放たれた。頭はすっきりしたものの、またパニックに襲われた。彼はまだ終わっていない。いままでは傷つけられなかった――それどころか、その逆だ――が、だから安全だとは言えない。彼女を油断させ、リラックスさせるための前戯だったのかもしれない。いきなり殴って歓びをえるタイプかもしれない。

「おまえは考えすぎる」彼がささやいた。「また緊張してきた」

考えなさい！　ドレアは自分に命じ、意志の力でパニックを追い払った。考えなければ、自分を取り戻さなければ。ああもう、なんて馬鹿だったの？　自分の肉体がなんのためにあるのか知らない世間知らずみたいに振る舞う代わりに、肉体を最大限に利用し、自分は特別だと男に感じさせるよう仕向けるべきだった。

自分の手を見つめる。彼の肩の硬い筋肉に指を埋めてしがみつき、彼も自分も駆り立てようとした。言葉と行為の両方で彼を刺激すべきだ。フェラチオでもなんでもやって彼をいかせるべきだ。そうすれば――ああ、おねがいだから――彼は出てゆき、これからとるべき最善の道を決める時間をもつことができる。やるべきことがたくさんあるのに、いまはそのどれにも手が届かない。

「ベッドルームはどこだ?」彼が尋ね、鋭い目であたりを見まわした。「おまえがサリナスと寝ている場所でなく。どこかほかの場所」

「あたしたち……一緒に寝ていないの」ぼそぼそっと言う。またしても、うっかり口を滑らせた。彼の視線が戻ってきて、目が細められる。その動きのひとつひとつに脅威を感じ、彼女は震えた。「つまり、寝るのはべつべつなの。自分の部屋があるから」

心臓がバクバクいう。一拍置いて、彼が言った。「おまえが彼の部屋に行く」

それは質問ではなく事実を述べたのだ。超人的な正確さで、ラファエルのことを理解しているのだろう。それでも彼女はうなずいた。ラファエルがセックスしたいときには、彼女がラファエルの部屋に行く。あたりまえだ。みんなラファエルのもとにやってくる。彼のほうから出向くことはない。ことがすむと、彼女は自分の部屋に戻る。自分で創りあげた〝バービー人形人格〟に合わせて、部屋は女らしくごてごてと飾り立ててある。

「おまえの部屋」彼が言う。

ドレアは右のほうに目をやった。「この廊下の突き当たり」

彼がドレアを床におろして屈み込み、彼女のパンツを足首までさげた。「足を抜け」彼女は言われたとおり、白い薄布の溜まりから足を抜いた。タンクトップと十センチのヒールしか身につけていないことに、戸惑いを感じている暇はなかった。また彼に抱きあげられると、両脚を腰にまわしてしがみつくしかなかった。彼女を抱いたまま、彼は廊下を進んだ。

彼が一歩踏み出すごとに、岩のように硬いものが、尻の窪《くぼ》みのやわらかく腫《は》れた部分を突いた。ドレアは腿を引きしめて、自分のそこを硬く長いものに擦りつけ湿り気を与えた。そうやって、彼に自制の限界を超えさせたかった。触れ合う部分で凝縮した熱い興奮が、一気に全身を駆けめぐったのには驚いた。すでに絶頂に達していた。またそれを迎えるなんて思っていなかった。もう、こんなふうにいくなんて、思ってもいなかった。この状況そのものも、想像していたのとまったくちがっていた。なんとか自分を取り戻そうと必死になっても、そのたびに足元をすくわれる。興奮にわれを忘れてしまう。

部屋のまえまで来たので、かすれ声でなんとか言った。「ここ」ドアノブをまわそうにも、彼から体を離すことができない。彼は自分でドアノブをまわし、片腕を彼女の尻の下にあてがってさらにきつく抱き寄せ、もう一方の手でドアを開けた。その動きでふたりの位置がちようどよくなり、彼のものが不意に滑り込んできて、熱い疼《うず》きが全身の神経を震わせた。まるで電気ショックだ。思わずうめき、全身の筋肉が強張る。なす術《すべ》もなくあがったりさがったりを繰り返し、彼の腕のなかで動ける範囲を限られながら、できるかぎり彼を深く取り込もうとした。この角度では、ペニスの先五、六センチがせいいっぱいだが、それでも前後に動くと、亀頭の厚い隆起が彼女のなかで小さな爆発を起こした。まだ物足りない。もっと欲しい。いますぐに深く根本まで入れてほしい。

彼の息遣いが少し速くなった。勃起《ぼっき》以外に、彼が多少でも興奮している唯一のしるしだ。あきらかにセックスはしたいが、彼女自身に特別な関心はないことの証明のような気がして、ドレアは屈辱にカッとなった。ここにいて求めに応じている。彼女の利用価値はそれだけだ。体が凍りつき、恐ろしいことにまたもや涙が込みあげた。頑固に瞬きして払う。

どうなってしまったの？　自制を失うのは彼女ではないはずだ。男を支配するために、欲しいものを手に入れるために、セックスを武器にしてきた。いったいどうしてしまったの。この男を恐れたせいで、自分を守る要塞がもろくも崩れ去った？　オーケー、つまり彼はワルの王さまだ。でも、これまでずっとワルを相手に生きてきた。そこから学んだことがあるとすれば、ムスコが頭をもたげて主導権を握ったら、男は考えるのをやめるってこと。

彼にはそれが通用しないようだけれど、われを忘れさせることができれば、なんとかなるだろう。きっとそうさせてみせる。いま彼女が感じているような、どうにもならない状況に彼を追い込んでみたい。彼のなすがままに熱く激しく震えるのではなく、彼女のなすがままに、彼をそうさせたい。でも、そうなったら容赦はしない。そこのところは、彼ほど甘くはない。

彼はベッドまでたどりつくと、彼女をマットレスの上に放った。マットレスの揺れがおさまるころには、彼は服をほとんど脱ぎ去っていた。そして最後の一枚を脱いだ姿に、彼女は息を呑んだ。その裸体は硬く引きしまり、どちらかと言えばほっそりしていた。胸毛は薄く、全身日焼けしているということは、裸で日光浴をしたということだ。全裸でのんびり陽射しを浴びている彼を想像すると、どういうわけだか胃が縮まり、神経がピリピリしてきた。

彼が腰を屈めてタンクトップを脱がせた。あとは尖《とが》ったヒールの靴だけだ。ダークオパールの眼差しが乳房に注がれる。男の欲望がむき出しの眼差しに、まるで口に含まれたかのように乳首がツンと立った。のけぞりながら、腕を交差させて胸を守りたいという不可思議な衝動と闘った。彼に見つめられると、これまでになくむき出しで無防備で、素っ裸な気がする。

彼は手を伸ばして両の乳首を指先で軽くなぞると、両手を彼女の両脇に突き、上体をさげて乳房をかわるがわる口で愛撫した。あまりにもやさしい感触だから、圧迫よりも熱を感じる。

息をとめ、彼が与えてくれるよりもっと求めて、体をのけぞらせる。

必死に彼のものを手さぐりする。釣り合いをとるために、力をこの手でつかむ必要があった。指が太い棹《さお》を握った、と思ったつぎの瞬間、彼に手首をつかまれ、きっぱりと遠ざけられた。「けっこうだ」彼が穏やかに言った。差し出されたトーストを拒むように。

「だめ」彼女は無謀にももう一度手を伸ばした。「あなたを口に含みたいの」これまでの経験から、この申し出を拒める男はいない。

ところが、彼はおもしろがっているのか、厳しく引きしめた口元をかすかに歪め、彼女の手をつかんでベッドに押しつけた。振りほどこうにもできない。「そうやっておれをいかせるつもりか？　一刻も早くおれを厄介払いしたいんだな」

ドレアは彼を見あげた。欲望と怒りと、居座りをきめた恐怖がないまぜになった感情の嵐に翻弄《ほんろう》され、体が震えた。

彼はもう一方の手もつかんで彼女を動けなくすると、のしかかってきて欲しいものを手に入れた。

それからの数時間は欲望とセックスと疲労でおぼろげな記憶しかないが、それでも意識がはっきりしていたときが何度かはあった。三度目の絶頂を迎えたあと、あまりの刺激の強さにぐったりし、これ以上は耐えられずにもがいて逃げ出そうとしたときだ。「ほっといて」不機嫌に言い、引き戻そうとする彼の手を叩くと、彼が笑った。

ほんものの笑いだった。

彼の口元に覗く白い歯を見あげ、これで何度目だろうか、胃がギュッと縮まって底が抜け、彼のせいで呼び覚まされた渇望の暗い穴に転がり落ちた。自分の欲望より彼女の気持ちを優先する男に、会ったことがなかった。ゆっくりとしたタッチと熱いキスで、念入りに快感を高めてくれる男に、会ったことがなかった。彼女にとってオルガスムは演じるもの、ひとりのときにこっそりえるものだった。自分の反応に気をとられていたら、男に最大限の歓びを与えられないから、自分からそうしてきた。

彼女がいつもやっていることを、彼がしてくれた。お株を奪われた。彼女のことに意識を集中し、酔ってくらくらするほどの快楽を与えてくれた。彼はいきそうになると自分を制御した。そういうことが何度かあり、緊張がおもてに現われるようになった。髪は汗で濡れ、顔には必死でこらえる表情が浮かんだ。彼女を見つめる眼差しは肌を焦がすほど熱かった。

そんなときに彼が笑ったのだ。その瞬間、彼はリラックスし、つかの間――ほんのつかの間――無防備になった。

彼は唇にキスしなかった。それこそ全身にくまなくキスしたが、口には一度もキスしてくれなかった。なにがなんでもそうしてほしい。ドレアはやみくもにそう思った。反射的に手を伸ばし、彼の顔に触れた。顎の厳しい線を指でなぞると、伸びかけのひげの感触と肌の熱さが伝わってきた。触れられる意味がわからないと言いたげに、彼は眉をちょっと吊りあげた。ドレアは欲望に負け、上体を起こして彼の口にキスした。

凍りつくようなその瞬間、顔をそむけたいのを必死でこらえているのか、彼は石のように体を硬くした。キスを拒まれるものと覚悟すると、彼女の胸のなかでなにかがギュッと縮まった。

でも、彼は拒まなかった。だから、そろそろと頭を傾け、接触を深くした。彼の唇はやわらかく、あたたかだった。あたためられた彼の匂いがドレアを満たし、誘いかけ、満足から渇望へと彼女を目覚めさせた。彼は口を開いて彼女を受け入れてくれない。でも、怖くてもっとと望めない。思いきってやわらかな唇に舌の先で触れてみた。

藪《やぶ》から棒に彼がキスを返した。彼女から支配権を奪い取ってマットレスに押し倒し、重たい体を重ねてきた。彼のなかで原始の獣がいましめから解き放たれたように、彼女の唇を貪《むさぼ》った。餓《う》えた彼の口が熱く求め、舌をからませてさらなる反応を引き出そうとする。ドレアは腕と脚を彼にからめてしがみつき、自分が起こした嵐に身を任せた。

疲労困憊《こんぱい》でうとうとしていたときに、彼の名前を知らないことに気づいた。誰にも触れさせたことのない心の奥のどこかが、そのことで傷ついた。彼のキスがドレアを大胆にし、かたわらで大の字に横たわる彼の胸に手を伸ばした。指に伝わる鼓動は速く、力強かった。脈打つ命につながりたくて、手を広げぴたりと押し当てた。「あなたの名前は？」尋ねる声はやさしく、眠たげだった。

一瞬の沈黙があった。彼女が尋ねた理由を推し量っているのだろうか。やがて、彼は冷静に、撥ねつけるように言った。「おまえが知る必要はない」

黙ったまま彼の胸から手を離し、体の脇で握りしめた。彼に馬乗りになって、お願いだから教えてとしつこくねだりたかったが、うるさく迫らないことを自分のなかできまりにしていた。いつでも愛想よく振る舞い、自分から行動をしないことが習い性になっていた。それでも、彼の不信感に心が凍った。ふたりのあいだに不思議な絆《きずな》が生まれたと思っていたのに、彼はそうは感じていなかったのだ。彼は殺し屋だ。ほんもののプロだ。だれも信用しないことで、トップの地位を守ってきた。

しばらくして、彼が頭をあげて時計を見た。ドレアもおなじことをした。そろそろ四時間がたとうとしていた。

「さて」低くかすれた声で言うと、彼が上にかぶさってきて膝を割り、彼女の上に、なかに、位置を占めた。筋肉を強張らせ、喉の奥から、胸の奥から、くぐもったうなり声を発する。体を震わせたのは、自分を解き放つ歓びが痛みと紙一重の激しさを伴っているからだろうか。

挿入の力強さに、ドレアは息を呑んだ。彼にいろいろとされたせいで、腫れてヒリヒリしていたけれど、終わりにしてほしくなかった。「まだ一時間あるわ」どことなく懇願するような自分の口調がいやだった。

皮肉な表情が彼の眼差しをきつくする。「五時間たっぷり使ったら、サリナスがおもしろく思わないだろう」彼は言い、長く深く突きはじめた。まるでダムが決壊し、閉じ込められていたパワーが一気に迸《ほとばし》り出たかのようだ。彼女にできるのは、彼にしがみついて嵐を乗り切り、彼がそうしてくれたように、存分に使ってもらうために自分の体を差し出すことだけだ――自分がそんなふうに反応するとは、意外だった。彼が全身を引きしめて、達しはじめた。喉の奥からうめき声を発し、力強いリズムで昇りつめる。その体に脚をからめてのけぞり、彼を追って絶頂に達すると、荒々しい歓びの叫びが彼女の喉を切り裂いた。

ふたつの肉体の興奮が鎮まる。彼は自分を引き抜きさっさと離れた。「シャワーを使ってもかまわないか？」彼は尋ね、バスルームに向かった。

ドレアはやっと自分の声を見つけだし、ささやいた。「もちろん」彼はすでにドアを閉めていたのだから、意味のない許しだ。

くしゃくしゃのシーツのあいだに横たわっていた。起きなければならないとわかっていても、行動を起こすことができない。体はぐったりと重く、疲労で瞼《まぶた》が落ちてくる。脈略のない考えが浮かんで消える。すべてが変わってしまったのに、どこがどう変わったのかわからない。ラファエルとの時間は終わった。終わりに向かっている。そのことを考えなければ、これからどうすべきか考えなければ。自分がなにをしたいかわかっていた。それはあまりに新鮮で、馴染みのないことだから、うまく理解できなかった。

十分もすると、彼がバスルームから出てきた。髪は濡れ、肌は彼女の石鹸《せっけん》の匂いがした。黙って服を着る。考え事をしているのか、よそよそしい表情だ。ドレアはうっとりと見つめ、彼がこっちを見てくれることを願った。この数時間にふたりが分かち合ったものはあまりにも激しく、それ以前の自分の人生を思い出せないほどだった。くっきりと境界線が引かれ、それ以前のすべては灰色の陰に沈み、以後のすべては極彩色だ。

待っているのに、彼は黙ったままだ。それでも待った。服を着終えたらこっちを向いて、言ってくれる……なにを？　なにを言ってほしいのか、自分でもわからない。胸のなかでまた痛みが膨れあがり、息ができないほどだ。ラファエルのもとには留まれない。もっと欲しいものがある、もっとなりたい自分がある、それに……ああ、この男が欲しかった。その思いはあまりにも激しかった。その思いの大きさや深さに気づくことが怖かった。

彼はなにも言わずにドアのほうを向いた。彼女はパニックに陥ってパッと起きあがり、シーツを胸元にかき寄せた。ラファエルとおなじような去り方ができるはずがない。彼女にはなんの意味もなく、価値もないかのような去り方が。

「あたしを連れていって」屈辱の涙を必死でこらえ、口走った。

彼はドアノブに手をかけて立ち止まり、ようやく彼女を見た。顔をちょっとしかめる。

「なぜ?」彼がなんとなく戸惑って尋ねる。なぜ彼女がそんなおかしなことを言いだすのか理解できないのだ。「一度で充分だ」そう言うと、彼は出て行った。ドレアはベッドの上で身じろぎもできない。彼の動きはあまりに静かだったから、ペントハウスのドアが開いて閉まる音も聞こえなかった。でも、彼がいないのはわかった。出て行った瞬間、そうだとわかった。

深い静寂に包まれ、まるで霊廟《れいびょう》にいるようだ。やるべきことがあるのはわかっていたが、とてもできそうになかった。ただそこに座り、やっと息をしているだけだ。人生が不意にめちゃめちゃになってしまった。いろいろな意味で、やられてしまった。

3

暗殺者はサリナスのペントハウスを出ると、エレベーターは使わず、階段で四階までおりた。ポケットから鍵を取り出し、二カ月前から借りている豪華なアパートメントのドアを開けた。どこかに住まなければならないのだし、始終動きまわっているにしても、居心地がいいにこしたことはない。長期にわたって悲惨で不便な生活に耐えなければならないこともあり、それはできる――やってきた――が、いまはそういう時期ではない。それに、サリナスの鼻先で暮らすのも一興だ。

静寂があたたかな毛布のように彼を包む。リラックスできるのはひとりきりのときだけだ――リラックスするといっても、彼の場合はたかがしれているが。部屋はがらんとしていた。家具を買えないからではなく、なにもないがらんとした空間が好きなのだ。眠る場所があり、座る場所がある。テレビとコンピュータもある。キッチンには必要最低限のものが揃っている。ほかにはなにもいらない。

ここを出るときには、すべてを洗浄剤で拭いて指紋を取り去り、家具は慈善団体に寄付する。最後に掃除業者を頼み、彼がいた痕跡をいっさいなくす。

服の何枚かは持っていくつもりだが、家具と同様、数度着ただけで寄付していた。彼の気づかぬうちに服から糸屑が落ち、清掃業者も見落としたとして、それを優秀な鑑識課員が発見し、運命の女神が捜査官に味方して彼にたどりついたとしても、彼のワードローブから糸屑の出所である服が見つかることはない。

コンピュータは彼のアキレス腱だが、それがなければ仕事に必要な事前調査はできないから、定期的にハードドライヴのデータを消し、あたらしいのに入れ替えるなど、危険を最小限に留めるためできるだけのことはやっていた。さらに念には念を入れ、古いハードドライヴは物理的に破壊していた。こういう安全管理は時間を食われるが、それも人生の一部だ。文句は言わずにやるだけのこと。

移動は身軽に、すばやくが信条だ。なにに対しても感傷的な愛着はもたないから、離れられないものなどなかった。人間に対しては……荷物とおなじだ。一時的なもの。好ましいと思う人間はいるが、距離は置いている。彼に強い感情を抱かせる人間はいなかった。怒ることもない。そういうのは時間の無駄だ。ちょっとした諍《いさか》いなら立ち去るだけだ。対処しなければならないなら、冷静に効率的に行なう。あとで悩んで時間を無駄にはしない。

人を殺すことは、悩むことでも、楽しんでやることでもない。ただの仕事だ。彼には自分がわかっており、自分を受け入れていた。ほかの人が感じるようには感じない。彼にとって感情は穏やかで、隔たりのあるものだ。おかげでなにものにも捉われることがなかった。頭脳は明晰《めいせき》、肉体は強靭《きょうじん》ですばやい。人並みはずれた手と目の協調関係は、真に優れた射撃の名手に備わっている特質だ。彼のすべてが、選んだ仕事に適していた。

これといった基準は定めていない――基準には道徳的規範といった意味が含まれる――が、ルールは設けていた。一番目のルール、警官は殺さない。けっして。どんな状況でも。仲間を殺されようものなら、法執行機関は一丸となって犯人を追いつめる。それに、恋愛関係がからまる仕事は引き受けない。面倒だし、金にならない場合が多い。標的はほとんどが犯罪組織や産業スパイや政治がらみだ。犯罪組織の人間が殺されても警察はそれほど真剣にならないし、二番目のカテゴリーでは、事件そのものが闇から闇に葬られる。政治がらみの仕事は、この国ではやったことがなかった。おかげで後腐れない生活を送れる。

ベッドルームで服を脱いでクロゼットのなかの洗濯籠《かご》に放り込み、裸でバスルームに行って、耳たぶから肌色のラテックスを慎重に剝《は》がした。彼はつねに外見にちょっとした細工を施していた。用心しすぎるということはない。テロリストのおかげで、いたるところに監視カメラが設置されるようになった。下調べを怠らず、監視カメラが設置されそうな場所を確認し、映されていることを想定してアングルを考える。

ドレアのバスルームでではなく、こっちでシャワーを浴びてもよかったが、彼女はああ見えてすごく頭が切れる。よほどのことがないかぎり、四時間のセックスのあとで体を洗わずにすます人間はいない――すぐによそでシャワーを浴びられるのでなければ。たとえばおなじ建物のべつの場所で。彼女がそういう結論に達するときまったわけではないが、用心に越したことはない。サリナスをたぶらかすほど頭のいい女だ。見くびらないほうがいい。

きょうの午後は……満足した。とても満足だ。サリナスについていろいろわかったばかりか、自己抑制の枠を広げておおいに楽しんだ。サリナスがどれほど彼を必要としているか知りたかった。答は、とても――自分の女を分け合うことに同意するぐらい――必要としている。それが、彼の生得権や地位やエゴの基盤を揺るがすことであっても。サリナスほどの地位にある男が、自分の女をくれてやるのは、その女に飽きたときぐらいだが、今回はそうではなかったはずだ。

最後に狙った相手がメキシコの大物の麻薬商人だったことが、暗殺者の興味をかき立てた。サリナスは大物の配給業者だが、彼の仕事は麻薬取引の連鎖組織のうち引渡しの部分にかぎられる。麻薬密売人はつねに殺し合っているが、配給業者が供給業者を抹殺するのは……妙だ。なにかある。この稼業のトップにいる男にとって、それは金のなる木にちがいない。

あらゆる角度から可能性を検討し、知りたい情報をうるための方法を考え出した。答が〝イエス〟なら、サリナスはじきに暗殺者をまた雇うことになる。彼は必死だ。ということは、暗殺者の言い値を呑むしかない。答が〝ノー〟でも、こちらに被害はない。サリナスとは二度と仕事ができなくなるという危険はあるが、仕事にあぶれることはない。ほかの奴を殺したいと思っている人間は、世の中にあまるほどいる。経済的に下降線をたどることはない。しかも〝イエス〟の答を得たうえに、思わぬ余禄に与《あずか》った。ドレアだ。

もともと孤独を好む質《たち》だが、聖人君子ではない。女は好きだしセックスも好きだ。もっともどちらも、肉体的満足をもたらしてくれるものにすぎない。だから、べつになくても困らない。ほかの奴の女とは距離を置くようにしている。面倒なことになって、注目を集めるのはごめんだ。しかし、ドレアだけは、はじめて会ったときから気になっていた。

外見ではない。とくに好みのタイプはないが、瘦《や》せすぎなのや、セクシーすぎるのや、美人だけど頭は空っぽなのはお呼びじゃない。彼女には、一瞬にして強く惹かれた。きっと肌合いがすべてのマイナス要素を上まわり、もう一度彼女を見る気にさせたのだ。気づいたのはそのときだった。彼女がどう装い、どう振る舞おうと、けっして馬鹿ではないことに。

それを見抜いたのは、彼女がドジを踏んだからではない。馬鹿のふりは完璧だ。そうではなく、彼自身の研ぎ澄まされた観察眼のおかげだ。生まれつきの素質が訓練で開花し、熟達の観察者となった。捕食者の本能が、表情やボディランゲージの微妙な変化を見逃さない。彼を警戒させたのがなんだったのか、これと指摘はできないが、彼女の髪の下には明晰な頭脳が隠れていて、サリナスをヴァイオリンのように奏でているのがわかった。

そのことに気づくと、彼女の演技力に感服し、ますます惹かれた。彼女は詐欺師《さぎし》ではない。サリナスは払った金に見合う満足をえているはずだ。だが、彼女はあきらかに危険を冒している。少しでも彼女に疑いをもてば、サリナスは眉ひとつ動かさず彼女を殺させるだろう。

逆境を生き延びる人間を、暗殺者は尊敬する。ドレアがそうだ。彼女をものにできるチャンスがあれば、ためらわずにつかむ。

最初の反応には、いささか面食らった。ルックスと体を武器にサリナスのような男から欲しいものを手に入れている彼女のような女にとって、セックスは売り物のはずだ。彼女のためらいは、サリナスのエゴを満足させるための演技だと思ったが、ほんとうに怯《おび》えていることがわかると、頭のなかで肩をすくめたい気分になり、手をひこうと思った。サリナスの反応から、知りたい情報は手に入れていたから。

彼女がバルコニーに逃げたので、そのまま立ち去ろうとしたが、らしくもない衝動に駆られて追いかけた。彼女はバルコニーから飛びおりるほどの怯えようで、それはまずい。バルコニーに出るのは危険だ――ＦＢＩがつねにサリナスを監視している――が、それだけの価値はあった。彼女の腕に触れると、電気の接続に似た焼け焦げるような感触があり、一瞬のうちに彼女が反応してきた——怯えながらも、彼が感じたのとおなじ強力な化学反応を感じたようだった。

セックスに時間をかけるのが好きだが、きょうばかりはちがった。ドレアは恐怖を克服すると、とたんに熱くなって彼を焦がした。その反応の激しさから、関心をもたれることに、ほんとうの自分をわかってもらうことに、どれほど餓えているのかがわかった。人を撫でて気分をよくさせるより、撫でられてあやされたいのだ。サリナスは女を欲求不満にして平気な、自分勝手で怠惰《たいだ》なろくでなしにちがいない。

満足のいく午後だったが、繰り返すつもりはなかった。彼女にも言ったように、一度で充分だ。サリナスがまた連絡してくるまで、姿を隠さなければ。この展開を金銭的に有利な方向へもっていくことに、意識を集中しなければならない。

四十分後、猫背で足元がややおぼつかない年配の紳士が、玄関を出て行った。歩道の縁まで行くと杖に寄りかかり、ドアマンがタクシーを停めるのを待った。

通りのはるか上のほうでは、ゼイヴィア・ジャクソンとリック・コットンが、老紳士の退出を記録していたが、これまでも何度か出入りするのを見ているし、通り一遍の調査でこのアパートメントの住人だとわかっていたから、彼らの関心はすぐにほかに移った。

4

彼の言うとおりだ。あのクソッタレの。ラファエルは約束の時間より早く戻ってくるだろう。

ドレアはやっとの思いでベッドを出た。両脚は重く、非協力的だ。あの部分がヒリヒリする。よろっとしてベッドにつかまる。骨の髄まで寒くて歯がカチカチ鳴る。血液が凍ってしまった。全身の細胞に冷気が行き渡り、内側から凍りつかせる。

こんなに寒いのははじめてだけれど、ベッドで縮こまる贅沢《ぜいたく》を自分に許さなかった。この災難をかわすためになにかしなければ。思いつくのは一か八かの大博打だけだ。シーツと枕のしわを丹念に伸ばし、足を引きずるようにしてキッチンに行き、ファブリーズの缶をつかむ。ベッドルームに戻り、ベッドのリネンにファブリーズをスプレーし、きちんと整えてから羽毛の上掛けをいつもどおりに掛ける。飾りの枕をいつもの順番に並べ、ベッドルームとバスルームにファブリーズをスプレーした。気のせいかもしれないが、彼の匂いがする。

どうしてこう寒いの？　空気が凍りついているような気がするが、サーモスタットを調節している時間はない。ファブリーズをキッチンに戻し、散らかった服を集めてバスルームに持ってゆき、いつもやっているように床に落とした。それからシャワーを出し、我慢の限界まで温度をあげ、手早く石鹸をつけて匂いや粘りを洗い流した。シャワーのおかげでいくらかあたたかくなった。

考えるの！　考えなければ。

考えられない。怒りが濃いタールのようにボコボコ音をたて、脳味噌を冷たい闇でおおいつくす。どうしてあんな馬鹿な真似をしたの？　馬鹿、馬鹿、大馬鹿よ！　自分がいやでたまらない。〝幸せに暮らしましたとさ〟のおとぎ話を信じるほど初心《うぶ》じゃないのに、イチモツの使い方を知っている男と数時間過ごしただけで、あたしを連れていって、とすがりつくなんて。いいえ、ただの"男"ではない、歯を磨く気軽さで人を殺す男だ。

自分を嘲《あざけ》る気持ちが胸にわだかまり、呼吸が苦しくなる。いったいなにを考えてたの？　彼がゆっくり、ゆったりしていて、こちらが絶頂に達することに気を配ってくれたから、もしかして愛されているのかもって思った？　そう、そのとおり。彼のテクニックがいままでの男とちがっていた、それだけのこと。ほかの男たちとおなじで、自分が果てたらとたんに興味を失った。

餓えた獣みたいに、屈辱感がしゃぶりつく。感情的にのめり込んだりしないで、セックスだけを楽しめばよかったのに。十五歳のときそのままの初心で馬鹿な女の子みたいに、男がすべてをよくしてくれると思い込むなんて。もっと悪くするばかりなのに。

あのころはそれでも若かった。男に夢中になったあげくに、妊娠して捨てられた——あのころはひとりぼっちだった——だから、馬鹿なことをやっても言い訳がたった。いまはちがう。言い訳はできない。

石鹸を洗い流してシャワーを出る。暗殺者が使ったタオルを使うのは、吐き気がするほどいやだったが、ラファエルは細かいところに気がつく。使ったタオルが多ければ、痛いところを突かれるかもしれない。

エアコンの冷気が湿った肌を冷やし、また震えだした。おなじタオルで髪を拭いたが、ぐっしょり濡れていて使い物にならない。タオルを投げ捨て、フックに掛かる分厚いテリークロスのローブをつかんで羽織り、大理石の洗面台に向かい、髪を梳《と》かした。

鏡を見ると顔が濡れている。泣いていることに気づき、なんとなく驚いた。まただ。一日に二度も泣くなんて、新記録だ。

こんなことで泣いてどうするの。泣いたってなんの解決にもならない。無造作に頬の涙を拭う。

涙がまた流れる。そこに立って鏡のなかの女を眺める。涙がゆっくりと顔を伝うのを眺める。ずっと昔に姿を消した誰かを眺めているような、不思議な気持ちがする。顔は白く、目に浮かぶ表情はうら寂しい。化粧っけがなく、長い髪を後ろに垂らしていると、赤ちゃんが死んで夢も希望もなくなった少女のままだ。

苦々しさに喉が詰まり、バスルームを飛び出す。髪を乾かして化粧をして、できるだけきれいに、セクシーに見せなきゃならないのに、それができない。化粧をするために鏡のなかの自分を見つめるなんて——とてもできない。

感情に押されてリビングルームに行ったものの、そこで立ち止まった。頭をガクリとさげて、まるでゼンマイを巻き切られた玩具《おもちゃ》みたい。それで、どうする？　どうすべき？　なにができる？

寒かった。体のうちにもそとにも、凍えるような冷たさがまとわりつき、歯がカチカチ鳴るほど激しく震える。床は絨毯《じゅうたん》敷きなのに、足が氷のようで感覚がなかった。色を失った肌に深紅色のペディキュアが毒々しい。こんな色、大嫌いだ。彼に足を持ちあげられて肩に掛けられたとき、その色が気になって——

胸の奥から荒々しいしゃがれ声が湧きだす。記憶を払い落とし、よろよろとスライドドアに向かい、バルコニーに出た。あたたかい大気のなかに。

足元のタイルの心なごむ熱さも、ぼんやりとしか感じなかった。あたたかさ以外に、バルコニーは思い出すのも辛い記憶も提供してくれる。そこにもたれて立っていた手摺りを見ないようにして、タイルの床にしゃがみ、壁に背中をもたせた。あかるい太陽が煉瓦《れんが》の壁もあたためたため、肌に熱が伝わる。ありがたい。ほっとしてべそをかき、両脚を胸に引き寄せてローブで全身を包み込み、額を膝に載せる。

自分でも理解できないほど深い絶望から生まれた涙がほとばしり出て、嗚咽《おえつ》がもれる。こんな反応をすること自体、理解できなかった。いったいどうなってしまったの？　こんなふうに諦《あきら》めたことはなかった。いつでもなんとかうまく処理し、有利に立てる道を探した。気をしっかりもって、ラファエルをうまくそそのかして――

いや！　無意識から飛び出してきた言葉が、全身を震わせた。本能的な反応の激しさが体を震わせた。こんなふうに深くなにかを感じることを、自分に許してはこなかった。自分のなかでなにかが定まり、それはぜったいに正しいと感じられた。ラファエルとの関係は終わった。彼はこともなげに彼女を与えた――彼女などなんの価値もないかのように。

彼が憎かった。自分を憎む以上に彼を憎んだ。彼には絶対服従だった。本音を抑え、いつもにこやかに、彼が望むことはなんでも従ってきた。なんのために？　そこらにいる娼婦のように扱われるために？　彼を傷つけたい、彼の血を見たい、彼を殴って、嚙《か》みついて、八つ裂きにしてやりたい。そんな原初の欲求に体が震えた。

そんなことできない。それはわかっていた。彼の手下にその場で撃ち殺されるか、引きずり出されて好きに弄ばれ、始末されるのがおちだ。自分の不甲斐なさを認めることで、いっそう彼が憎かった。

頭のなかの無情にも論理的な部分が、しっかりしろと自分を叱咤《しった》するが、荒れ狂う感情をどうしても抑えられない。巨大な波となって防護壁を越えて押し寄せ、彼女を呑み込む。これで三度目だ。

ラファエルに償わせる。やりかたはわからないけれど、彼に償わせなければ気持ちがおさまらない。こうまで踏みつけにされて黙っていたのでは、寝覚めが悪い。どん底に落ちても自信を取り戻し、なんとか這いあがってきた。体を売るところまで落ちたことはない。自分はラファエルの愛人だと思っていた。娼婦ではなく。愛人と娼婦は紙一重だと言われるかもしれないが、彼女にとってはおおきな違いがある。

その幻想に慰めを求めることはもうできない。彼にとって、ドレアはサービスと交換に差し出す商品にすぎなかった。そして、目のまえに掲げた鏡から見返してくるのは、彼が見ているドレアだ。全身を震わせて泣きじゃくると、喉が詰まって吐き気がしたが、胃が空っぽなので空嘔《からえずき》で苦しむだけだった。

ついに彼が戻ってきた。いつもよりおおきな音でドアを閉めたのは、気が咎《とが》めていないことを誇示するためか。彼女との関係を維持するより、暗殺者のサービスをこの先もえられることのほうが大事なのだ――

苦い思いを満載した思考の車がガクンガクンと停止し、不意に思い当たり脳味噌が凍りついた。暗殺者のサービスをこの先もえられること……ほかにも死んでほしい人間がいる。なにがなんでも死んでほしいから、自分のプライドを脇におしやり、愛人をあの男に与えて――貸して――やった。つまり、彼の行動が語っているより、彼女のことを大事に思っているのだ。そこに付け入る隙がある。

脳味噌が糖蜜で固められてしまったようだ。考えをまとめるまえに、ラファエルがスライドドアからバルコニーに出てきて、彼女を見たとたんハッと足をとめた。「どうしてこんなところに出てるんだ?」

彼のこともなげな言い方に、猛烈な怒りがまた全身を駆けめぐる。彼に飛びかかって目の玉を抉《えぐ》りださないよう、ローブをぎゅっとつかんだ。喘ぎながらもおおきく息を吸い込み、自分を抑えようとした。考えようとした。なにかしなければ、なにか言わなければ。

顔をあげると、彼がショックに目を見開き、顔をしかめた。自分がどんな様子か、ドレアにはよくわかっていた。腫れぼったい目、醜い顔。ラファエルにはつねに完璧な顔を見せてきたが、いまはどう見えようとかまわなかった。

またもやはっきりと思い当たり、茫然《ぼうぜん》とした。これからどうすべきか、なにを言うべきか、はっきりとわかったのだ。計画の無謀さに目がくらむ。ためらったら最後、怖気《おじけ》づいてできないだろう。ラファエルは償うべきだ。そして、どうやったら償わせられるか、はっきりわかった。

おおきく息をして気持ちを立てなおす。「ごめんなさい」人でなしのクソ野郎に謝るふりをする悔しさに涙が溢《あふ》れ、喉が詰まった。「知らなかった……あなたに飽きられてるなんて、あたし、気づかなかった――」両手で顔をおおい、肩を震わせて泣きじゃくる。

タイルをキュッキュッと鳴らし、彼がちかづいてくる。そこでためらったのは、どうしていいかわからないからか、わかっているがやりたくないのか。ようやく彼の手が肩に触れる。

「ドレア……」

軽く触れられることにも耐えきれず、ドレアは体を引いた。「いいえ、やめて」かすれ声で言い、ローブの袖《そで》で顔を拭った。「同情なんていらない」拭ったあとから涙がこぼれた。「あなたに愛されてないってわかってた。でも、あ、あたし、もしかして、いつか、愛してもらえるかもって思ってた。でも、これでわかったわ、でしょ?」唇と顎を震わせながら遠くを見つめる。もっとも、壁に遮られ視界はごく限られているが。彼をまっすぐ見る勇気がなかった。目に浮かぶ怒りを見られたらたいへんだ。こんなに泣くなんて馬鹿みたいと思いながらも、かえってありがたかった。彼のせいで泣いているとラファエルに信じ込ませなければならないのだから。ほんとうは――

ちがう。憎らしい殺し屋のせいで泣いてるんじゃない。どうして涙が出るのかわからないけど、彼のせいではぜったいにない。きっと頭がおかしくなってるんだ。おかしくなっていようといまいと、うまく利用するまでのこと。ラファエルのエゴにつけこんでやる。ほんとうに彼を愛していたのだと思わせて、いい気にさせてやれば、このクサい芝居に乗ってくるにちがいない。

彼がかたわらにしゃがみ、黒い目で彼女をじっと見つめた。ドレアはまっすぐ前を見たまま、もう一度顔を拭った。きょう起きたことにうまく対処できないかもしれないけれど、ラファエル・サリナスを手玉にとることはできる。なにがなんでもそうする。

「奴に傷つけられたのか？」ラファエルが尋ねた。静かな声だった。いままでに耳にしたことのない、妙に真剣な口調だった。

分析している時間はなかった。本能に従うまでだ。「触れもしなかった。あたし、気が動転してて、そしたら、彼――いちいち面倒みてられないって言って、出て行った」苦い笑い声をあげる。「つまり、彼にまだ十万ドルの借りがあるのよね。そのことは申し訳ないと思う」ラファエルはラテン系だ。ほかの男とセックスした女は、彼のなかで価値がさがるから、なんとしても引きとめようとはしないだろう。出て行くにしてもいまはまだ準備ができていないから、何事もなかったと彼に思わせなければならない。

「触れもしなかった？」ラファエルはショックを受けたようだ。

「つまり、どっちもってこと、ちがう？　彼もあたしを欲しがってないってことよ」そこまで言うつもりはなかったのに、言葉が勝手に出ていた。苦々しい思いはあまりに鋭く、激しかった。ラファエルにそこまで本心を曝したことを後悔したが、思いはほんものだからそれなりの重みがあった。

一度で充分だ。

クソッタレ、地獄に堕ちろ。彼女にとっては充分すぎた。彼がなにをしたか、いまはわかっていた。ラファエルにゲームを仕掛けた。あまりにも微妙なゲームだから、ラファエルは自分がそれに参加していることすら気づいていない。それはセックスで相手より一歩先んじるゲームだ。暗殺者は勝ち、彼女に過剰なまでの歓びを与えてわれを忘れさせ、あたしを連れていって、と懇願させた。〝馬鹿な女街道〟まっしぐらだ。いまだに理性を取り戻せず、手放しで泣くことをやめられない。

心の痛みはいまも生々しく激しく、立てた膝に顔を埋めて泣いた。

ラファエルはどうしていいかわからず、うろうろするばかりだ。こんな展開になるとは予想もしていなかったのだろう。ドレアはいつも従順でにこやかで、あさはかなお飾りだった。彼女が動揺するのを見たことがなかった。不機嫌な顔をしたことがなかった。だから彼は、ショッピングと美容院とネイルサロンしか興味がない女だと思い込んでいるにちがいない。もっとも、そう思い込ませるために、彼女は必死で努力してきたわけだが。

やがて、「水を持ってきてやる」と彼は言い、部屋に入っていった。

水！ 水を飲めば落ち着くと思っているのか。動揺しているが、喉は渇いていない。それでも、その姿勢はなにかを物語っている。ラファエルはだれかになにかをしてやったことがない。つねにその逆で、人に世話を焼かれて当然と思っている。

水を持ってくるだけにしては時間がかかりすぎる。おそらくペントハウスじゅうを調べてまわっているのだ。彼女が嘘をついている証拠を探して。頭のなかで自分の行動を振り返り、見落としがないか考えた。

彼がバルコニーに出て来て、またかたわらにしゃがんだ。「さあ、水でも飲め」

涙は引いたから話ができそうだ。顔をあげ、涙を拭ってからグラスに手を伸ばし、言われたとおり水を飲んだ。「荷造りしなきゃ」惨めな声で言う。喉が詰まっていてうまくしゃべれない。「でも、ど、どこにも行くとこがない。住むとこを探すまで、二、三日、ここに置いてくれないかしら」

「出て行くことはない」彼が言い、また肩に手を置いた。「おれが行かせない」

「あたしなんていらないんでしょ」ドレアは頭を振り、ようやく彼を見た。というか、彼のほうを向いた。涙で視界がかすみ、ぼんやりとしか見えない。声が震えていたが、唾を呑み込んでなんとか話をつづけた。「あなたは彼に、あ、あたしを与えた。そんなことしなくたって、出て行けって言えばよかったのよ。あなたに飽きられてるって気づくべきだったけど、いつか、あなたが愛してくれるって願ってたの、だから、あたし――」そこで頭を振る。

「気にしないで」

「出て行ってほしくない」ラファエルが言う。「おれはこれっぽっちも――いいか、奴はおれが言いなりになるとわかっていた」電子機器による盗聴を心配してまわりを見まわし、苛立ちを抑えて言った。「なかに入ろう。ここじゃ話もできない」

彼がわがもの顔にウェストに手をまわしてきても、ドレアは抵抗せず、なすがまま立ちあがってなかに入った。勝利感に体が震える。涙はおあずけだ。とりあえずいまは。そう！計画を実行に移すのに必要な時間を手に入れた。もうしばらく本心を隠しつづけるだけのこと。そういうことには年季がはいっている。

ラファエルに償わせる。それもおおきく。

「どういうことだと思いますか?」ゼイヴィア・ジャクソンは戸惑って、パラボラマイクが拾った会話に目をぱちくりさせた。風や距離やほかの要素のせいで音質はよくないが、コンピュータ・プログラムが混信源をかなり取り除いてくれる。

「謎の男の正体を調べあげる必要があるな」コットンが言う。「サリナスが愛人を分け与えるほどの重要人物だとしたら。彼はまだあの建物から出ていないな?」

「出ていたとしたら、見落としたんです。でも、彼が入ってくるところも見ていないですよ。ぜったいに」

「だとすると、トンネルを掘ったか、変装していたか」

「トンネルの線も捨てきれない」ジャクソンが苦笑いして言う。「この街の地下には使い捨てのトンネルがやまほどある。都市開発の青写真には載っていないが、だからないとは言えない。男が変装したほうに一票だが、それでも調べてみる必要はある。監視ビデオの映像を最初から見直し、建物を出た人間すべてとバルコニーの男を比べてみた。「それにしてもあの女、なぜなにもなかったとサリナスに思い込ませようとしたんでしょうね。サリナスがあの女をくれてやったのに」

「どうしてかな」コットンはため息をつき、苛立って手で顔を擦った。「あの映像は彼女の口を割らせるのに使えると思ったが、ふたりがやったことをサリナスが知ったとしても、そもそも招待状を出したのは奴だからな。なんの役にもたたない」

ふたりはがっくりしてコンピュータ画面を見つめた。そこに映っているものが、なんの役にもたたないとわかってはいても。

5

ラファエル・サリナスは、ドレアのベッドルームのドアを開け、なかに入った。彼女がなにか企んでいないか、手下にはつねにこの部屋を調べさせているが、自らやってくることはめったになかった。彼女が選んだ装飾はごてごてして鼻につく。自分の女の趣味の悪さを思い知らされるから、めったに足を運ばない。どういうわけか今夜は、その悪趣味が気にならないばかりか、妙に心打たれた。彼女の部屋は、子煩悩な母親から好きに飾っていいと言われた若い女の子の部屋みたいで、無邪気に飾り立てている。

彼女はドアに背を向け、ベッドの隅っこに丸まって眠っていた。いつもより小さく見える。まるで縮んでしまったようだ。廊下から射し込む光が、豊かな巻き毛に埋もれた頬骨を照らし、どことなくエキゾティックに見える。泣き疲れて眠ったのだろう。薄暗いなかでも瞼が腫れているのがわかった。

これまで自信を喪失したことなどなかった。自信喪失とは、自分がなにをしているかわかっていないか、したいことをする勇気のない愚か者や弱虫が陥るものだ。ところが、この数年で——数十年で——はじめて、どうしていいかわからなくなった。

おなじだけの分量のパニックと怒りと混乱が、腹のなかで渦巻いている。どうしてこんなことに？　よりによってドレアに対し、どうしてこんな気持ちになるんだ？

ベッドサイドの椅子に腰かけ、むっつりと彼女を眺めた。彼女と暮らして二年、これまで付き合ったどの女よりも長いが、それは彼女が穏やかで手がかからないからだ。すぐめそめそしたり、膨れっ面をしたり、要求の多い女の相手をする時間も忍耐力もない。ドレアと一緒にいると楽だった。気分にむらがなく、頭がちょっと弱くて、ショッピングと自分をきれいに見せることにしか興味がない。けっして感情的にならないし、癇癪《かんしやく》を起こさないし、高い贈り物を要求しない。もっと一緒にいたいと駄々もこねない。これがいちばん助かる。これまで、彼女のことを真剣に考えたことはなかった。彼がセックスしたくなれば、にこやかに受け入れる彼女がそこにいた。

彼女をどう思っているかと尋ねられたら、セックスのためにそばに置いているだけだ、と答えるだろう。むろんあの野郎に彼女をくれてやりたくはなかった。彼ほどの度胸のある男なら、自分の女を分け与えたりしないものだ。だが、選択肢はかぎられており、しかも自分に不利なものばかりだった。あのとき〝ノー〟と言っていれば、プライドとエゴは満足させられただろうが、暗殺者のひじょうに貴重なサービスを失うことになった――そのときがきたら、どうしても必要になるサービスをだ。それに、暗殺者が、彼の〝拒絶〟を自分に向けられたものと受け止める可能性もあった。ラファエルに怖いものなどないが、世の中には怒らせたらまずい人間がいることぐらいわかっている――そして、暗殺者はそのひとりだ。

だから、プライドも感情も抑えて〝イエス〟と言った。ひじょうに不愉快ではあったが。自分の女がべつの男と裸でからみ合ってる姿を想像し、午後じゅうイライラのしっぱなしだった。あの野郎のイチモツが自分のより大きかったらどうしよう、なんてことも考えた。そういう心配はしたくないのに、疑念が頭をよぎりカッとなった。彼には金も権力もある。ドレアのような女には、そこが重要なはずだ。

暗殺者が彼女を抱くことに同意したとき、彼女がショックを受けたのが目の表情からわかったが、まさかそこまで気にするとは思っていなかった。彼女にとってセックスは飯の種なんだから。おおげさに考えることはない、だろ?

彼女のことだから、爪にヤスリをかけるか、大好きなネットショッピングでもしていると思う部分が彼のなかにはあった。ところが、彼女はバルコニーで丸くなって、胸が張り裂けんばかりに泣いていた。それを見て、みぞおちに一発食らった気分だった。彼女の姿もショックだった。濡れた髪をうしろにかきあげただけで、化粧っけもなく、泣き腫らした目をしていた。ショックに陥ったようにげっそりとして血の気がなく、その目の表情ときたら——悲嘆。思いつくのはそんな言葉だけだ。彼女は悲嘆に暮れていた。

最初は、彼女が肉体的に傷つけられたのかと思った。あの野郎は、女を傷つけることで歓びをえる類《たぐい》の男なのか、と。そして、ラファエルは思わぬ反応に、それも自分の反応に平静さを失った。純粋な怒りに駆られたのだ。あんなに単純で無害なドレアを傷つけるとは。どんな犠牲を払おうと、いまも、この先も、かならず暗殺者を追いつめ、殺してやる。

だが、そういうことではなかった。今度のことで、ラファエルに愛されていないことが、これからも愛されることはけっしてないことがはっきりして、心が引き裂かれたというのだ。あれやこれやと頭のなかでつなぎ合わせ、精神的にぐらっときて、ようやく立ちあがったと思ったら腹にもう一発食らった気分だ。

最後の一撃でマットに沈んだ。ドレアに愛されていたとは。

それでもなんだかしっくりこない。愛だの恋だのいう間柄ではなかったはずだ。それなのに、彼から愛されておらず、愛される希望もないとわかったから、ドレアは出て行こうとしている。暗殺者は彼女に触れもしなかった。信じられない話だが、彼女が嘘をつく理由がない。彼の了解のもとにそうなるはずだった。彼に隠す必要のないことだ。人を疑ってかかるのが習い性になっているので、ペントハウスのなかを調べてまわった。どのベッドも使われた形跡はなかった。ドレアはシャワーを浴びたばかりで、バスルームには蒸気が残っており、いつものように着ていた服が床に散らばっていた。洗濯にまわされたタオルは一枚だけだった。彼女が真実を語っていると考えざるをえない。

　彼女が考えていたような女でなかったことで、裏切られた気分だ。快適な生活や金や安全や、ほかにも彼女のような女が男に求めるもののためにここにいたのではなかった。彼を愛しているから、一緒に暮らしていたのだ。ラファエルは混乱し、怒り、それに——クソッ！——まんざらでもなかった。気持ちをくすぐられるなんて。いままでどおりでよかったのに。彼女に愛されているとわかって、動揺したくはなかったが、たしかに動揺していた。

　彼女が出て行っても困るものか。替わりはいくらでもいる。女は向こうからやってくる。探しに行く必要はない。それはわかっていた——わかっていても、彼女を失うと思うと動揺して気分が悪くなった。ラファエル・サリナスともあろう者が、女ひとりにあたふたするとは！　噴飯ものだ。でも、本心だった。彼女を失いたくなかった。ほかの女なんて欲しくない。ドレアが欲しい。彼女を服や靴で飾り立てて、彼女が欲しがる悪趣味なものをなんでも買ってやりたかった。それよりなにより、彼女に愛してほしかった。まったくばかばかしいにもほどがある。彼女に愛されているかどうかが、誰かに愛されているかどうかが、こんなにも気になるとは。

薄暗い部屋に座っていると、彼女に恋したのかもしれないという気持ちがじわじわと広がってきた。そんなわけはないと思うが、この動揺や混乱や心の痛みをほかにどう説明する？ロサンゼルスでももっとも荒れたヒスパニック居住地で生まれ育ち、物心ついてから、人でもものでも愛したことはなかった。誰かを大切に思えば、敵に弱みを見せることになる。だから、そういうことは考えないようにした。そういう感情には蓋《ふた》をしてきた。

頭がくらくらする。心臓がドキドキして、胃がでんぐり返る。恋をすると馬鹿なことをやる人間の気持ちが、生まれてはじめて理解できる。陶酔感と不安が渾然《こんぜん》一体となり、まるで不思議なドラッグを注射したみたいだ。習慣性がよほど強いのか、もうもっと欲しくなっている。

ドレアが身じろぎしたので、ベッドに視線を向けた。彼女が寝返りを打ち、すぐにまた脚を引き寄せて丸くなるのを見て、胸が甘く疼いた。夢のなかでも自分を守ろうとし、取るに足らない小さな存在にしようとしているのだろう。彼女には自分が必要なのだ、とラファエルは思った。世の中と彼女のあいだに立ちはだかってやれば、安心できるのだろう。馬鹿でお人よしで騙《だま》されやすい彼女みたいな女をひとりにしたら、カモにされるのがおちだ。

眠りが浅かったのか、見つめる視線が強すぎたのか、彼女が目を覚ました。目を開けても、彼がそこに座っていることに気づかないようだった。それからドアが開いていることに気づいて瞬きを繰り返し、目を擦った。彼を見て「ああ」と言う。泣き疲れてまだ声がかすれていた。

ラファエルはこれまでだれにもしたことがないことを、したいと思った。彼女を慰めたかったのだ。服を脱いでベッドにもぐり込み、彼女を抱き寄せて安心しろとささやきかけたかった――彼女の目から悲嘆に暮れた虚ろな表情を消し去れるなら、なんでもしてやりたかった。それができなかったのは、彼女が受け入れてくれるという自信がなかったからだ。これまでそんなふうに考えたことはなかった。プライドとエゴを叩きつぶされたあとだけに、拒絶される危険は冒したくなかった。運試しをするのはあすまで待とう。

「様子を見にきた」彼は言った。いつもやっていることだと言わんばかりに、感情を交えずに話した。

「あたしなら大丈夫」

大丈夫には見えない。まるっきり生気がなく、二度と笑うことはないように思える。

胸が締めつけられうまく話ができない。彼は唇を舐め、不安そうに唾を呑み込んだ。彼がこんなふうにしてしまったのだ。深く傷つけて、人生から無邪気な喜びを奪い去ってしまったのだ。なんとしても埋め合わせたかった。ここに留まるよう説得しなければ。ほかに住む場所を見つけられなければ、ここにいるしかない。そうさせられるなら、どんな手段を使おうとかまわない。

その朝も、彼女はかいがいしく世話を焼いてくれた。それから十二時間もたっていないのに、彼女はただ横になり、話をする努力さえしようとしない。ふたりのあいだに千キロもの幅の溝ができたみたいだ。ほかの女がするように癇癪を起こしてくれたら、怒鳴り返してやれるのに。こんなふうに途方に暮れずにすむのに。だが、ドレアはけっしてカッとならない。はたして怒りの感情があるのだろうか。

底の浅い女で、ペトリ皿ほどの深さしかない、と彼女を冗談のネタにして笑ったことがあった。いまは、ほんとうにそうであってほしいと思っていた。

彼女のことを笑い、不満をもらしてきたが、そのあいだもずっと、彼女が献身的に尽くしてくれていたことに気づきもせず、感謝もしてこなかった。人を愛するのが厄介なことなら、愛されることは命取りになりかねない。気遣いという重荷を背負わせられる。十二時間前まで、彼は自由だった。いまでは感情に待ち伏せされ、がんじがらめだ。感情というやつは鋼でできた鎖なんじゃないだろうか。

「欲しいものあるか？」彼はそう言って立ちあがった。馬鹿みたいに座っているわけにはいかない。

彼女はちょっとためらった。その瞬間、希望に心が躍ったが、彼女はこう言っただけだった。「眠らせて」彼女がためらったのは決めかねたからではなく、疲れているからだ。「だったら、あすの朝会おう」屈み込んで彼女の頰にキスした。十二時間前なら、顔を動かし唇を合わせてきただろうが、いまはただ横になっているだけだった。彼が踵《きびす》を返す前に、すでに目を閉じていた。

ラファエルがドアを完全に閉じる前に、ドレアはパッと目を開き、体を震わせた。優秀な女優ではあるが、彼がセックスしようとしたら、感情を隠しとおせるほど優秀ではなかった。二度とできない。彼とはできない。彼が無理じいをしてくる前に逃げ出さなければ。そうなったら自分を抑えられるかどうか自信がなかった。

あすの朝になれば、彼はいつものように手下に囲まれているだろう。けさ、人払いをしたのは、暗殺者と差しで話をするため、なにを企んでいるかだれにも知られないためだった。彼がつねに取り巻きに囲まれていることが、ドレアの神経に障ったが、いまとなれば彼らの存在がありがたかった。ラファエルは用心してふだんどおり彼女に接するだろうから、きょうのことを彼らに気取られる心配はない。みなに知れることは、彼のエゴが許さない。きっと予定どおりに仕事をこなす。それがどんな仕事であれ。飛行機でよその州に出かけてくれたらこんなにいいことはないが、そういう予定があれば前もって知らされている。

彼の振る舞いは……気味が悪かった。愛していると言ったら、彼はいい気になるだろうとは思ったが、あんなにおかしくなるとは思っていなかった。水を持ってきてくれたり、様子を見にきたり……ベッドサイドの暗がりにぽつねんと座っているなんて、もう、勘弁してよ！　まるでべつの人格を移植されたみたいで、ぞっとする。恋に落ちたのかと思いたくもなるが、そんな突拍子もないことが起きるわけない。ラファエルはだれも愛さない。自分の母親すら愛したかどうか。

でも、恋に落ちたと彼が思っているとしたら、いまはそれを梃子《てこ》として利用できる。むろん、この梃子は紐つきだ。彼がべったりひっついてくるだろう。それだけはご免こうむりたい。計画を練り、実行に移すために、ひとりきりの時間が必要だった。

ラファエルと関係をもった当初から、安定した将来のために方策を講じてきた。彼は宝石を山ほどくれたが、お払い箱になったとき、彼女がその宝石を持って出ることを許すはずがない。彼の裏をかくために、すべての宝石を写真に撮ってそっくりの贋物《にせもの》を作らせた――精巧な贋作だからお金がかかったが、もとは取れた。ほんものを身につけ、ラファエルに返すときに贋物とすりかえた。ラファエルはそれを後生大事に金庫にしまった。それから、監視の目をくぐって銀行に行き、彼の知らない貸し金庫にほんものを預けた。

宝石を売ったお金でしばらくはいい暮らしができるだろうが、充分ではない。宝石を持ち出したことがばれれば、彼は怒るだろう。だが、胸にぐさりとくるほどの屈辱ではない。そもそも宝石は彼がくれたものだ。つまりこちらのもの。ドレアの狙いは、彼を物笑いの種にすること、ずたずたにしてやることだった。

そう、たしかに危険だ。それはわかっている。でも、よく考えたし、ひとたび都会を出ればこっちに有利だ。ラファエルは骨の髄まで都会っ子だ。生まれてからずっと、ロサンゼルスとニューヨークでしか暮らしたことがない。アメリカの田舎は彼にとっては外国とおなじだ。でも、彼女は中部の小さな町で育ったから、どうやったら人目をひかず地域に溶けこめるかわかっていた。べつの自分を創れる場所はいくらでもある。彼はそこまで予想しないだろう。そういうことができる頭があるとは思っていないのだから。もっとも、彼からごっそり盗める頭があるとも思っていないが、そうではないことはすぐにわかる。

すばやく動いて、動きつづけなければならない。うまくいかなかったときのために、それぞれの段階で次善の策を講じておかなければならない。うまくいかない場合もあるのだから、いちいちパニックに陥ってはいられない。

彼より数時間先んじてスタートを切れる。それまでにニューヨークの街を出られなければ、死んだもおなじだ。

6

ドレアは寝すごし、ようやくベッドから出たときには、体も心もボコボコにされた気分だった。四時間のセックスは、たとえいいセックスだったとしても、理屈のうえではすてきに聞こえるかもしれないが、二度とやりたいとは思わない。それに伴う感情の嵐を抜きにしても。肉体の歓びは否定しないが、ちゃんと自分を制御していたい。行為のあいだも思考力を失わず、自分を満足させるのはひとりになってからにしたい。数度のオルガスムが彼女をどれほど愚かにしたか。もっとも、頭を鈍らせる効果は一時的なものだったが。ああいう過ちは二度と犯さない。今度愚かになるのは男のほうで、彼女ではない。

けさは鏡のまえで怖気づいたりせず、正面から立ち向かう。昔の自分の幻影を探すのではなく、いま目のまえにあるものに意識を集中する。もう愚かで無防備な娘ではないのだから、くよくよ考えるのは時間の無駄だ。

いまの自分はひどい。顔を右に左に動かしてじっくり眺め、そう思った。腫れぼったい目の下のあざと見間違う隈《くま》を勘定にいれなければ、顔はまったくの無色で、髪はぼうぼう、まるでネズミの群れがそこでレスリングをやったみたいだ。ただのエゴかもしれないが、哀れっぽく見えたくはなかった。きのうの痕跡をすべて消すのは無理でも、もう少しましにしたかった。

ここに住むようになってはじめて、服を脱ぐまえにバスルームのドアの鍵をかけた。ラファエルがどう思おうとかまわない。彼の気に入らなくてもかまわない。

櫛《くし》を取りあげ、からまった髪の毛に猛アタックを仕掛け、シャワーを浴びて、気に入りの香水入りシャワージェルをつけて体を擦った。きのうの午後、シャンプーのあとにコンディショナーをつける時間がなかったので、けさ、こんなありさまになったのだ。いまはそうする時間がある。指にからむ豊かな巻き毛が絹の手触りに変わるのがわかる。

最初にやることは、この厄介な髪を短くカットすることだ。このままでは目立ちすぎるからだが、そもそも長くてクリクリの髪は好きではなかった。髪に自然のウェーブがかかってはいるが、螺旋状の巻き毛は匂いのきつい薬品と長時間のお手入れの賜物だ。浅はかで無能に見えるよう考え抜いて創りあげた外観だが、いいかげんうんざりだ。脳味噌がないふりをすることにも、人の要求や望みを優先することにもうんざりだった。

ローブを羽織って紐をきつく締め、手早く化粧をした。時間が指のあいだからこぼれ落ちてゆく。逃げ出すまでに数時間しかない。こんなに長く眠るつもりはなかった。目覚ましをかけておけばよかった。こうなったらすばやく動かなければ。彼女への深い愛に――へえ、まさかね――突然気づいたのか、ラファエルがあんなにぼうっとなっていると、つぎにどんなことをやりだすかわからない。そのことが彼女を不安にした。彼は危険な男だ。頭の切れる男だ。うっかり口を滑らせたり、表情を隠す努力を忘れたりすれば、すぐに気取られてしまう。これまでの二年間、そういうミスを犯さずにきたが、それはこうまで緊張する状況になったことがないからだ。彼を信用していないのと同様、自分も信用していなかった。ちゃんと自分を制御できるか自信がなかった。

ふとひらめいた。うまくいけば少し有利にたてる。うまくいかなくても、これ以上悪くはなりようがない。無理に咳をする。最初は軽い咳だったが、繰り返しやっているうちに深い咳になり、音もかすれてきた。一分ほどやってから、「クソッタレ」と声に出して言ってみた。かなりのかすれ声だが充分ではない。胸の奥のほうで咳をするようにしたら、喉が痛くなってきた。ラファエルがセックスしたがっても、病気を理由に遠ざけておける――顔色が悪い言い訳もたつ。なにより自分のエゴを満足させるためだが、きのうからこっち、ありったけのエゴをかき集める必要があった。ラファエルと暗殺者はふたりして、彼女をさんざんなぶりものにしたのだ。

ベッドルームからかすかな音がして、背筋がぞっとした。ラファエル！　くるっと振り向いてドアの鍵をまわし、そのままドアを開け、まわりを見ずに足を踏み出した。なにも聞いていないし、彼がそこにいるとは思ってもいないというふりで。彼にぶつかりそうになり、驚いてキャッと叫び、飛びのいた。「あなたがいるとは思ってなかった」彼女は言い、かすれ声に満足した。

彼は両手を彼女のウェストにまわし、顔をしかめた。「病気なのか？　ひどい声だ」

「風邪をひいたみたい」モゴモゴ言い、うつむく。「咳が出て目が覚めたの」

ラファエルは彼女の顔を仰向けさせ、顔色の悪さや目の下の隈をしげしげと見つめた。そこに立って彼に触れられることに、ドレアはかろうじて耐えた。豊かな黒髪、彫りの深い顔立ちのハンサムな男だが、彼を愛したことはなかった。せいぜい一緒にいていやじゃない程度だ。いまははっきりといやだった。燃えあがる憎しみの激しさを、どう抑えたらいいのだろう。

それでもなんとか、気分の悪そうな表情を浮かべて彼を見つめ返し、それから目を閉じて唾を呑み込んだ。背筋をしゃんとして彼の手をやんわり振りほどき、クロゼットに向かった。ドアを開いてライトをつけ、小さな空間を見つめた。床には靴が散らばり、服が雑然とハンガーからさがっている。「仕事を探さなくちゃ」いくらか戸惑っているような心もとない声で言う。「でも、なに着ていけばいいのかわからない」

職探しにふさわしい服は、彼女のクロゼットには一枚もないし、置いていくのが惜しい服も一枚もない。体を誇示する目的で選んだのだから、どれも派手で露出度の高いものばかりだ。テーラードスーツなんて一着もないし、膝までの長さのスカートだって一着もない――膝までの長さがあっても、男の目を楽しませるために脇にスリットがはいっている。

ラファエルが背後にやってきて、今度は腕を彼女に巻きつけて自分のほうに引き寄せた。うつむいてあたたかな唇をうなじに押しつける。「熱があるようだな」彼がつぶやく。「きょうはうちにいろ。着ていくものの心配は元気になってからしたらどうだ」子供を相手にするような、鷹揚《おうよう》な笑みを浮かべた。

「でも、あたし――」熱なんかないことは自分がよくわかっている。病気じゃないんだから。でも、彼はまんまと引っかかった。

「だめだ。出て行くことはないし、仕事を探す必要もない。なにもしなくていい。おとなしく休んでいろ」

ドレアは体をひき、よるべない表情で彼を見つめた。唇を少し震わせる。「でも……きのう……」

「きのうのことは、おれが馬鹿だった」彼がきっぱりと言う。「いいか、ベイブ。何度言えばおまえの気がすむかわからないが、これっぽっちもおまえに飽きちゃいない。出て行ってほしくない。ここにいてほしい。これまでどおり、おれが面倒をみてやる。おまえはひとりで生きていけやしない。おまえにできることと言えば、自分を美しく見せることぐらいだ。その点についちゃ、たいしたもんだがな」

ドレアは長々とため息をつき、頭を彼の肩にもたせて体重をあずけた。「どうしていいかわかんない」彼女の頼りなさが彼の心をひきつける。と同時に、気持ちを引きしめる猶予を彼女に与えた。彼が自分の非を――はじめて――認めたことが信じられなかった。もっとも、自分の能力をこうまで見くびられたことには、腹がたった。彼にそう思わせるために一所懸命やってきたのだから、理屈のうえでは気にすることはないのだが、理屈なんてクソ食らえだ。いまや感情の自由落下の真っ最中で、唯一の手掛かりは憎しみと怒りだから必死でつかまった。そうしなければどこまでも落ちてゆきそうだ。

彼の手がやさしく背中を撫でる。「だから言ってるだろう。なにもする必要はない。これまでどおりだ。なにも変わらない」

自分がどれほど変えてしまったか、彼にはわかっていない。ドレアは考え込むふりで黙っていた。それから、用心のため咳き込んだ。声がもとに戻ったら元も子もない。

彼が抱く手に力をいれる。「きょうゆっくり休めば、あすには楽になるだろう。今夜、な

ない。

られたりするのが好きな男だ。連れてゆくパーティでもなければ、外出に彼女を伴うことはが心休まるのだが。ラファエルが一日うちにいることはめったになかった。人を見たり、見の？」いてほしいと望んでいる気持ちをかすれ声に滲《にじ》ませる。本心は、出かけてくれたほういと思う。ショッピングに出かける気分じゃないもん。あなたはどうするの？　うちにいる「あたし、わからない」彼女は言い、またため息をついた。「きょうはうちにいたほうがいにか贈り物をしてやろうか？　なにがいい？」

「いや、仕事で出かけなきゃならない。ふたりほど残していく、いいだろう？　欲しいものや行きたいところがあれば、そいつらにそう言え」彼がペントハウスを空にすることはけっしてなかった。かならず留守番をおくので、FBIにしてもほかの連中にしても、忍び込んで監視装置を仕掛けるのがむずかしい。最初のころは、〝ベビーシッター〟がかならずふたりついた。彼女が出かけるときには、ひとりがついてきて、あとのひとりが居残った。彼女は信用できるとラファエルが納得してからは、留守番の手下だけになり、彼女はひとりで出かけられるようになった。〝ベビーシッター〟をつけられるのはひさしぶりで、ラファエルは便宜をはかってやったと思っているのだろうが、ありがた迷惑だ。計画を実行に移すのがむずかしくなった。

「だれ?」オーランドじゃありませんように。オーランド・デュマはラファエルの〝矢筒〟のなかのいちばん鋭い〝矢〟だ。コンピュータに精通している。コンピュータに向かっているとき、そういう人間に肩越しに覗き見されるぐらい困ることはない。ラファエルと住みはじめたころは、〝ベビーシッター!〟といえばたいていオーランドだった。怪しい素振りでもなんでも、オーランドなら見抜くとラファエルは思っているからだ。

「だれがいい?」

「べつにだれでも」彼女は大儀そうに言った。もし好みを口にすれば、ラファエルは理由を詮索《せんさく》するだろう。この人はいやだ、と言っても疑いを招く。彼に選ばせるたほうがいい。だれになろうとうまく対処するまでだ。「午前中はオンライン・ショッピングして、気分がよくなったら、図書館に出かけるかも」

「そうしろ」彼が今度は額にキスした。「帰りはいつになるかわからないから、食事はひとりですませろ、いいな?」

「いいわ」完璧だ。ひとりで食事するのは珍しいことではない。朝食はたいてい一緒にとるが、けさは寝坊したのでそれもしなかった。昼食も夕食もたいていひとりだ。自分は彼の生活のほんの一部にすぎなかったのだと、あらためて思う。彼にとって便利なセックスの相手以上の存在だと思い込んでいたなんて、馬鹿な話だ。代わりはいくらでもいる。かんたんに忘れられる存在——あっさり人にくれてやれる存在。

そうはいかない。彼女が計画を実行に移したあかつきには、ラファエルにとって忘れられない存在になる。

家庭内のごたごたをうまくおさめたことに満足し、ラファエルは彼女をハグし、キスして出て行った。大きく息を吐き出すと、安堵《あんど》のあまり脚がガクガクした。つねに芝居し、表情や言葉に気をつけるのは、これまでそれほど大変ではなかったが、いまは努力を必要とし、神経を張りつめていた。頭のなかで時計がカチカチいい、これ以上ぐずぐずしてはいられない、と警告している。

だが、念には念をいれろ、だ。彼がペントハウスを出るまえに様子を見にこないともかぎらない。テレビをつけ、ショッピング・チャンネルに合わせ、音量をさげた。椅子の上で丸くなり、引き寄せた脚をカシミアのショールでおおった。それから目を閉じ、ドアを閉める音がしないかと聞き耳をたてた。ラファエルがまたやってこないとわかっていれば、テレビの音は消していただろうが、実際に玄関を出るまでは油断できない。万が一にも彼に気づかれないように、完璧にお膳立てすることにどれだけの時間を費やしてきただろう。無駄な話だ。

今回は労が報われた。彼がノックもせずにドアを開けたのだ。ドレアが目を開けると、信じられない光景が飛び込んできた。彼がコーヒー・カップを手にやってきたのだ。「コーヒーを持ってきてやった。喉にいいだろうと思って」

苛立ちがつのり、思わず歯軋《はぎし》りしそうになったが、なんとか自分を抑えた。彼が顎の筋肉の動きに気づけば、彼女の芝居を見破るだろう。もう、どうしてさっさと出かけないの? こんな行動に出るなんて、脳味噌にへんな虫でもついたんじゃないの。

「やさしいのね」彼女は言い、ちょっと咳をしながらカップを受け取った。「ありがと」

「クリームと砂糖三個だろ?」

「そう」ちがう、砂糖二個にスキムミルクだ。彼がいかに関心を払っていなかったかよくわかる。余分なカロリーを摂取することになるから、朝食はトースト抜きだ。甘すぎて栄養が高すぎるコーヒーをすすり、彼にほほえむ。「まさにこの味」

彼の頬にかすかな赤みが射した。彼女としては、口をぽかんと開けないだけでせいいっぱいだった。ラファエル・サリナスが、赤くなってる? 彼女が娼婦みたいにほかの男にまわされて大変な思いをしていたあいだに、世界は終わりをつげていたのだろうか?

椅子の背に頭をもたせ、いかにも気分が悪そうにため息をついた。気をきかせたらどう、ひとりにしてよ、こんちくしょう、と彼女は思った。だが、やりすぎは禁物だ。彼のことだ。医者を脅して彼女を診させないともかぎらない。それに、様子を尋ねる電話をひんぱんにかけられるのも困る。いままではそんなことなかったが、きょうははじめてのことがいろいろ起きている。

「なにかあったら電話しろ」彼が言った。

「そうする」

彼はみるからに悩んでいる。仕事に行きたいのはやまやまだが、彼女を残していくのも気がかりだ。彼女のほうも、どうしていいかわからなかった。彼に出て行ってほしいが、追い出す方法を思いつかないから、椅子の上でさらに体を丸めて目を閉じた。そうすれば彼を見ずにすむ。

それが功を奏したのか、これ以上ぐずぐずしている理由がなくなったからか、彼がベッドルームを出て行く音がした。まさに奇跡。低い話し声がして、待ちに待った嬉しい音が聞こえた。玄関のドアが閉まる音だ。それでもまだリビングルームからテレビの音と話し声がした。ラファエルが残していったふたりの手下がテレビのスポーツ中継を観ているのだろう。

彼女の〝ベビーシッター〟としてだれを選んだのか、覗きにいきたい気持ちをこらえる。病気で臥《ふ》せっていることになっているのだから。ラファエルが玄関のドアを閉めたとたんに出て行って、疑われたらたまらない。数分を争う必要はないが、ラファエルが対策を講じる時間は短いほどいい。

だが、準備しておくことは山ほどあった。忍び足でドアまでゆき、ドアノブの鍵をまわした。ラファエルの手下がその気になれば、蹴破ってでも入ってくるだろうからたいした役にはたたないが、それでも少しは安心できる。

クロゼットからおおきな革のトートバッグを取り出す。最初に数少ないフラットヒールの靴の一足を入れた。なんとか〝ベビーシッター〟の目を盗んで逃げ出せたとして、急いで歩かなければならない。いつも履いている十センチのヒールの靴はセクシーだが歩くのには適さない。

ひとつ心配なのは、特定の地域で、ラファエルの影響力がどれほどのものかわからないことだ。この街にはいたるところに監視カメラが設置されており、店に出入りする人や、歩道を歩く人、地下鉄に乗り込む人を撮っている。銀行のなかで起きたことはすべて記録されているだろうが、その点は安心だ。彼女が貸し金庫を持っていることも、どの銀行を使っているかも、ラファエルは知らない。だが、彼が役所や交通機関や警察に顔が利くとすると、記録された映像にアクセスして彼女の動きをつきとめることができる。一か八かの賭けだ。透明人間になる技術が開発されているとしても、やり方を教えてくれる学校はいまのところまだない。

ここにあるものはほとんどすべて置いて出ることになる。基礎化粧品をいくつか選ぶ。ラファエルがなくなっていることに気づかない程度の量だ。帰るつもりだと思わせるために、残りは化粧台にだらしなく並べておく。黒のクロップドパンツ（七分丈のパンツ）とぴったりした黒いシャツを丸めてトートバッグに入れる。黒はニューヨークではいちばん目立たない色だ。夏の盛りでさえ、みんな黒を着ている。小さめの地味なバッグもトートバッグに入れた。

　これでよし。必要なものは必要になったら買えばいい。この部屋を見たらだれでも、彼女はショッピングに出かけただけでじきに戻る、と思うだろう。ラファエルは、彼女が服や化粧品に目がないことを知っているから、まさか残していけるとは思っていない。それで貴重な時間を稼げる――そうであってほしい。脱出は手際よくやらなければ。〝ベビーシッター〟に見抜かれたら最後、あっという間に捕まってしまう。

　部屋のなかを歩きまわった。時計を見た。やがて空腹に勝てなくなり、キッチンに行った。ラファエルは料理人を雇わない。自分の縄張り外の人間を信用しないからだ。それに、ギャングは料理の腕を磨いたりしない。もっぱら出来合いの料理を配達させるので、いつもなにかしら食べるものはあった。

　体力がないふうを装い、ゆっくりと歩いた。リビングルームにいるふたりが、足音で振り向いた。オーランド・デュマはおらず、ほっとした。ふたりの名前はアマドとヘクターだ。苗字を耳にしたのかもしれないが、聞いた端から忘れた。彼らなら大丈夫。すごく切れるわけでもなく、まったくの馬鹿でもない。まんなかへんだ。よし。なんとかなる。

「気分はよくなったのか？」ヘクターが尋ねた。

「まあね」咳をするのを忘れていたが、声はまだ少しかすれていた。「お昼にスープをあたためるつもり。一緒にどう？」乗ってくるとは思っていない。コーヒー・テーブルに皿とグラスが載っているから、昼食はすませたにちがいない。それに、アマドはドリトス（コーンチップ）の大袋を持っていた。

「いや、おれたちはすませた。ありがとよ」

ヘクターはギャングにしては礼儀正しい。

ドレアはキッチンでスープを電子レンジであたため、カウンターに向かって立ったまま食べた。心臓が激しく脈打っていた。鼓動のリズムが速くなるのがわかり、興奮が血管を駆けめぐりはじめた。もう一度時計を見た。午後二時。

ショータイム。

7

ベッドルームの鍵をかけ、ラップトップの電源をいれた。慎重に調査を進めてきた。ラファエルの銀行口座をゼロにして逃げ出すつもりはなく、〝万が一のため〟の備えだった。ラファエルがあんなひどいことをしなかったら、いまのままで満足していただろう。そしていずれ彼に飽きられたら、宝石を持って出て行くつもりだった。そのために、まったく無害で、盗み見や立ち聞きをする女ではない、と彼に思わせるよう仕向けてきた。

それとはべつに、ラファエルが殺されることだってありうる。彼のような人間には起こりうることだ。そうなったら、銀行に預けてある金をそのままにしておく手はない。口座が凍結され、FBIがやってきて根こそぎ持ってゆくのを、ただ眺めている手はない。

だから、将来——自分の将来——のために備えたのだ。

マネーロンダリングをしていない金を、ラファエルがどこに、どんなふうに隠しているのかはわからない。探り出すだけの能力はないし、ばれた場合のリスクが大きすぎる。だが、ラファエルの個人口座はべつだ。彼女のために開いた口座に、彼はそこから金を振り込んでくれていた。

ペントハウスにはコンピュータのためのハードワイヤード・ルータが備えてあった。ワイヤレス・ルータは他人に情報を盗まれる可能性が高いから、ハードワイヤードにすべきだとオーランドがラファエルに進言したのだ。ドレアのラップトップのＩＰアドレスナンバーは、ラファエルのそれとはちがうが、ルータから相手方に発信されるナンバーはひとつだけだ。つまり、彼女がラファエルの銀行口座にアクセスしても、銀行側は正しいＩＰアドレスナンバーからアクセスされていると判断する。

機会があるごとにキーを打つ彼の手元を盗み見て、パスワードを突き止めるのに何カ月もかかった。パスワードを定期的に変更されたら、わかるわけがないが、たいていの人とおなじで、彼もわざわざ面倒なことはしない。それに、彼のパスワードは独創的でもなかった。携帯電話の番号をそのまま使っていたのだ。彼は携帯電話を二機もっていて、ひとつはオーランドが彼のために買ってきた、通信が暗号化されるやつで、もうひとつは彼が私用に使っているふつうのやつだ。暗号化されるほうのパスワードはわからないが、ふつうのほうにはドレアからよくかけている。彼が打つキーの最初の三つがわかった時点で、パスワードの見当はついた。

銀行のウェブサイトにアクセスし、ラファエルになりすましてログオンし、口座の情報が画面に現われるのを息を詰めて待った。まず〝アカウント設定の確認・変更〟の画面にゆき、電子メールアドレスの変更を行ない、ラファエルのではなく、自分のメールに通知が届くようにした。これまでの調査で、通常より高額の送金がなされたときには、銀行はメールで通知を出すことがわかっていた。きょう、ラファエルに通知がいってはまずい。

彼が――あるいは、オーランドが――彼女の電子メールアカウントをチェックするまでに、どれぐらいの時間がかかるか見当もつかない。彼女がいなくなったことがわかったとき、ラファエルはまっさきに彼女の部屋を調べるだろう。彼女が服をすべて置いて出るとは思いもしないだろうから、彼女の身になにかあったのだと心配し、手下を探しにやるはずだ。残念なことに、ラップトップも置いて出なければならない。なくなればまっさきに気づくはずだ。べつにかまわなかった。ラップトップに必要なファイルは入れてないし、写真も保存していない。

だが、ラファエルに思い知らせたい――むろん、逃げ出してからかなりの時間がたったあとに、だ。償いをさせたことを、彼にわからせたかった。不渡小切手を受け取るまで、口座が空っぽなことに気づかないだろう。それまでに数日はあるはずだ。だがそれは、すべてがうまくいった場合のシナリオで、ボールがこっちに跳ね返ってくることもありうる。運まかせにするつもりはない。できるだけ速く、できるだけ遠くに逃げる。名前を変え、あたらしいIDを買う。これが最初の試練になるだろうが、変身はお手のものだから、それほど心配はしていなかった。

メールアドレスを変更し、ラファエルの口座情報の場面に戻って残高を調べた。意地の悪い喜びが込みあげてきた。二百十八万八千四百四十三ドル二セント。二セントは残しておいてやろう。端数のない額を動かすつもりだったからだ。

それなら二百万ドルだけいただくのが賢いやり方だろう。十八万ドルあまり残っていれば、すぐに不渡りにはならず、時間を稼げる。もっとも、十万ドルは十万ドルだ、と彼は言った。彼の裏切りの値段。つまり、彼女は十万ドルの価値があるということだ。それもいただいてどこが悪い？

二百十万ドル。いい響きだ。自分の口座情報を打ち込む。電子の輪をかいくぐり、キー操作ひとつで瞬時にして百万長者。一分間たってから自分の口座にログインし、そこに並ぶすてきな数字を眺めて悦にいった。ラファエルがこのことに気づき、金をまた自分の口座に戻すことを考え、パスワードを変更した。いまや彼はこの金に手をつけられない。銀行側からすれば、彼がドレアにあげた金であり、どうしようと彼女の勝手だ。

つぎにやること。金をすべてべつの銀行に移す。だが、いますぐではない。早すぎる。送金を知らせるメールが彼のもとに届くこともだが、もっと避けたいのは、金の動きを彼に電話で知らせられることだ。一時間ちかく待ち、銀行の閉店時間ぎりぎりに金をふたつの口座に分散する。ひとつはニュージャージーのエリザベスにある銀行の口座、だが、金の大半を移すのはカンザス州グリッソムにある独立所有の銀行の口座だ。彼女が生まれてはじめて開いた口座で、ずっともっていた。法律により、彼女の口座に入った金を彼女がどうしたか、ここの銀行はラファエルに情報を与えてはならない。

笑わずにいられない。彼女が必要な金を送るのに、おなじ銀行に口座があったほうが楽だからそうしろと、ラファエルはしつこく言った。しかも彼の名前で口座を開けと言ったが、彼女につきっきりというわけにもいかなかったし、彼の指示のその部分を彼女は〝忘れた〟。それでも、彼女は律儀に口座収支報告書は彼のもとに届くよう手配したから、彼女がいくら使っているか、彼は知っていた。彼は多少気分を害しただけで、口座名義を変えろとは言わなかった。彼女の口座に、いつ、いくら振り込むかは彼の指示でおこなわれるわけだから、それで彼女を支配しているつもりだったのだ。それがおおきな間違いだったわけで、いまだにそうだ。

部屋を歩きまわりながら、これまでにとった行動を検討し、ほかにやっておくことはないか考え、黒の薄いパーカーをトートバッグに入れた。髪を切るまではこれで隠しておける。

自分で切ることもできるが、ゴミ箱から切り落とした長い髪が出てくれば、きっと怪しまれる。髪はあす、ヘアサロンで切ってもらおう。髪を切ってもらう場所だから、誰も怪しまない。

ブラックベリー（カナダで開発されたスマートフォン）のバッテリーをチェックしてからそれもトートバッグに入れ、最後の品も放り込んだ。空の財布。これでよし。最小限必要なものだけ入っている。準備はできた。

しまった、できてない。頭のなかで自分の額を叩き、急いでクロゼットから貸し金庫の鍵を取り出した。サテンの室内履きの内側にテープで貼りつけておいた鍵だ。これがなければ、そこに預けてある宝石も、送金するときに必要な銀行のルーティング・ナンバーと口座番号を記した紙も取り出すことができない。鍵をもたずに出てゆくつもりだったなんて、自分が信じられない。そうなったら、なにもできずに途方に暮れるだけだ。無一文で去ることになるか、危険を冒して取りに戻るか。そうすれば、彼の手の届くところにいるあいだに、やったことがばれる可能性がある。たとえまだ気づいていなかったとしても、彼は今夜、彼女と愛を交わしたがるだろう。それだけはとても耐えきれない。もう二度と芝居はできないし、考えや感情を隠しとおせるとも思えなかった。

ドアのまえで何度も咳をし、声をかすれさせてから鍵を開けた。リビングルームの入口で立ち止まる。アマドとヘクターがこちらを向いた。「ちょっと気分がよくなったから」かすれ声で言う。「図書館に行ってもいいかしら?」

彼らがどういう命令を受けているかわかっていたが、いちおうお伺いをたてた。ラファエルの手下に対し、生意気な口を叩いたことも、生意気な態度に出たこともない。つねに従順で穏やかにしてきたのだから、いまさら芝居はやめられない。

「車をまわす」アマドが観念して立ちあがった。彼女が外出することは予想がついていて、アマドが貧乏くじをひいたのだ。ヘクターはペントハウスに残ってテレビでスポーツ観戦をし、ついてないアマドがちかくに駐車スペースを探し、彼女から電話があるまで待つ。

「着替えてすぐに出るわ」ドレアは約束した。彼らがその言葉を信じたとは思えない。いつも支度に時間をかけるからだ。いつもは隠しているスピードと意志の力を、きょうだけは表に出し、クリーム色のシルクのパンツにおそろいのタンクトップ、ホットピンクのウェスト丈のジャケットを羽織った。派手な格好だからどこにいても目立つ。あとで服を着替えたとき、目のまえを通りすぎてもアマドは彼女だと気づかないだろう。ピンクのジャケットと豊かなカーリーヘアの女を探すだろうから。

トートバッグのストラップを肩にかけ、最後にもう一度部屋を見渡し、ドレア・ルソーにさよならを言った。お芝居は彼女の目的にかなっていたが、もうしなくてすんでせいせいする。

「バイ、ヘクター」ベッドルームを出て玄関に向かう。「またあとでね」

ヘクターがテレビから目を離さず、手だけ振った。ドレアは玄関を出てエレベーターに乗る。ひとりだった。〝ダウン〟のボタンを押すとエレベーターが動きだした。鎖を解かれたような、軽やかな気持ちと安堵感が全身に染み渡った。もうじき。潜在意識がささやきかける。もうじき――あとほんの数分で――自由になれる。また自分に戻れる。アマドを相手にあと数分芝居をつづければ、これまでの人生に別れを告げられる。

ロビーに出ると、ドアマンに向かっていつものお馬鹿な女の笑顔をふりまく。歩道に出ると、アマドが車を縁石に寄せた。彼女がこんなに早く出てきたことに、彼はちょっと驚いたようだが、運転席から飛び出してきて、黒のリンカーン・タウンカーの後部座席のドアを開けてくれた。この手の車はニューヨークにごまんとある。リムジン会社はどこもこの車種を使っていた。ラファエルが私用車にこれを使うのは、ほかの車にまぎれて尾行をうまくまけるからだ。

車に乗り込もうとしたとき、暗殺者の姿を見たような気がして、心臓も血管も凍りついた。足が不意に言うことをきかなくなり、よろっとして倒れそうになった。アマドが腕をつかんでくれた。「大丈夫か？」

なにを見て彼だと思ったのだろう。あたりに視線を配る。彼はそこにいなかった。見てはいないのだ。歩道の雑踏に彼の姿はなかった。あんなふうにしなやかに動く人間も、彼独特の頭のあげ方をしている人間もいなかった。目を閉じておおきく息を吸い込み、跳ねあがる鼓動を抑えようとした。

しばらくアマドに寄りかかっていた。「足首をひねってしまって」なんとかたよりなげな口調で言った。「ごめんなさい」

「挫《くじ》いたのか？」

「それはないと思う。たいしたことないから」ためしにそっと足首をまわす。「大丈夫」車に乗り込んでから、もう一度あたりを見まわした。なにもない。黒髪の男はたくさんいたが、彼ではなかった。なにかを、あるいはだれかをパッと見て、彼を思い出した。それだけだ。彼はここにはいない。もしいれば、わかるはずだ。

暗殺者のことを頭から追い払う。気が散っていては間違いを犯す。どんな間違いも命取りになりかねない。意識を集中し、すばやく動かなければならない。

アマドが図書館の前に車を停めたころには、落ち着きを取り戻していた。「一時間ぐらいだと思うわ」車からおりるのに手を借りながら、漠然と言った。

「ゆっくりしたらいい。帰る気になったら電話しろ」

彼の諦め口調から、一時間以上待たされることは覚悟のうえなのがわかる。彼の知っているドレア、みんなが知っているドレアは、時間の観念がなく、いつも遅れる。彼女が〝ほんの数分〟と言う場合、それがなんであれ、一時間はかかると思ったほうがいい。

「あなたの番号は？」彼女は尋ねた。「ペンをもってたはず……」声をだんだん小さくし、トートバッグをかきまわした。

「あんたの携帯をよこしな」彼が言う。苛立った運転手ふたりが背後でクラクションを鳴らした。

ドレアはブラックベリーをトートバッグのポケットから引き出し、彼に渡した。辛抱強い男だ。ため息をつくこともなく、手早く番号を入力した。「コンタクトリストの使い方はわかるんだろ？」彼が念のため尋ねた。

「ラファエルが教えてくれた」彼女はうなずき、頭のなかで目をくるっとまわした。

背後ではクラクションの合唱がはじまっていた。「ゆっくりしてこい」アマドは言い、運転席に戻った。後続の運転手たちが苛立ちをつのらせているのに、彼女が通りを渡り図書館の階段をのぼるのを、アマドは見送った。ドレアは、彼が気づく程度に軽く足を引きずった。辻褄《つじつま》を合わせておかないと。彼は鮮やかなピンクのジャケットだけでなく、ちょっと足を引きずっている女を探すだろうから。

図書館に入ると女性用トイレに直行した。個室に入って鍵をかけ、手早く服と靴を替え、着てきたものはトートバッグにしまった。あとで捨てるつもりだ。財布も替える。ラファエルがくれたグッチの財布から運転免許証と現金を取り出し、マーシーズ・デパートで買ったノーブランドの財布に移し、クレジットカードはグッチの財布に残した。カードを使うのは自殺行為だし、財布を拾っただれかがそれほど正直ではなく、カードを勝手に使ってくれたら、彼女の足跡がよけいにわからなくなる。

だが、そのへんにほっぽっていくつもりはなかった。それではあまりにみえすいている。財布をトートバッグに戻し、念のため水を流してから個室を出た。

シンクの前にはふたりの女がいた。彼女たちが出て行くまで、ドレアはのんびりと手を洗い、口紅を直し、服を調えた。それから急いで両手を濡らして髪を梳《す》いた。濡れると髪の色は濃くなり、カールが伸びる。髪が充分に濡れたところで、額からうしろにぴったりと撫でつけ団子に丸めてペンを差した。団子は長くもたなくていい。

あとひとつ。ペーパータオルを濡らして化粧をできるだけ拭き取った。いつも忙しく動きまわっているニューヨーカーのような歩き方でトイレを出た。だれも振り返らなかった。

玄関を出る。トートバッグからグッチの財布を抜き出して小脇に抱え、ゴミ箱の前で立ち止まった。できるだけ人目につかぬよう財布を落とし、つま先で空き缶の陰に押し込む。ほぼ視界から隠れるように。じきに誰かが見つけるだろう。正直者なら図書館の職員に渡す。不正直者はクレジットカードを抜き取り、ショッピングに繰り出す。どっちのシナリオも彼女に有利だが、二番目のほうがラファエルを困らせてやれる。

二ブロック先まで急ぎ足で進み、タクシーを拾って運転手に行き先を告げた。直線コースのほうが速いが、あとをたどられやすい。タクシーをおりるとまた二ブロック先まで歩き、べつのタクシーを拾った。三度タクシーを乗り換えて、最終目的地であるニュージャージーのエリザベスに着いた。

時間が迫っている。日は沈みはじめていた。ドレアは銀行に入り、貸し金庫の利用を申請した。署名し、バッグから鍵を取り出すと、ほっそりしたアジア系の若い女が、床から天井まで箱が並んだ小さな部屋に案内してくれた。

ドレアが借りているのは小さなほうの箱で、床にちかい場所にあるから、鍵を差し込むのにしゃがまなければならない。若い窓口係が銀行の鍵を差し込み、両方の鍵をまわして扉を開いた。ドレアが礼を言うと、窓口係はほほえんで立ち去った。

必要なものを取り出すのに一分しかかからなかった。トートバッグから着替えた服を取り出し、貸し金庫から宝石をおさめたベルベットの袋を取り出してトートバッグに入れる。ほかに入っているのは、銀行口座の情報を記した紙が入っているマニラ封筒だけだ。それもバッグに入れる。つぎに取り出した服を貸し金庫に突っ込んで鍵をまわし、それをバッグに落とす。

銀行を出るときには、あたりをきょろきょろ見まわさなかった。歩道に出てタクシーを拾い、ちゃんとしたホテルに着けてくれとたのんだ。運転手は返事の代わりにうなっただけだった。車内で、ドレアはブラックベリーと口座の情報を記した紙を取り出し、作業に取りかかった。

五分後には終わっていた。二百万ドルはカンザス州グリッソムの口座に、十万ドルはいま出て来た銀行の口座に振り込んだが、届くのはあすの朝だ。入金を確認したら、ブラックベリーを処分する。ため息が出る。情報が詰まった便利な器械をなくすのは惜しい。

ブラックベリーの電源を切り、またため息をついてシートに寄りかかった。すばやく動きまわったので、マラソンを走ったみたいに疲れていた。うまくすれば、アマドはようやくやきもきしはじめたころだ。まだ電話がかかってこないということは、彼は図書館にいないということだ。だが、じきにかかってくる。電話を受けなければ、彼は図書館に捜しに入り、カジノと同様に図書館も携帯電話の電波がブロックされるせいだと思うだろう。

図書館で彼女が見つからなければ、彼は心配する。気分が悪くなったと思い、図書館の職員にすべてのトイレを調べるよう頼むだろう。それでも見つからないとわかってはじめて、彼はラファエルに電話する。

ラファエルは猜疑《さいぎ》心のかたまりだから、彼女がなにか持ち出していないか、まずヘクターにベッドルームを調べさせる。バスルームに化粧品があり、ラップトップもテレビもそのまだし、なにも持ち出していない、とヘクターから報告を受けてはじめて、彼女の身になにかあったのでは、と考え、手下に捜索を開始させるだろう。捜索は図書館の周辺からはじめられる。彼女が捨てた財布を正直者が見つけて、図書館に届けていれば、ラファエルは警察にも連絡するだろう。

おもしろいシナリオになりそうだ。ラファエル・サリナスがよりによって警察に助けを求めるのだから。お金を払ってでも見物したい。

彼女が予約をいれていないか、あのあたりのホテルを調べるかもしれない。彼女の知能を見くびっているラファエルだから、彼女は誰にでもわかることしかできないと思っている。そこがミソだ。

実際の距離としてはそう遠くにいるわけではないが、州がちがう。それに、彼女がニュージャージーのエリザベスに行くとは、百万年かかってもラファエルにわかるわけがない。彼女がマンハッタンを離れるとは思わないはずだ。

彼女がこっそり金を盗んだことがわかったら、彼女の生まれ故郷に的を絞るだろう。彼女の素性を彼が調べさせたことは知っていた。本名も出身地もばれている。それはかまわない。二度と故郷に舞い戻る気はなかった。故郷にはまだいとこが暮らしているだろうが、家を出て以来、連絡をとっていなかった。だいいち、とる理由がない。

兄のジンボは彼女より前に家を出て、それから音信不通だ。厄介払いができてせいせいした。根っからの負け犬だ。両親は離婚し、それぞれどこかへ流れていった。ふたりの子供のことより、自分のほうが大事という人間だったから、こっちから縁を切った。天涯孤独、それが性に合っている。

タクシーが停まったのは、清潔そうに見えるホテルだった。いまはそれだけで充分だ。たったひと晩のことだし、もっとひどい場所でも我慢できる。

偽名で部屋をとり、現金で払った。退屈そうなフロント係が規則や使い方の説明を早口で唱え、鍵を滑らせてよこした。部屋は二階だったが、重い荷物を運びあげたりおろしたりする必要はないから、べつにかまわない。

部屋の絨毯はしみだらけで、擦り切れ、家具はがたがきていたが、少なくともいやな臭いはしなかった。まわりのことには目を瞑り、電話帳を探した。ようやく見つけると——盗難防止にチェーンがついている——イエローページを開き、銀行にちかいヘアサロンを探し、電話した。四軒目で、朝の十時に予約がとれた。

これでよし。あすの朝、銀行が開いたら十万ドル引き出して、ヘアサロンに直行し、髪を切って染めてもらう。それで準備万端。中古車を現金で買い、西を目指す。

自由だ。

8

ラファエルは怒りしか表わすまいと必死だった。彼にとってドレアが大事な存在だったと、手下どもに思わせてはならない。湧き起こるさまざまな感情のなかで、怒りはもっとも小さかった。いちばん大きいのが恐怖だ。腸が引き千切られるような恐怖を、どうしても振り払えない。どこかのガキが——馬鹿正直なガキが——図書館のそとのゴミ箱の下から見つけて届け出た財布を、アマドから見せられるまで、ドレアは彼を懲らしめようとしているのだと思っていた。彼女らしからぬことではあるが。だが、もうそんな憶測で自分を慰めてはいられない。現金とＩＤはなくなっているが、クレジットカードは残されていた財布という証拠を突きつけられたのだ。

愚かな盗人は現金とクレジットカードを抜き取り、買い物三昧で過ごし、すぐに足がつく。賢い盗人は現金だけ抜き取り、クレジットカードは残す。彼女の免許証もなくなっていた。身分の売り買いは儲《もう》かるビジネスで、有効な運転免許証は価値がある。クレジットカードは一枚もなくなっていないという事実に、ドレアの失踪を加えて導き出されるシナリオは、けっしてよいものではなかった。FBIに連れ去られた可能性もない——ショッピングの仕方を伝授してもらおうというのでないかぎり、彼らにとってドレアは屁《へ》の役にもたたない——し、彼らが現金を抜き取って財布を捨てるわけがない。

彼には敵がいる。それもごまんと。そのひとりにさらわれたのなら、彼女は死んだもおなじだ。彼を強請《ゆす》るネタとしてしばらくは生かしておくかもしれないが、つぎに彼女に会うのはバラバラにされた死体としてだ。彼の生きる世界では、暴力は日常茶飯事だ。その手の仕事に秀でていたからこの世界でのしあがれたのだが、やさしいのが取り得の馬鹿なドレアが、レイプされ拷問されていると考えると、胃がむかつく。

彼は手下全員をペントハウスに集めた。会話をモニターされない唯一の場所だ。その方面にあかるいオーランドの助言に従い、FBIの盗聴を防ぐための斬新な防御装置を残らず備えつけた。「だれかがなにかを見ているはずだ。出入口にはすべて監視カメラが取りつけてある、そうだろ?」最後の質問をオーランドに向けたものだ。

「そのはずですが、どの程度のセキュリティ対策をとっているか。図書館に押し入る奴なんていませんか? たいしたものは出てきませんよ」

捜索令状をとるのは問題外——だれも言いださない。警察に通報する? 笑える。警察のことだ、法律上の手続きを楯《たて》にのらくらするだけだ——それでも腰をあげればたいしたもの。そんなことにかかずらっている暇はない。自分のやり方でやるまで。ドレアをさらった奴を見つけだし、もてる力のすべてを使って叩きつぶしてやる。

「財布をなくしたことに気づいたら、探しに戻るんじゃないですかね」ヘクターが言った。

「馬鹿こけ」アマドが苦々しく応じる。「だったらなぜ携帯に出ない?」

「バッグをひったくられ、そいつを追っかけていって道に迷ったとか」ヘクターは藁《わら》をもつかむ思いだ。黒い目に浮かぶ悲しみが、彼にもわかっていることを物語っていた。それでも、みんなが予測していることとはちがう可能性を、口にせずにいられなかった。

「そんなわけがない」アマドが言った。「彼女は車に乗るときに足首をひねって、足を引きずってたんだ。追いかけるなんてできない。だいいち、バッグをひったくられたら、耳をつんざく悲鳴をあげるにきまってる。図書館じゅうに響き渡るような」

「彼女をさらったのは抜け目のない奴だ」オーランドが言う。「出て来た彼女の肩に親しげに腕をまわし、もう一方の手に握った銃を脇腹に押しつける。彼女は声もあげずに連れ去られたんだ」

図書館のそとで起きたことなら、監視カメラにはなにも映っていない、とラファエルは思った。だが、そんなことはどうでもいいのだ。ドレアをさらったのがだれであれ、彼に知らせてくるはずだ。理由があってさらったのだろうから。彼女をただ連れ去って殺すなんて筋がとおらない。きっとじきに連絡してきて、金か、あるいはほかのものを要求するだろう。あるいは、彼が暗殺者を雇ったことをだれかが知り、背後に彼がいることを突きとめたのかもしれない。だが、そんなわけはない。それに、たとえその復讐のためドレアを殺したとして、彼に知らせてくるはずだ。そうでなければ、殺す意味がない。

「図書館のセキュリティは調べる必要ないな」彼は重々しく言った。「彼女をさらった奴はかならず連絡してくる」ドレアが死んでいようと生きていようと、犯人は連絡してくる。それまでは待つしかない。

ラファエルは、手下と一緒にいることにそれ以上耐えきれず、不意に踵を返して部屋をあとにし、廊下を彼女のベッドルームに向かった。ドアを開けてなかに入ったとたん、見えない壁にぶつかったように立ち止まった。彼女がまだそこにいるようで、手を伸ばしたら触れられる気がした。あたりには彼女の香水の匂いがただよっていた。テレビはいつものようにつけっぱなしで、ショッピング・チャンネルの司会者の声がやけに朗らかで、小鳥のさえずりみたいだ。ラップトップは開いたままだ。彼女は閉じたためしがなかった。画面は暗いが、パワーライトがついているからスリープモードなのがわかる。キーに触れれば甦《よみがえ》る。クロゼットのドアは開いており、なかのライトがついているので、掛かっている服が見えた。ドレッサーの上には安物のジュエリーが散らばっていた。

ドレアはガラクタを集めるのが好きで、派手に着飾るのが好きだ。だらしなくて、暢気《のんき》で、子供みたいに熱中する。彼女を屁とも思わぬ男に、残忍に殺されてもいいわけがない。

視界が曇り、自分が涙目になっていることに気づいてぎょっとした。こんなところを人に見られてはならないから、そのまま部屋の奥までゆき、バスルームを覗き込んだ。化粧台には化粧品が乱雑に置かれ、彼女の匂いがきつくこもっていた。香水入りのバスジェルと香料入り蠟燭《ろうそく》に、ローションやスプレーの香りが混ざり合った女の匂いだ。ドレアは女であることの贅沢を愛している――愛していた。

胸におおきな重しがのっかっていて、なかは空っぽだ。重みでうまく息ができず、心臓の鼓動も苦しげで、重くゆっくりになってきた。精神的苦痛のせいだ。こんな痛みはこれまでに感じたことがない。死ぬまで消えないのだろうか。彼女はいなくなった。不公平じゃないか。愛していると気づいた翌日に失うなんて。彼女が恨めしかった。きのう、彼女があんなふうに取り乱したことが、恨めしかった。だから、あらためて彼女を見る気になったんだ。そしたら、自分の弱さに気づいてしまった。それなのに、いなくなるとは、恨めしい。クソッ――こんなに愚かになる自分こそ、クソ野郎だ。

ドレアは夜中に目を覚まし、空気を求めて喘ぎ、ロープのように巻きつくシーツと格闘した。飛び起きてあたりを見まわした。カーテンの縁から街灯のあかりが射し込んでいるので、部屋は真っ暗ではなかった。もしそうだったら、心臓麻痺《まひ》を起こしていただろうが、そうではなかったので、部屋にだれもいないことがわかった。ありがたいことにひとりだった。

暗殺者の夢を見た。彼女がこのモーテルにいることを、彼は知っていて部屋に入り込んできた。そしてセックスを終えると、今度はほんとうに彼女を殺そうとした。彼の姿は見えなかったが、闇のなかにいてこっちを見ているのを感じた。夢特有のおかしな論理で、こっちが目覚めてさえいれば、彼は手も足も出せないことが、ドレアにはわかっていた。だから必死で目を開けていようとしたのだが、頑張れば頑張るほど眠くなり、ついに頑張りきれなくなって眠りに落ちた――そして、こんなことははじめてだったが、必死で起きていようとしてけっきょく眠ってしまう夢をもう一度見ようとしたのだ――その結果、目覚めると彼がうえにいて、彼女のなかに入り込んでおり、両手で首を絞めていた。

それでほんとうに目が覚め、パニックの冷たい指で首を絞められて凍えつきながら、必死で幽霊と闘った。

夢のなかの出来事なのに、彼に殺されるとわかっていたのに、貫かれた感触はまさにほんもので、いまにも絶頂に達しそうになった。完全に目覚めると、自分の愚かさを知る者はいないのに、怒りと屈辱感にまみれてベッドを抜け出し、シンクに向かって水を飲んだ。

ライトをつけ、無情な蛍光灯のあかりのなかで自分を見つめた。着の身着のままだから、裸で寝た。下着は手で洗って、ハンガーに掛けて干してある。

いつもはパジャマを着て寝る。裸で寝るというめったにないことをしたので、あんな悪夢を見たの？　あれはまさに悪夢だ。ひとりだとわかっていても、鏡のなかの自分の背後に目をやった。彼がそこに現われることを期待して。

部屋のレイアウトはモーテルによくあるやつだ。部屋の奥にシンクと化粧台があり、トイレとシャワー付き浴槽のある小部屋がべつについている。ほかに出入口はないから、ここに追いつめられたら逃げられない。それがわかるとすぐにもここを飛び出したくなったが、理性が働いた。ここなら比較的安全だ。ラファエルが自分の銀行口座のことをすぐに知ったとして、それはつきがなかったとしか言いようがないが、さらに図書館の監視ビデオを入手して彼女の変装を見抜いたとしても、タクシーを何度も乗り換えたし、ジグザグのコースを歩いて街を横切ったから、彼が居場所をつきとめるまでには時間がかかるはずだ。

金を引き出し、髪を切って染めてもらい、着替えの服を買い、中古車を買うだけの余裕はあるだろう。パニックに陥る必要はない。夢に怯えた。ただそれだけのことだ。

だが、ライトを消しても寝つけなかった。また彼の夢を見るのがいやだった。なかば無意識の領域であっても、彼にそばにこられるのがいやだった。暗闇のなか、まんじりともせずに、夜が明けてあたらしい人生がはじまるのをいまかいまかと待った。過去を振り返っても意味がない。先のことに意識を集中した。いまでは百万長者だ。家を買うのもいいかもしれない。自分の家を。これまで家をもったことがなかった。それを言うなら、ずっと昔から、家庭とよべるものはどこにもなかった。

朝がきて、朝食を買いに出た。前夜は階段横の自動販売機で買ったクラッカーとチップスで夕食をすませたので、お腹がぺこぺこだった。道路際のレストランを見つけて入った。混んでいたので席が空くまで待たねばならなかった。ブースをひとり占めするよりカウンターの席を選んだ。ようやく空いたのは、建設作業員かトラック運転手らしき逞《たくま》しい男ふたりに挟まれた席だった。彼女は目を合わせなかったし、男たちもただ黙々と皿を空にしていた。

ソーセージと卵とトーストを注文した。ラファエルのところにいたら、太ることを気にしてぜったいに口にしないメニューだ。ひと口食べたとたん、時計を見ることも忘れ食事に没頭した。こういうまともな食事を最後に口にしたのは……思い出せないほど前のことだ。ラファエルに出会うよりずっと前、そう……十数年。そのあいだ、まともな食事をとったことがなかったのだ。

男たちをたぶらかすために。いまでは男を必要としない。金持ちになったのだから、食べたいものを食べてやる。

満腹感を凌《しの》ぐほどの満足感に満たされて、モーテルに歩いて戻った。そろそろ銀行が開く時間だ。みすぼらしい部屋に腰を落ち着け、九時十五分まで待ってブラックベリーの電源を入れた。とたんにメール受信のブザーが鳴ったが無視し、口座にアクセスした。なにもなし。まだ入金されていない。振込み手続きは朝いちばんにされるはずなのに。カンザス州の銀行をチェックしてもはじまらない。カンザス州は中部標準時だから、あと一時間待たなければ入金を確認しようがなかった。

なにかまずいことでも？　背筋がゾクッとする。ラファエルが送金をとめることはできない。合法的には。でも、非合法で……そう、銀行員の頭に銃を押しつけるとか。送金のことがすぐにわかった場合、彼ならそれぐらいやりかねない。

なにか買いたいものがあると、彼は小切手を切らずにカードを使う。毎月のきまった支払いにも小切手は切らない。デビット・カードは番号を盗まれて不正使用されるおそれがある、とオーランドに言われ、昔ながらのやり方で支払っているが、自分ではやらない。正規に雇っている会計士にすべて任せていた。

そう、ラファエルに見つかるはずがない。

十分後、もう一度アクセスした。今度は、口座に十万ドルの入金があった。

ほっとしたら力が抜け、ベッドに横になってブラックベリーを胸に抱きしめた。もう一度金額を見てみる。笑いが込みあげる。ちゃんと入っている。最後の一ペニーまで残らず彼女のものだ。

急がなければヘアサロンの予約時間に遅れてしまう。ベッドから飛び出してタクシーを呼び、ベッドサイド・テーブルに部屋の鍵と二ドル札を置いて部屋を出た。

銀行に行って口座を閉じようとしたときから、すべてが下降線をたどった。身分証明書と必要な情報を差し出し、十万ドルを現金で受け取りたいと申し出た。すると、ワインレッドに髪を染めた中年女の担当者が、書類に記入する手をとめ、デスク越しにドレアを見つめ、うろたえた表情で言った。「それは、どうでしょう、全額というのは無理かと思います」謝罪口調でつづける。「お客さまが口座を閉じられるときには、通常、支払い保証小切手をお出ししております。当行では多額の現金を手元に用意しておりませんので。事前にご連絡いただいていれば、追加の分を用意することができたのですが……上の者と相談してみませんと。どこまでご要望にお答えできますか」

ドレアはきつく責める言葉をかろうじて呑み込んだ。銀行が多額の現金を手元に用意してない？　現金をもってないって、いったいどんな銀行なのよ？　この女を敵にまわせば、現金をまったく手にできずに出て行くことにもなりかねない。だから下手に出た。「申し訳ありません。なにしろ急なことだったので……そこまで考えてなくて」

急なことがなにかまでは明かさなかったが、謝ったことが功を奏したようだ。「なにか打つ手はあると思います。ちょっとお待ちください」

女がべつの部屋に消えたので、ドレアは必死で考えた。十万ドルの支払い保証小切手を受け取ったらどうなる？　べつの口座を開かなければならない。必要なのは現金だ。足のつかない現金。

腕時計を見る。ヘアサロンの予約を変更しないつもりなら、時間はあまりない。髪を切るのは先延ばしにすることもできるが、車を買うまえに外見を変えておきたかった。銀行に現金を用意する時間を与え、髪を切ってから戻ってくれば、それだけ多くの現金を引き出せるだろうが、そうすると担当者に変身した姿を見られるわけで、ラファエルの追跡をそれだけ容易にしてしまう。

それはまずい。計画どおりにやらなければ。オーケー、だったら銀行にもっと余裕をあたえる。たとえば一日——エリザベスにあと一日滞在することで、背負うことになるリスクは？

とても受け入れられるものじゃない。きょう出発しなければ。

でも、手元に現金はあまり残っていないので、いますぐいくらか受け取る必要がある。十万ドルまるまるでなくても、二万ドルあればなんとかなる。残りは支払い保証小切手にしてもらえばいい。一万ドル払えば、カンザス州まで行くのに充分な中古車が手に入るだろうし、一万ドルあれば、モーテル代や食事代を払ってもお釣りがくる。カンザス州までどれぐらいかかる？　二日？　三日？　それなら一万ドルあれば充分だ。

担当者が戻ってきた。ひそめた眉が、百万ドルを現金で払うことはできないと言っている。

「申し訳ありません」彼女の言葉を、ドレアは頭を振ってとめた。

「かまいません。二万を現金で、あるいは一万五千を現金で、残りは支払い保証小切手でというのはどうでしょう。それでも充分すぎるほどだわ。自分でもなにを考えてたんだか。そんな大金をもって旅行したくありませんもの」

担当者の表情がほぐれた。「一万五千ドルなら現金でお渡しできますが、二万ドルとなると――」

時間がない。「いろいろとご面倒をおかけして」ドレアは言った。「一万五千ドルでけっこうです」

「よろしいんですか？　お調べするのにそう時間はかからないと――」

「ありがとう、でも、その必要はありません」

やっとのことで、一万五千ドルの現金を手に入れた。百ドル札で百五十枚だ。残りは支払い保証小切手で受け取った。現金は驚くほどの嵩《かさ》があり、全額を現金で受け取らなくてよかったと思った。持ち歩くのに小さなスーツケースを買わねばならず、疑惑を招きかねない。一万五千ドルならなんとかバッグにおさまる。

二枚の書類にサインして、すべての口座を閉じる手続きは終了した。「どうもありがとう」礼を言って腕時計に目をやり、急いで銀行をあとにした。

予約時間に二十分遅れたので、スタイリストは不機嫌モードだったが、彼女がらせん状の長い巻き毛を指差して「バッサリ切ってストレートにして、もっと濃い色に染めてほしいの」と言うと、とたんに張りきりモードになった。スタイリストはたいていそうだが、彼も長い髪をバッサリ切って大変身させるのが大好きらしい。

一時間半後、サロンをあとにした彼女は、てっぺんをツンツン立たせた、ブルネットのシャギーカットに大変身していた。シャープな雰囲気になって大満足だ。顔の印象もがらっと変わり、骨格が浮きあがって力強い感じになった。もうドレア・ルソーではない。なめた真似は許さないべつの女だ。

あたらしい名前を考えなければ。あたらしい自分にぴったりの名前を。いずれあたらしい運転免許証を手に入れる必要があるが、それはそのときに考えればいい。いま必要なのは車だ。

それから五時間あまりすぎたころ、彼女はペンシルヴェニア州に入り、西を目指していた。車はえび茶色のカムリ、金属には錆《さび》が浮き、フェンダーはぼこぼこで、少々くたびれてはいるが、タイヤはいいのを履いているし、エンジンは快調だ。

じきにキャデラックを運転するようになる。メルセデスもいいかも。二日後にはカンザス州に着いていて、そこからさきは、さあどうする？　どこでも好きなところに行けるのだ。ざまあみろ、ラファエル・サリナス！

9

取引銀行からの電話だとわかると、ラファエルはよほど受けるのをやめようかと思った。コーヒーと心配を気付け薬に、夜明かしをした。ドレアをさらった奴からなんの連絡もないまま時間が過ぎるうちに、身代金を払えば彼女は戻ってくるという望みもなくなっていった。最初からそれほど期待していたわけではない。

「サリナスだ」ぶっきらぼうに言う。「なんの用だ？」

「ミスター・サリナス、こちらはマニュエル・フローレスです、あの――」

「ああ、あんたが何者かわかっている。発信者番号を見たからな」さっさと用件を告げて電話を切ってほしかった。ドレアはもうどこかで死んでいるとわかっているのに、手下のまえではおおっぴらに悲しむこともできないというのに、はした金のことでぐずぐず言われたくない。

「あの……はい、そうですか。昨日、口座振替が行なわれたことを、電子メールではお知らせしたのですが、直接お話しておいたほうがいいと思いまして——」

「口座振替?」ラファエルはとても疲れてはいたが、その言葉を聞き逃すほど疲れてはいなかった。上体を起こし、指を鳴らしてオーランドの視線を捉え、電話機と自分のベッドルームを指差した。

オーランドがベッドルームに消え、じきに受話器をとるカチャリという音がした。

「あの……お客さまの口座からミズ・バッツの口座への振替でして。つまり、ええと、ドレア・ルソー名義の口座ということで」

「ああ、そうかい」ドレアの本名をおれが知らないとでも? 彼女がバッツの代わりにルソーを使ったからって、べつにかまわない。だれがかまうんだ? 彼女はほんとうはドレア・バッツだ、と念を押してもらわなくたって。「きのう、振替をたのんだ覚えはない」

フローレスの声が曇った。「かなりの額の振替が昨日の午後にありました。振替依頼はお客さまのIPアドレスから、お客さまのパスワードを使って行なわれたので承認されたわけですが、金額が金額なもので、規則にのっとり、いちおうメールでご報告申しあげたしだいです。それで、けさ、ミズ・バッツの口座に振替えられた資金が、そっくりべつの口座に移されていたことが判明しまして。昨日の午後遅くのことでして。これは直接電話でお知らせしたほうがよろしいと思い——」

「おれはきのう、彼女の口座に振替をした覚えはまったくない！」ラファエルは怒鳴り、立ちあがって自分のベッドルームに向かった。そこではオーランドがすでにラファエルのラップトップに向かい、メールをチェックしていた。きのうはあんなことがあったから、些細《ささい》なことにかかずらってはいられなかった。

オーランドが受信メールをスクロールし、ラファエルを見あげて頭を振った。「銀行からのメールはありません」

「メールなんて受け取ってない」ラファエルが噛みつくように言った。「受け取っていたら、こっちから電話していたはずだ。きのうは金を動かしていないんだからな。金額はいくらなんだ？」

「それが……二百十万ドルです」

ラファエルは頭が破裂するかと思った。「なんだと？」いったいどうなってるんだ？　ドレアをさらった奴が、彼女を脅して金を彼女の口座に振替えさせたのか？　だが、そもそもどうやって金を振替えるんだ？　ドレアは彼のパスワードを知らないし、紙に書いて彼女に渡した覚えもない。たとえ彼女がその数字を見たとしても、彼の携帯電話の番号だと思うだけだ。

「あの――」

「もう一度でも〝あの〟と言ってみろ、この電話から手を伸ばしておまえの喉を切り裂いてやる」ラファエルが押し殺した声で言った。「きのう、振替をたのんだ覚えはない。二百万ドルを振替えた覚えはないし、メールを受け取ってもいない。だから、金をおれの口座に返せ、馬鹿野郎！」

「わ、わたしにはできません」フローレスはしどろもどろだ。彼が〝あの〟と言いそうになって言葉を呑み込むのが、ラファエルにはわかった。「振替はお客さまのIPアドレスから、お客さまのパスワードを使って行なわれており、いずれにしましても、さっきも申しあげましたように、きのうの午後遅くに、全額がよそに移されております。当行といたしましては、その資金に対しなんら権限をもちません」

「だれかがおれから盗みやがった。銀行が権限をもとうがもつまいが、おれにはまったく関係ない。おまえらが、だれかにおれの金を盗ませやがったんだから、返すことぐらいできるだろう」

「それはできません、ミスター・サリナス。法律上、銀行はなにもできないので――」

「おれの口座から振替えられるわけがないんだ。おれはたのんじゃいないんだからな。法律がなんたらなんて、おれに向かって言うな！」

オーランドが妙な表情を浮かべ、不意に立ちあがるとベッドルームをあとにした。残されたラファエルは電話に向かって怒鳴りまくった。オーランドはドレアのラップトップを抱えてすぐに戻ってきた。ラファエルのラップトップに並べてデスクに置き、ラファエルのラップトップから電話回線のプラグを抜き、ドレアのラップトップにつないだ。彼女の受信メールを開き、スクロールする。二十通ほどのメールの大半が、オンライン・ショッピングをしたことのある店からのダイレクトメールだった。オーランドがスクロールをやめ、画面を指差した。

「ちょっと待ってろ」ラファエルは電話に向かって言い、屈み込んで、オーランドが指差す先に目をやった。オーランドが開いたメールは、銀行からのものだった。彼宛てのメールが、どうしてドレアのコンピュータに入っているんだ?

「メールを見つけたぞ」彼は怒鳴った。「おれのところにじゃなく、おれのガールフレンドのところに入っていた。メールもちゃんと送れないでいて、なんだって——」

「お言葉ですが、ミスター・サリナス、メールはお客さまの口座情報に登録されたアドレスにお送りしました」

「おれが自分でやったんだ。ガールフレンドのアドレスなんてだれが使う。おれのアドレスを登録した」

「しかしながら、いま現在、それがこちらの記録にあるアドレスでして、お客さまのパスワードを用いて変更されたものなら、こちらといたしましては、お客さまに変更の意思がおありだったと考えざるをえません」

「言っとくがな、おれは――」ラファエルは言葉を切った。恐ろしい可能性が頭に浮かび、息をするのが困難になった。腹に一撃を食らった気がしたのに、脳味噌《のうみそ》は反射的にその可能性を拒否した。そんなはずはない。ドレアはコンピュータをいじるが、インターネットで買い物するのが関の山だ――それさえも、オーランドが手取り足取り教えて、ようやく、画面に出る指示にしたがえばいいことがわかったというレベルだ。こっちのサイトでやったことを、あっちのサイトでもやる。ようするに馬鹿のひとつ覚えだ。

彼女はよく困り果てて言っていた。「もう、やだ、わかんない！」そんな女に、彼のパスワード・プロテクションを突破して口座に入り込み、預金をそっくり自分の口座に振替え、それからすぐにまた、どこだかわからないがべつの口座に移すなんて芸当ができるだろうか？　彼の知っているドレアには、そんな芸当はできないばかりか、考えさえしないだろう。

金に対する態度は子供のそれだ。彼に金をねだったことはなかった。カードでも小切手でも彼女にもたせれば、いくらでも使える気になる。こっちで口座をチェックしてやらなければ、あっちでもこっちでも不渡りを出しているだろう。口座の残高を気にしたことがないのだから。

彼女にそんな芸当ができると認めることは、この二年間、彼女に騙されていたと認めることだ。彼のエゴがそんなことは許さない。彼は人に騙されはしない。ラファエル・サリナスを騙そうとする奴は、後悔しながら死ぬことになる。彼はだれも信用しない。ドレアのことは調べさせた。尾行もつけ、つねにチェックしてきた。かわいいだけで頭は空っぽという見た目とはちがうことを、彼女が言ったりやったりしたことは、ただの一度もなかった。

「あとで電話する」彼は唐突に言い、電話を切った。オーランドを睨みつけると、睨み返してきた。「どうしてこういうことが起きたのか、説明しろ。どうやればおれの口座に入り込んで、二百万ドルもの金を盗めるのか、説明しろ」

「ここから行なわれたにちがいありません」オーランドは言い、コンピュータの履歴を開いた。そこには、何者かがドレアのコンピュータを使い、銀行のウェブサイトにアクセスした証拠が残っていた。「相手側には、あなたのラップトップでも、彼女のでも、おなじIPアドレスが示されます。おなじルーターを通って発信されていますからね。彼女があなたのパスワードを知っていれば、銀行側からすれば、あなたが振替を行なったことになる」

「彼女にパスワードを教えた覚えはない」ラファエルが激しい口調で言う。「なにかに書いたこともない」オーランドですら、彼のパスワードを知らなかった。

「彼女はどうにかして知った」オーランドが無表情のまま、言わずもがなのことを言う。

「あなたが口座にアクセスしているあいだ、彼女が部屋にいたのなら、キーを打つあなたの手元に注意を向けていたのかもしれません」

「おれたちが話題にしているのはドレアだぞ。シャワーの栓をひねるのがやっとという女だ」たしかにそれは言いすぎだが、天才の話をしているわけではない。

「あれだけの額の金は強力な動機になりますし、証拠はここにある」オーランドがコンピュータ画面を指で叩いた。「彼女はさらわれたんじゃありません。金を奪って逃げたんだと思います」

ラファエルは怒りと屈辱に身を焦がしながら、その場に立ちつくしていた。これほど気にかけてやったのに、虚仮《こけ》にしやがって。油断したのがまずかった。一瞬でも、彼女に愛されていると思ったのがまずかった。二年間、ほころびひとつ見せずに演じつづけ、おとといは、あれだけの涙を振り絞ってみせるとは、たいした役者だ。そして彼はまんまと引っかかった。そのことが、酸のように彼の心を蝕《むしば》む。彼女の言うことをすっかり鵜《う》呑《の》みにして、ほんとうに愛してくれているのだと思い込み、彼女を愛しいと思いさえした。

この落とし前はつけてやる。どれほどの犠牲を払おうと、かならず償わせてやる。

「まだそう遠くへは行っていないはずだ」きっぱりと言う。この手で彼女を八つ裂きにしてやりたいが、自分と実際に手を下す者とのあいだに距離を置くことを学んだ。たとえ命じたのは彼でも、知らぬ存ぜぬでとおすために。自分の手を汚さずに、彼女を殺すことはできる。死んだとわかればそれでいい。自分でやるほどの満足感がえられないのは残念だが、復讐は遂げられる。そして、どうすれば復讐を遂げられるか、やり方には熟知していた。

サリナスから呼び出しを受けてから三日後に、暗殺者は連絡をいれた。ほかにやることがあったわけではないが、休息をとりたい気分だったし、言うなれば自営業、あの野郎に雇われているわけではない。サリナスの用事がなんであれ、待たせておけばいい。

呼び出されたこと自体、なんだか怪しい。ドレアと午後を過ごして何日もたっていない。サリナスは心変わりしたのかもしれない。よくよく考えて、男の沽券《こけん》に関わると思ったのかもしれない。沽券どころのさわぎではないが、サリナスはまだそこまでわかっていないはずだ。ドレアは優秀だ。あの取引のおかげでどれほどの歓びをえたか、彼女がもらすわけがない。

だから、彼は待った。様子を窺《うかが》った。サリナスがなにを企てているのかとても興味があるが、彼の数少ない長所のなかに忍耐力があった。それもふんだんに。なにかが起きている。サリナスの手下の表情や、サリナス自身の表情からそれはわかった。サリナスが出入りするのを見張っていて、ひどく不機嫌なのがあからさまにわかった。

もう充分待たせたと判断し、暗殺者が最初に訪れたのはメトロポリタン美術館だった。ぶらぶらと時間を潰すのに、ニューヨークでいちばん好きな場所のひとつだ。観光客やうるさいガキどもには目もくれない。展示品は一見の価値がある。ぐるっと見てまわり、入口まえの広い階段に立って電話をいれた。

「ペントハウスに来い」サリナスが命令する。「いつごろ来られる?」

「ちかくまで来ている」暗殺者は穏やかな口調で言う。「だが、きょうはよい天気だ。ベセスダ・テラスで三十分後」自分から電話を切り、携帯電話をポケットに落とす。たった三十分では、サリナスといえども待ち伏せの手配をするのはむずかしいだろうし、セントラル・パークのなかにあるこの広場は公共の場で、観光客や市民で溢れている。しかも開けた場所なので、接近方法はかぎられる。サリナスが彼を尾行させるつもりだとしても、そこからならセントラル・パークの奥深くへ姿をくらますことができる。

サリナスがいまどこにいるのかわからないから、三十分では来られないかもしれない。だが、暗殺者にとって、ベセスダ・テラスは格好の散歩道だった。サリナスがペントハウスにいるなら、時間は充分にある。だが、もっと遠い場所にいるとすると。大事な用件ならまた連絡してくるだろう。

こんなささいなことでも、あの野郎を困らせてやるのは楽しかった。だが、喜びは心のもちょう。大事をとろうとする直感と、サリナスを困らせてやりたいという気持ちの両方に従ったまでだ。

公園に入ってゆき、アイスクリームを買った。公園のことは知りつくしているが、地図を買って調べた。必要になったとき、どんな選択肢があるのか知っておきたかったのだ。地図は手にもったまま歩いた。サリナスに見られているかもしれない。もしそうなら、暗殺者はこの街の出身ではなく、公園のレイアウトに暗いと結論づけるはずだ。その結論は半分正しい。彼は一カ所に長く暮らしたことがなかった。いろいろな場所で、いろいろな期間、暮らしてきて、いまはたまたまサリナスのペントハウスの数階下に住んでいる。

見晴らしのきく場所を選んで待つことにした。怪しい気配を感じたら、会うのをやめる。サリナスがひとりで会いにくるとは思っていない。腕っ節の強いお供なしでは、どこにも行かない。こちらから見える手下は心配いらない。問題なのは、どこかに潜んでいる手下だ。

ほんの二分ほどして、サリナスが現われた。手下を三人引き連れている。暗殺者は周囲に視線を配ったが、怪しいものは目にはいらなかった。サリナスの手下の多くは顔を見知っているので、ちかづいて安全かどうかを態度だけで判断しなくてすむ。理由もなくうろついている人間も、人目を避けようとしている人間もいなかった。ついに隠れ場所から出て、ゆっくりとちかづいていった。アイスクリームを舐めながら。

サリナスはイライラと腕時計を見て、顔をあげると暗殺者の姿が見えた。「遅い」そうがなり、手下にさがっていろと手振りで示した。

「アイスクリーム・スタンドに長い列ができていたのでね」暗殺者は暢気に言う。「なにがあった?」

サリナスは周囲を見まわし、ポケットから古ぼけたトランジスタラジオを取り出し、スイッチをいれた。音量をいっぱいにしたので、サリナスが一歩ちかづいてこなければ、暗殺者には声が聞こえなかっただろう。

「ドレアがおれから二百万ドル盗んで、とんずらした。四日まえだ。彼女を見つけ出して、始末をつけろ。永遠に」

融けたアイスクリームがコーンを伝った。暗殺者は驚きを隠すため、それを舌で受け止めた。「たしかなのか?　それほどの頭があるようには見えなかった——もっとも確証があるんだろう、そうだな?」

「たしかだ」サリナスは残忍な笑みを浮かべた。「ああ、そうだ。〝馬鹿な真似リスト〟のトップにくるのが、おれからものを盗むことだ」

10

賢い女を怒らせてはならない。

時期を考えれば、天才でなくてもなにが起きたかわかる。サリナスの仕打ちに、ドレアは動揺した。激怒した。これはただの「あたし、出て行きます」の書き置きではない。「あたし、出て行くわよ、いただくものをいただいてね、ざまあみろ！」の意思表示だ。それもこれみよがしの意思表示だ。

おもしろい。彼はまたアイスクリームを舐めた。彼女を追いつめるより、拍手喝采してやりたい。だが、仕事は仕事だ。「いくらまで出せる」のんびりと言う。「あんたにとって、どれぐらいの価値がある？」テーブルの上にいくら載るかわからなければ、引き受けるかどうかきめられない。

サリナスは周囲を見まわし、ラジオの音量をさらにあげた。通りがかりの人びとが眉をひそめたが、彼は気にもかけない。「彼女が盗んだのとおなじ額」

二百万、へえ？　これで事態はべつの様相を帯びてくる。じっくり考えてみなければならないが、さしあたり、サリナスがほかの人間に片をつけさせるのはまずい。たとえ引き受けなくても、連絡をとるのを遅らせたことが、ドレアに逃げるチャンスをより多く与えたわけで、そう思うと満足だった。依頼人を好ましく思う必要はないが、サリナスに対しては軽蔑《けいべつ》しか感じなかった。

「半額を前払いで」暗殺者は言った。「振込先はいずれ連絡する」アイスクリームの残りをちかくのゴミ箱に放り、その場をあとにした。のんびりと歩いているが、周囲に視線を配ることはやめない。見るからにＦＢＩらしき男を見つけた。背広にネクタイが場違いだし、靴の紐《ひも》を締めなおすふりで、サリナスのほうにわずかに顔を向けていた。サリナスをつけているのだろう。まかれまいと慌てている。

暗殺者はあまり心配していなかった。サリナスとの会見は一分とかからなかった。尾行をつけるにも、写真をとるにも時間が足りない。尾行がやってくるころには、会見は終わり、彼は歩きだしていた。ボウ・ブリッジを渡り、樹木の多いランブルへと向かう。そこなら隠れる場所はいくらでもある。気温は三十五度を超え、蒸し暑かったが、木陰にはいると涼しく、微風が肌に心地よかった。

サリナスの申し出について、わざと考えないようにしていた。尾行されていないと確信できてからじっくり考えればいい。目の前のことに意識を集中するのが習い性になっていた。まわりに目を光らせ、背後からだれかがちかづいてこないか気を配り、退路をいくつも用意する。細かなことに意識を向けてきたおかげで、きょうまで生き延びてこられたのだ。いまさら習慣を変える理由はない。ふたり目の尾行者に気づいたのは、そのおかげだった。ジーンズにランニングシューズだから、サリナスをつけていたFBIとはちがう。

暗殺者は冷静に状況を分析した。あたらしい尾行者がカジュアルな服装だからといって、FBIでないとは言いきれない。さっきの奴より準備がよかったということだろう。FBIが彼を尾行してきたのは、サリナスと会っていたからだろう。それしか理由は考えられない。サリナスと接触した人間はすべて調べるつもりだ。尾行がサリナスの手下だとすると、理由は見当がつかなかった。公園まで歩かせられて頭にきたから、焼きをいれて態度をあらためさせようというのだろうか——だったら、ひとりじゃ心もとないだろうに。暗殺者がどこに住んでいるか知りたいのかもしれない。情報は多すぎてまずいということはないのだから。

一定のペースを保った。前方で道は急に曲がっているから、尾行者の視界は木々や茂みに遮られ……尾行者との距離はどれぐらいだろう——七秒ぐらいか、それだけあれば充分だ。尾行者もおなじことを考えたのだろう、スピードを速めた。暗殺者はつられてスピードをあげはしない。そんなことをすれば尾行に気づいたことを知らせるようなものだ。尾行者がちかづいてきたが、それは問題ない。もっとも持ち時間は五秒に短縮したが。

カーブを曲がるとくるっと向きを変え、白いシャツを頭から脱いで丸めてタオルのようにもち、ランナーのようなゆったりとしたペースで走りだし、いま来た道を引き返した。すれちがったとき、尾行者は彼をちらりとも見なかった。早くカーブを曲がって彼を視界に捉えようと必死だ。

うまくいった。道をはずれ、深い茂みに入りこんだ。その日、公園をいつものように走って汗をかき、シャツを脱いだランナーは数百人、数千人といるだろう。彼もそのひとりにすぎない。ダークグレーのズボンは、一見したところスウェットパンツに似ているし、だれもしげしげと見ようとは思わない。靴だけはごまかしきれない。グッチのローファーでジョギングする奴がいるか？　彼はそれをやったわけだが、人には薦めない。

百メートルほど離れたところで、立ち止まってシャツを着た。蒸し暑さにうっすらと汗をかき、布地が肌にへばりつくので引っ張って位置を直したが、呼吸は少しも乱れていなかった。のんびりとした足取りで公園をあとにした。

「会見の写真は撮れたか？」リック・コットンが尋ね、穏やかな表情で答に耳を傾ける。ゼイヴィア・ジャクソンは、コットンの寛容さに驚嘆した。ふつうならこう言っているところだ。「会見の写真ぐらいは撮ったんだろうな？」コットンの口調から苛立ちはこれっぽっちも感じられなかった。エージェントはたいてい部下に怒鳴りちらすものだが、コットンはちがう。期待どおりの結果がえられなくても、彼はつねに公平だった。

サリナスが歩いてどこかに出かけるとは、ふたりとも予想していなかった。それもセントラル・パークとは。サリナスが車に乗り込まないことに、通りで見張っていたエージェントが気づいたときには、彼と手下はすでに半ブロックさきまで行っていた。目立たないていどに急いで追いかけたものの、通りを渡ろうとして信号にひっかかってしまった。けっきょく、エージェントが追いついたときには、会合ははじまっており、サリナスが会いにいった相手の男の人相の一部しかわからない始末だった。背は百八十五センチ、体重九十キロ、短い黒髪にあてはまる男は、それこそ星の数ほどいる。

「サリナスの女とバルコニーにいたのとおなじ男のようだな」コットンが電話を切ってから言った。

ジャクソンもそう思っていた。おおきな問題は、女はどこにいったのか？　四日前に出て行ったきり姿を見ていない。彼女を尾行するのは何カ月もまえにやめていた。予算も人手も限られており、サリナス本人をつけたほうがはるかに生産的だ。それに、こっちの関心をひくようなことを、彼女はやったためしがなかった。あのバルコニーの一件までは。

サリナスとの仲がうまくいかなくなって、それでいなくなったのだろうが、たしかになにか起きていた。サリナスも手下たちも、だれでもいいから喧嘩《けんか》をふっかけたくてうずうずしているように、落ち着きなく歩きまわっていた。ただ別れただけなら、サリナスは――ひょっとして――動揺するかもしれないが、手下はしないだろう。

そしていま、サリナスが会ってきたのは、おそらく、女とバルコニーで愛し合っていたあの男だ。なにかが起きている。だがそれは、私生活のもめごとにすぎず、彼らには関心のないことだ。彼を追いつめるネタに使えるのでないかぎり、サリナスの愛情生活は本人の問題であって、彼らの問題ではない。

ニューヨークの通りには、知られているのだけでも二千三百台を超す監視カメラが設置してあり、隠しカメラとなるとその数は見当もつかない。この街の通りを歩いていてカメラに映る可能性は高い。彼がつねに注意して、定期的に外見を変えているのはそのためだ。たとえカメラに映ったとしても、建物に入って、出て来たときには別人になっているから、尾行者は見失うだろう。詳細な分析に幸運が伴ってはじめて、同一人物と特定できるだろうが、この国で、そこまでの手間をかけるほど重要視されないよう、彼は細心の注意を払ってきた。ドレアも頭が切れるから外見を変えただろう。当然だ。わからないのは、どこで変えたか、どう変わったか、だ。行方をくらました日のドレアの動きをどの程度把握しているのか、サリナスに尋ねてみてもよかったが、そんなことしてどこがおもしろい？　サリナスの助けを借りずに彼女を見つけ出すのは、計算機を使わずに計算するようなもの、頭を研ぎ澄ませてくれる。

コンピュータは使いこなせるが、今度の場合、ハッキングを行なってうるものより失うもののほうが大きい。べつルートから知りたい情報をえられたとしても、警報を鳴らしてしまっては元も子もない。昔からよく言われるように、なにを知っているかより、だれを知っているかのほうが大事だ――彼の場合にもそれは当てはまり、ニューヨーク市役所に勤めている人間をたまたま知っていた。そいつは、彼に対しとても返済できない額の借金をしており、監視カメラのネットワークにアクセスできる。

運のよいことに、この四日間、街では重大事件は起きていなかった――よくある強盗事件や殺人事件ばかりだ。テロリストの襲撃もなく、自転車で爆弾を投げつけてまわる奴もおらず、センセーショナルな事件は起きていない。世の中が平和だと、数日前のビデオ映像にアクセスした人間がいたとしても、だれも気にとめない。

もっとも、仕事を引き受けるかどうかきめるまえから、そこまでやる気持ちがあるのかどうか。

もちろんある。自分の楽しみのためだけでも、彼女がなにをやったか知りたかった。彼女を誇らしく思う気持ちすらある。彼女はぐずぐずしてチャンスを逃さなかった。サリナスにこっぴどく侮辱された翌日、行動を起こした。彼女がくぐり抜けたであろう銀行側が仕掛ける輪も、タイミングが肝心だということも、彼は知っていた。おなじゲームをやったことがあるからだ。

彼はめったにおもしろがらない人間だし、他人を誇らしく思ったことなど一度もない。だから、ふたつの感情をいっぺんに感じているという事実に少々面食らった。

それぱかりじゃない。自分とゲームをやるのも、これまでになかったことだ。彼がいま感じていることは、そのまま彼女に抱いている親近感に結びつく——だが、彼が仕事を引き受けたら、その親近感が彼女の命を救うことにはならない。惹かれる気持ちはまたべつ、二百万ドルは二百万ドルだ。

使い捨ての携帯で電話をかけた。ブルックリン訛《なま》りのそっけない「ヤー」が聞こえると、彼は言った。「頼みたいことがある」

名前は名乗らなかった。その必要はなかった。長い沈黙ののち、声が言った。「サイモン」

「ああ」彼が言う。

また沈黙。「なにが必要だ?」

相手は無視も言い逃れもしない。彼もそれは予想していない。「通りの監視カメラにアクセスしたい」

「いま現在の?」

「いや、四日前。出発地点はわかっている。それから先は――」肩をすくめているのが相手に伝わる口調だ。それから先、捜索の手はどっち方面へ伸びるか。ドレアの素性調べをすれば、どんな行動に出るか予測はつくだろう。

「いつ必要だ?」

「今夜」

「おれの家に来てもらわないと」

「何時ごろがいい?」彼にも人への気遣いはある。というより、努力して気遣いを示している。べつに懐が痛むわけではないし、ちょっとした好意がいつの日か、生死をわけるかもしれない。逃げるか捕まるかの境目になるかもしれない。

「九時ごろ。そのころには子供たちも寝ているだろうから」

「じゃ、そのころに」彼は電話を切り、コンピュータで調べものを開始した。

ドレアの本名がアンドレア・バッツであることは、すぐに判明した。ルソーが本名でないことは察しがついていたが、〝バッツ〟とはちょっと意外だった。ルソーが本名であっても驚いただろうが。本名がわかったので、自動車局の記録を調べ、運転免許証の情報を入手した。社会保障番号を調べるのはちょっと手間取ったが、一時間もすると入手できた。ここまでわかればあとは簡単だ。

年齢は三十歳、ネブラスカ州で生まれ、結婚歴はなし、子供もいない。父親は二年前に死亡、母親は……ドレアの生まれ故郷に舞い戻っていた。ドレアのことだ、生まれ故郷に戻るようなドジなことはしないだろうが、調べてみる必要はある。あのあたりの地理にあかるいだろうし、母親に連絡する可能性はある。兄のジミー・レイ・バッツはテキサス州にいる。押し込みで五年の実刑をくらい、いま三年目の刑期を勤めているところだ。そんな兄を、彼女が訪ねていくわけがない。

肉親はそれだけだ。もっと深く掘れば、おじやおばや、いとこや、高校時代の友人が見つかるだろう。だが、ドレアは一匹狼だ。彼にはそう思える。自分以外のだれも信用せず、だれにも頼らない。

その信条は理解できる。その信条を守っていれば、失望することもまずない。

午後九時きっかりにブザーを鳴らすと、数秒後にブルックリン訛りの声が「ヤー」と応えた。電話のときとおなじだ。

暗殺者が「サイモン」というと、ドアがビーといって開いた。相手のアパートメントは六階にあり、彼はエレベーターを使わず階段をのぼった。

彼がちかづいていくと、アパートメントのドアが開き、彼と同年齢のホイペットのように細い混血の男が手招きした。「コーヒー?」挨拶も兼ねて尋ねる。スコティ・ジャンセンのほんとうの名前はシャマールだが、ずっと前からスコティと呼ばれていた。小学校のころ級友から〝ジャム〟と呼ばれ、以後、シャマールと呼ばれても返事をしなくなった。

「いや、けっこうだ。ありがとう」

「こっちだ」

スコティに案内されて狭苦しいベッドルームに入ると、女房がキッチンから顔を覗かせて言った。「二時間以内に終わらないことは、はじめないでちょうだい。十一時にはベッドに入りたいから」

サイモンは振り向いて彼女にウィンクした。「おれでいいなら」すると、彼女の疲れた顔に笑みが浮かんだ。

「あたしにお世辞を言ってもだめ。効き目ないから。スコティに訊いてみればわかる」

「そりゃ亭主にお世辞言われたって嬉しくもなんともないだろ」

彼女は鼻を鳴らし、キッチンに姿を消した。「うるさいようならドアを閉めてくれ」スコティが言い、座部をダクトテープで継ぎはぎした使い古しのオフィス・チェアの向きを変え、細い腰を落とした。

「州の機密とは関係がない」サイモンが言う。口にされなかった〝今回は〟が、部屋のなかにわだかまる。

難曲に挑むコンサート・ピアニストのように、スコティは長い指を曲げ伸ばしした。キーを打つ指の動きは速すぎてよく見えない。画面がすっ飛んでゆく。ときおり指をとめて画面を見つめ、ぼそぼそひとり言を言い、また指を動かす。〝おたく〟はたいていそうだ。数分して、彼が言った。「オーケー、これだ。出発地点は？」

サイモンは建物の住所と日付を言い、ベッドの足元に腰かけて身を乗り出した。部屋が狭いので、ふたりの肩が触れ合うほど接近している。

セックスか多彩な暴力を見るのでなければ、監視カメラのテープほど退屈なものはない。長いブロンドのカーリーヘアの女、と言っておいたので、スコティは、建物に出入りするそれ以外の人間は早送りした。ついにサイモンは彼女を見つけた。「それだ」スコティは即座に画面をとめ、巻き戻した。

建物から出て来たドレアは、かさばるおおきなトートバッグを肩からさげ——命を賭《か》けてもいい、そこに着替えが入っている——黒のタウンカーに乗り込もうとしてよろけた。スコティはコマンドを打ち込み、カメラからカメラへと跳びうつって車を追った。車は図書館の前で並列駐車した。ドレアが車からおりてちょっと足を引きずり、図書館に入ってゆく。車は走り去る。

サイモンは画面に身を乗り出し、出口をじっと見つめた。ここで彼女は着替えたはずだ。髪形なら何通りにも変化をつけられるが、それよりまずあの派手なジャケットを着替える必要がある。ニューヨーカーたちのなかに溶け込むには？ 黒を着る、それだ。髪は後ろに流してシャツの背中に押し込むか、フードのようなものをかぶるか。この暑さにフードは似合わないが、夏でもかぶっている奴はいっぱいいる。

目印は彼女の体の形、トートバッグ、黒い服——ほとんどの人間が黒を着ている——頭になにかかぶっているか、髪を後ろに流している女。

すばやく見つけ出したことに満足する。「ほら、それだ」

スコティはテープをとめた。「たしかか？」

「たしかだ」あの体は隅々まで知りつくしている。四時間かけて、あらゆる部分にキスし、撫でまわしたのだ。彼女であることに間違いはない。彼女は時間を無駄にしなかった。十分足らずで出て来た。おそらく、運転手がちかくに駐車スペースを探すよりも早く。髪の色は濃くなっていた。濡らしたのだろう。ぴったり後ろにかきあげ、頭のてっぺんから爪先まで黒ずくめだった。足は引きずらず、これみよがしに腰をくねらせず、大股で歩いてゆく。

いい子だ。賞賛の言葉を送る。大胆で決断力があり、細部に気を配る——その調子だ、ドレア。

彼女はスコティの作業をむずかしくした。数ブロック歩いてタクシーを拾い、タクシーをおりると数ブロック歩き、またタクシーを拾う。街をジグザグに進んでいったが、最後にホーランド・トンネルに入ったので、カメラのネットワークからはずれた。それでも、リンカーン・トンネルではなくホーランド・トンネルを使ったことが、多くを教えてくれる。

彼は追跡する。ドレアは優秀かもしれない……だが、彼のほうがもっと優秀だ。

11

ドレアは頭にきていた。銀行から自分の金を引き出すだけなのに、あれほどてこずるなんて。カンザス州へのドライブはゆっくり時間をとった。疲れて馬鹿なミスを犯したくないし、車をぶつけたりしたら大変だ。レーダーの下を飛んでいるようなもので、つまりすべて現金で払い、人目につかないようにすることだ。二百万ドルを手に入れれば選択肢は広がるが、それまでは自粛しなければ。

ゆっくり時間をとるということは、二日ではなく三日かかるということだ。でも、それはかまわなかった。道中を楽しめたから。ひとりだった。だれの言うこともきかなくていい、ひとりは最高だ。頭が空っぽのふりをする必要もなく、いつもにこにこして感情や苛立ちを隠さなくてもいい。鋭すぎるユーモアのセンスを隠すこともない。

二年ものあいだ、ジョークにその場で反応できず辛かった。笑うにしても、そのまえに質問しなければならない。笑いの落ちがわからないと思わせるために。ラファエルや手下たちは、ジョークそのものに加え、彼女のボケぶりも笑いの種にした。クソッタレ。

二度と馬鹿なふりはするものか。欲しいもののために男に頼らなくてもいいのだから。旅のあいだ、食べたくなったら食べ、おもしろそうなものがあれば車を停めて見物し、自分が作ったイメージに合うかどうかではなく、欲しいから服を買った。セクシーに見せる必要がないから、着心地のいいコットンパンツとTシャツにサンダルで過ごした。夏の盛りに何時間も車に乗って過ごすのだからなおさらだ。

ニュージャージーの銀行で懲りたので、二百万ドルがすんなり手に入るとは期待していなかった。数千ドルを現金で、あとは支払い保証小切手で受け取ることになるだろう。支払い保証小切手はすでに八万五千ドル分ある。もっていたってなんの役にもたたない。高額の品物でも買わなければ使いようがない。二百ドルのものを買って、八万四千八百ドルのお釣りをちょうだいいって、言ってみてやろうか。

たくさんの現金を持ち歩くのは面倒だし、できない。できないことを自分に納得させるため、旅にでて最初の夜、手持ちの百ドル札の厚みを測ってみた。計算したところ、千ドルの札束は厚さ二・五ミリだ。一万ドルでは二・五センチだ。つまり、ざっと見積もって、十万ドルは二十五センチ、百万ドルで二メートル五十センチ、二百万ドルは五メートルにもなる——持ち歩くのは大変だし、人目につかないようにするのはもっと大変だ。さあ、奪ってください、と看板を出して歩いているようなものだ。

つまり、金は銀行に預けておくべきってこと。でも、支払い保証小切手から足跡をたどられたくない。銀行がラファエルに情報を与えることは、法律で許されていない。でもそれは、彼が情報を入手できないということではなくて、入手が困難だというだけだ。彼がどこまで骨を折るかは、怒りの度合いによる。二百万ドル盗まれれば怒って当然だし、マッチョの鼻もへし折られたのだから、彼女を探し出すためにその二倍の金額だって払うだろう。復讐は費用効率が高くはないが、満足は覚えられる。

足跡をたどられないために、どこかの時点で二百万ドルを現金化しなければならない。べつの州まで出かけていって、べつの銀行に預けるぐらいはしてもいい。問題は、銀行が二百万ドルの現金を手渡したがらないことだ。その金の持ち主に対してさえ。

エリザベスの銀行が、高額の現金を用意するのに時間が必要だ、と言ったことを思い出し、旅の二日目にイリノイ州で安いプリペイド式携帯電話を買い、車に戻ってドアをロックし、エアコンをオンにし、カンザス州グリッソムの銀行に電話した。口座を閉めたいので担当者に替わってくれ、とたのんだ。

「しばらくお待ちください、ミセス・ピアソンにおつなぎします」

数分後、カチャッと音がして、感じのよい声が言った。「お電話代わりました、ジャネット・ピアソンです。どんなご用件でしょうか?」

「こちらはアンドレア・バッツです」ドレアは大嫌いな名前を口にし、顔をしかめた。なんとかしてこの名前を葬らなければ、それも永遠に。「そちらに口座をもってるんですけど、それを閉めたいんです」

「それは残念です、ミズ・バッツ。なにか問題でも――」

「いいえ、そういうことじゃなくて、引っ越すもので」

「そうですか。お取引をしていただけなくなるのは残念ですが、人生いろいろありますものね。こちらにお越しいただければ、お手続きをさせていただきます」

「あすの午後に伺います」残りの旅にかかる時間をざっと計算し、ドレアは言った。「ただ、額が大きいもので。それに、全額現金で受け取りたいんです」

短い沈黙ののち、ミセス・ピアソンが言った。「口座番号を教えていただけますか?」

ドレアが番号を言うと、コンピュータのキーを叩く音がした。ミセス・ピアソンが彼女の口座情報を画面にだしているのだろう。さっきより長い沈黙ののち、ミセス・ピアソンが言った。「ミズ・バッツ、これだけの現金を引き出されることは、お勧めいたしません。お客さまの安全のためにも」

「大変なのはわかっています。だからって、現金で必要だということに変わりはありません。

お電話したのは、事前に伝えておけば、現金を用意できると思ったからです」

ミセス・ピアソンはため息をついた。「申し訳ありませんが、お客さまの身元確認ができませんと、現金を取り寄せることはできません」

ドレアは我慢しようと必死になった。もっとも無礼な扱いには慣れっこになっているから、銀行のきまりに従って自分の仕事をしようとしている人間を怒鳴りつけたりはしない。それでも、ついため息が出た。「わかります。いまも言いましたように、そちらに伺うのはあすの午後になります。お金を受け取るのに、それでは遅すぎますか?」

「じつを言えば、早すぎるのです。わたくしどもは小さな銀行で、連邦準備銀行に現金支給のオーダーを出すのは週に一度きりです。出納局長がオーダーを出すのが水曜日で、つまり、きのうのことです。来週の水曜日まで、オーダーはいたしません」

ドレアは頭をハンドルに打ちつけたい気分だった。「これだけの額ですから、特別にオーダーを出せませんか?」

「それは、特別の許可を受けませんと」

急いで状況を見極めた。「オーダーを出してから現金を受け取るまでどれぐらいかかるんですか? 翌日?」

ミセス・ピアソンはためらった。「お目にかかってお話する分にはかまいませんが、そういった情報を電話でお伝えするのはどうかと」

相手を責めてもはじまらない。こちらのことはなにも知らないのだから。ドレアが銀行強盗を計画していて、現金がいちばん多くある日を聞き出そうとしていると思われてもしかたない。

世の中、思ったとおりにはなかなかいかない。現金を受け取って姿をくらますのは無理で、グリッソムに一週間は滞在することになりそうだ。グリッソムはちいさな町で、記憶がただしければ小さなモーテルが一軒しかなく、いともかんたんに見つかってしまうだろう。

無防備な状態をできるだけ短くするため、そう、たとえば百五十キロ以内にはいるけれど、動きまわり、一カ所にひと晩しか滞在しないようにする。面倒な話だが、支払い保証小切手から足がつかないようにするには、いずれはそうせざるをえず、それなら早いほうがいい。

「わかります」彼女は言った。「問題なのはわかります。あすの午後、そちらに伺いますから」

「なんとかしてさしあげられればいいのですが」ミセス・ピアソンが言った。つまり、銀行用語で、あんたが正気に返ることを願っているよ、の意味だろう。

翌日、銀行に着いたのは閉店時間の二十分前だった。距離の計算を間違えており、その朝は四時に起きて車を飛ばす羽目に陥った。三日間の車の旅で疲れ果て、頭はぼうっとして、まさによれよれだった。朝、パーマのかかった髪をブローしてまっすぐに伸ばす時間がなかったので、鳥の巣状態だったが、そのおかげで運転免許証の写真とそれほどかけ離れては見えなかった。銀行が彼女を、名乗った本人だと認めてくれなかったらどんなことになっていたか。どうやって身分を証明すればいい？　ラファエルに身元保証人になってもらう？　それもいいんじゃない。

蓋を開けてみれば、彼女のみすぼらしい外見が有利に働いた。ミセス・ピアソンは八〇年代に流行《はや》ったTVのソープ・ドラマ『ダイナスティ』から抜け出してきたのかと言いたくなるほどの厚化粧だったが、その目はやさしく、肩パッドの入ったパワー・スーツに包まれた心は母性愛に溢《あふ》れていた。ドレアは暴力的な元夫にストーカーされている女のお涙頂戴話を用意していたが、そんなものは役にたたなかった。支店長の母親が前夜に亡くなり、彼はオレゴン州に出かけ葬式が終わるまで戻ってこない。だれも葬式の邪魔はしたくないし、ほかの行員はだれひとり、高額の現金を特別にオーダーする権限はもっていない。

どうすりゃいいのよ、とドレアは絶望的になった。どうしてもっとおおきな国立銀行に口座を開いておかなかったんだろう。人口三千人に満たないようなド田舎のちっぽけな銀行ではなく、毎日、それも日に数度、現金が入ってくる大銀行にしなかったんだろう。

カンザス・シティのような大都市に出かけて口座を開き、そこに金を振替えることもできるが、大都市には麻薬がらみの金が流れ込むから、ラファエルの影響力がそれだけ大きい。金を早く手に入れられるだろうが、それだけ危険もおおきくなる。

それにいまは金曜の午後で、口座を開くのは早くて月曜になる。それからすぐに振替えても、入金されるのはその日の午後になるだろう。つまり、現金を用意するよう依頼するのは火曜で、それだけの額を銀行がその日のうちに用意できるかどうかわからない。つまり、現金を手に入れられるのは早くて水曜日、一方、ここで現金を手にするのは二日遅くて金曜日だ。

二日の遅れは危険を増大させる。どっちに転んでも危険だが、ほかに選択肢はなかった。もし支店長の母親が今週末に埋葬され、彼が月曜には職場に戻ってくれば言うことないが、それは期待薄だ。

「数日間、ここに滞在することになりそうですね」彼女は疲れた笑みを浮かべた。「どこかモーテルを紹介していただけませんか？　それとも隣り町に行ったほうがいいかしら？」

彼女に必要なのは三つだ。サイモンは考えた。現金、車、携帯電話。頭のいい彼女のことだから、ちかくの銀行に秘密の口座をもっていて、現金は手に入れたにちがいない。だが、車は？　どこで手に入れる？　ニューヨークでではない。タクシーでホーランド・トンネルをとおりニュージャージー州に向かったことがわかっている。ほかの州に移るのは理に適っているから、ニュージャージー州からあたってみることにした。それもちかくだ。遠距離をタクシーで行って金を無駄にはしないだろう。

新車のディーラーも訪ねない。レーダーの下を飛ぶつもりだ。つまり、中古車を買う。状態はいいが目立たない中古車。

自動車局のコンピュータにもぐり込み、彼女の免許証のコピーを手に入れた。公共交通機関が整備されているから、都会っ子に免許証は必要ないし、運転のしかたすら知らない者もおおぜいいるだろう。だが、彼の経験からいって、都会に移り住んできた人間は免許証の更新をおこなう。彼女の写真を手に入れ、コンピュータを使ってそこに細工を施してみる。髪を短くし、色を濃くする。できたものをプリントアウトする。聞き込み捜査を行なうには写真が必要だ。

月曜には成果があった。相手に握らせる金が百ドルを超えるころには、車種と年式とナンバーまでわかった。ニュージャージー州ではナンバープレートを二枚発行する。車の前部と後部に一枚ずつだ。不謹慎な輩《やから》が金儲けのため、前部のナンバープレートだけを盗み、後部のナンバープレートを必要としている奴に売りつける。盗難車であることを怪しまれないためで、はなからニュージャージー州に滞在する気のない連中だ。ニュージャージー州を通過するだけの人間の多さには驚くし、ナンバープレートを一枚だけ必要とする人間の多さにも驚く。ほかの州に逃れたら、賢い人間ならナンバープレートのたらいまわしをやって、コンピュータ・システムの先をゆく。

だが、携帯電話はもっと面倒だ。プリペイド式の携帯電話なら、システムに名前が残らない。クソッ、行き止まりだ。

残るは国税庁《ＩＲＳ》。

彼もふつうの人間だ。ＩＲＳを怒らせたくない。だが、ドレアがどこに金を送ったのか突き止めるには、ＩＲＳにあたるしかない。一万ドル以上の通貨取引は、ＩＲＳに報告しなければならない。彼が自分の金を段階的に増やしながら、最終的にすべてを海外の銀行に送っているのはそのためだ。金を動かすのはいろいろ大変だ。

ＩＲＳのコンピュータ・システムはまったくもってお粗末で、彼にとっては幸運だが、ドレアにとっては悪いニュースだ。

火曜日には、彼女が二百万ドルを、カンザス州グリッソムの銀行に送ったことをつきとめた。

12

退屈が人を殺すなら、金を手に入れるまで生きていられないだろう。ドレアが故郷を出てなんとかニューヨーク・シティにたどりついたのは、カンザス州グリッソムのような町で暮らしたくなかったからだ。彼女は小さな町で育った。生きている気がしなかった。

住んでいる人間のせいではない。おせっかいなのを除けば、いい人たちだった。ニューヨークでの生活は、華々しくもなく、エキサイティングでもなく、パーティの連続でもなかった――ラファエルは、暗黒街ではセレブでも、一般社会のセレブではなかった――だから、たいてい自分の部屋で過ごした。とびきり居心地のよい部屋ではあったが。劇場や映画には出かけなかったが、テレビでいつもペイ・パー・ヴュー（視聴した番組の本数に応じて料金を支払うケーブルテレビ方式）の番組をやっていた。金曜の夜に泊まった薄汚いグリッソム・モーテルの薄汚い部屋では、それすら観られなかった。モーテルの名前からして創造力が欠如している。グリッソムには映画館がないから――まったくないないずくしの町だ――映画を観にいくこともできない。

あるのは小さなカフェと、退屈しきったティーンエージャーでいっぱいのファーストフードの店だけだ。それに、金物屋と飼料店と農産物販売所と一ドルショップ。だから町の人は五十キロ離れた隣り町に車で買い物にゆく。なにしろウォールマートがあるから。ヤッホー。ウォールマートに出かけるのが一大イベントだったころが、彼女にもあった。服はもっぱらそこで買っていたからだ。せっせと貯金してなんとかシアーズで買い物するのが夢だった。それができたら天にも昇る気分なのは、ニューヨークの高級デパート、サックス・フィフス・アヴェニューで買い物するのに匹敵する。

そしていま、彼女はまたウォールマートの服を着ていた。ちがうのは、銀行に二百万ドル預金していて、じきに着たいものはなんでも着れるようになるとわかっていることだ。それにしても、田舎暮らしは頭にくる。ニューヨークでなにをやっていたわけでもないが、やろうと思えばなんでもできた。

苛立ちが彼女を蝕む。待つだけの毎日は肌にも悪い。グリッソムで一夜を過ごしたあと、モーテルをチェックアウトして五十キロ先の隣り町まで行った。そこにはショッピングセンターがあったが、考えなおしてさらに車を飛ばした。グリッソムからよけいに離れれば、それだけ見つかりにくくなるだろう。

翌日、モーテルをチェックアウトしてさらに車を飛ばした。

それから三日間、おなじことを繰り返した。居場所を定めず、どうせひと晩だからとモーテルで荷物もほどかない暮らしは、心の深い部分で彼女を苦しめた。家を出て以来、彼女がくだした結論はすべて、ひとつのゴールに結びついていた。それは、お金と安全と家庭をもつこと。実際にまだ手に入ってはいないが、お金はすでにもっている。家庭は？　荷物をほどくほど長く一カ所に留まるのが怖かった。滞在する場所はあっても、そこは彼女の場所ではない。警戒をゆるめられる自分の居場所ではない。〝家庭〟と〝安全〟はおなじものなのかもしれない――いずれにしても、まだ見つかっていない。

いまは息を詰め、人生をはじめるときを待っていた。

水曜日、気がつくとグリッソムの周辺をただぐるぐるとまわっているような気がした。渦を巻いて排水口に吸い込まれる水のように。見渡すかぎり青々と実った平坦な大地がつづき、頭上には抜けるような青空が広がっていた。車はめったに通らない。インターステイト70はもっと北を通っており、このあたりは農耕地帯なので、運転しているのはみな地元の人だ――それだってごく少ない。

何日もひとりで過ごしたからだろうか。それとも、車がめったに通らず、物思いに耽《ふけ》りながら運転していても事故を起こす危険がまずないからか。考え事でもしないと時間がつぶせないせいか、なんとなく……不安になってきたのだ。そうとしか説明がつかない。なぜだか、どこかで間違いを犯したにちがいない。

これまでやってきたことを思い返し、ひとつひとつ検討してみた。ほかにやり方があったのではと考えてみた。金をすべてエリザベスの銀行に振り込んで、一か八かあそこにもう一日留まること以外、ほかの案は思い浮かばなかった。グリッソムにこんなに長く留まることが、はたしてよかったのだろうか？

ラファエルは警察に通報しない、という前提に寄りかかりすぎていたのでは？　いや、それは正しい判断だったと思う。ラファエルは自分の手でけりをつけたがる。きっぱりと。それには警察は邪魔だ。それに、ラファエルはロサンゼルスとニューヨークでしか暮らしたことのない都会人だから、アメリカの中部で彼女を追いつめる方法がわからないだろう。ここは彼女のテリトリーだ。彼はまったくのよそ者。でも、その前提がまちがっていたら？

もし彼が人を雇ってやらせたら？

背筋がゾクッとした。うっかりしていた。ラファエルは自分で追いかけてこないだろうし、ニューヨークのコンクリートの藪《やぶ》を叩いて獲物を狩り出すのに手下は使わないだろう。彼女は二百万ドル盗み、彼のエゴを叩きつぶし、彼のなかに芽生えた〝愛〟をその顔に叩きつけた。彼にとって、金を盗まれたことより、あとのふたつのほうが堪えたはずだ。そこまで侮辱されれば、いちばん優秀な人間を雇うだろう。

いちばん優秀と言えば……彼だ。

心臓がドキドキしだして、呼吸が速くなった。すばやく路肩に車を寄せ、ハンドルを握りしめてパニックと闘った。負けるものか。時間を無駄にしてはいられない。考えなければ。

オーケー。捜索令状がなければ、銀行は彼女の口座情報を提供したりしない。ラファエルに令状が取れるわけがない。でも――ハッカーなら？　暗殺者は人を追いつめることを生業《なりわい》にしている。そのことに卓越しているから、高額の報酬を求められるのだ。結果を出すことで金を得ている。つまり、彼自身が、安全だと思われているコンピュータ・サイトに入り込むことができるか、できる人間を知っているということだ。

深く息を吸い、数秒間とめてから吐き出すことを数度繰り返すと、鼓動がゆっくりになってきた。よく考えるの、じっくり考えなさい。

銀行のコンピュータ・システムに入り込むためには、まずどの銀行かを知らなければならない。でも、彼は出発点を知っている。つまり、ラファエルが使っている銀行はわかっているのだ。あるいはＩＲＳのシステムに侵入して、報告が義務づけられている一万ドル以上の通貨取引の情報を引き出す。ＩＲＳのコンピュータ・システムは最高とは言いがたいという記事を、どこかで読んだ覚えがある。一方、ラファエルの銀行は巨額の資金を有する巨大国立銀行のひとつだから、コンピュータ・ネットワークに最新鋭のセキュリティ・システムを導入しているはずだ。

彼女があてもなく車を動かして、ぼんやり畑やら空やらを眺めているあいだに、彼は金の流れをつきとめて、グリッソムで彼女を待ち受けているかもしれない。

最善の方法は、さしあたり二百万ドルは諦めて立ち去り、しばらくじっとしていることだ。エリザベスの銀行から受け取った八万五千ドルの支払い保証小切手があるから、無一文ではない。

でも、それをどこかの銀行に預けたとたん、クソ忌々しい通貨取引報告がなされ、彼をその銀行に呼び寄せることになる。

もっとも、銀行とIRSのあいだには、たとえ短いものでも時間のずれがある。支払い保証小切手はすぐに現金化できるという利点がある。大都市に行っておおきな国立銀行に小切手を預けて口座を開き、そこに二百万ドル振り込むと事前に知らせておき、その一部を現金化する手続きをとる。

どうすればいいかひらめいた。隣り合った町のいくつかの銀行に現金をもっていって口座を開く。金額を一万ドル以下にすれば、銀行は通貨取引報告をしないですむ。つぎに、グリッソムの銀行からそれらの銀行に少額の振込みを行なう。そして銀行を一軒一軒まわって金を引き出し、口座を閉じる。それならレーダーの下を飛ぶことができるわけだ。二百万ドルすべてを手に入れるには時間が――かなりの時間が――かかるが、彼が銀行のコンピュータ・システムに入り込まないかぎり、こっちは安全だ。

そう、ほぼ安全。少なくともあたらしい身分証明書を手に入れ、人生をやりなおす時間はある。あたらしい名前とあたらしい社会保障番号を手に入れれば、姿をくらますことができる。

携帯電話を取り出し、電波のレベルを調べた。バーが一本。あまりよくない。もっと町にちかづかなければ。広々と開けた場所のもうひとつの問題点はそれだ。広々としすぎていてどこまで行っても人っ子ひとりいない。車も通らず、家もなく、畑がどこまでもつづくばかりだ。トウモロコシの穂《イヤー・オブ・コーン》には携帯は必要ないだろうが、彼女の耳《イヤー》には必要だ。

携帯電話の画面の電波レベルの標示をちらちら見ながら、一時間ほど車を飛ばした。バーが三本にょきっと立ったので、試してみることにして車を停めた。

ミセス・ピアソンのボイスメールにつながった。「ミセス・ピアソン、こちらはアンドレア・バッツです。事情が変わりまして、二百万ドルの現金はいらなくなりました。まだオーダーを出していないといいのですが。ぜひお話したいことがあって、でも、銀行に伺うことはできません。どうか電話をください、こちらの番号は――」そこで気づいた。あたらしい携帯電話の番号を知らないことに。「かけなおします」慌てて言って電話を切った。

クソッタレ、いったい何番だった？　いちど電源を切って入れなおすと、画面に情報が現われた。バッグからペンを取り出して書き留め、もう一度ミセス・ピアソンにかける。

驚いたことに本人が出た。「こんにちは、ミズ・バッツ。ちょうどいま、メッセージを聞いたところです。お客さまをお送りしていて、電話を受け損ないました。現金のオーダーの件は、いまジュディにメモを渡して調べてもらってます。お気持ちが変わったと伺いほっとしました、でも……なにかあったのですか？」彼女が声を低めた。「こちらにいらっしゃれないとか？」

「元夫のせいです」ドレアは言った。お涙頂戴物語がいまになって役にたつとは。「なんでだかわからないけど、彼がこんなところまで追いかけてきて、おたくに口座をもっていることがばれたみたい。彼が銀行を見張ってるかもしれません。わたしが行けば、彼はきっとあとをつけてきます」

「警察に通報したんですか？」ミセス・ピアソンが尋ねる。その声から心配しているのがわかる。ありがたい。

「電話のボタンが擦り切れるぐらいかけました」うんざりした口調で言う。「いつだって答はおなじ。彼が実際になにかやらかさないかぎり、警察は手が出せないって。彼は大手の農産物販売会社のセールスマンなので、どこにいても立派に言い訳がたつんです。あたしには彼に仕事をするなという権利はないし、そんなこんなで。彼に殴られてもずっと彼をかばってきた報いがこれなんだわ。自分で階段から落ちたとか、車のドアで指を挟んだとか、そう言って彼をかばってきたんです。ほんとうは彼に指を折られたのに」

「まあ、かわいそうに。彼が見張ってると思うなら、もちろん来てはいけません。でも……これからどうなさるつもり？」

「わかりません」わかっている。ただ、細かいところまで詰めていないだけで。「あたしたちはまだ結婚しているんだから、あたしが亡くなった両親から相続した遺産を、自分ももらう権利があるって、彼は思っているんです」

「まあ……遺産は相続人の個人資産のはずでしょう」

「法律ではそうなってますけど、我慢してあたしと夫婦をやってきたんだから、自分には当然もらう権利があるというのが彼の論法なんです」ドレアは苦々しさを口調にこめた。「彼がこれ以上たどれないように、文書足跡を消さなくちゃ」

「お客さまの口座情報は秘密事項です。彼がどうやって――」

「ＩＲＳで働いている友達がいるんです」

「なるほど」

彼女の短い言葉が、ドレアが思っている以上に、ＩＲＳがたやすく標的にされうることを物語っていた。

「なんとかしなくちゃならないんだけど、どうしたらいいのかわからなくて」

「あなたが行なう取引はすべてIRSに報告されます」ミセス・ピアソンがすまなそうに言った。「一万ドル以上の資金の動きについて、銀行は報告を義務づけられていますのでね。つまり、お客さまの二百万ドルは文書足跡になるということです」

「IRSと問題を起こしたくないし、税金をごまかそうなんて思ってません。あたしはただ自分のお金を受け取って、彼に嗅ぎつけられるまえに、べつの場所に移したいだけです」

「短期間で大金を受け取るいちばんいい方法は、連邦準備銀行のある都市に行くことです。ここはカンザス・シティの管轄ですが、デンバーに支店があります。ここからだとデンバーのほうがちかいですよ。問題は、あなたがそういう場所に行ってお金を預けたら、その銀行は通貨取引報告をしなければならないということです」

この国の銀行でなければどう？　ドレアは意地悪なことを考えた。金が手に入りさえすれば、すぐさま国外に脱出するのに。詮索好きな政府の目から逃れて。あたらしい身分証明書を手に入れたらパスポートをとり――合法なものを――金をもってケイマン諸島でバケーションを楽しめるのに。こういうゴタゴタはうんざりだ。

「お金を動かすのにいちばん安全なのは、オンラインでやることです」ミセス・ピアソンが言った。

「コンピュータをもってません。インターネット・カフェとか図書館とかでコンピュータを使えるかしら？」

「そうですね、おなじIPアドレスから行なったほうがいいですけどね。携帯電話からできませんか？」

「安い携帯なんで。インターネットにつなげないんです」

「つなげるのをお買いになることですね。そうすれば、どこからでも口座の管理ができますよ。あるいはラップトップをお買いになるとか。そちらのほうをお勧めします」

「それからどうすればいいんですか？」

「うちのウェブサイトに入って、指示に従えばいいんですよ」

「なにかにサインする必要があるんじゃありません？」

「ええ、サインしていただく書類があります。郵送いたしますよ――」

「きまった住所がないんですもの」ドレアは正直に言った。またしても頭を壁に打ちつけた気分だ。

　短い沈黙ののち、ミセス・ピアソンが言った。「ふつうはこんなことしないんですが、ラップトップをお買いになってインターネットにつなげたら、わたしにお電話ください。書類をプリントアウトして、どこかでお渡しします。やる気があれば、かならず方法はみつかるって言いますでしょ、ミズ・バッツ！　なんとかなりますよ」

　インターネットにつなぐということは、システムに名前を書き込むということだ。でも、ほかの方法ではどこにも行けないし、銀行にのこのこ出向くことだけはできない。

「そうしてみます」もううんざりだった。「ありがとう。準備ができたら電話します」電話を切り、ヘッドレストに頭をもたせた。二百万ドル盗むのがこんなに大変だなんて、思ってもいなかった。

13

頭、おかしくない？　どれほど必死で〝やるべきことリスト〟の項目をつぶしていっても、クソッタレのリストはどんどん長くなる。

一段のぼると、段はさらに二段増える。それをのぼらなければ最初の一段が無駄になる。クレジットカードがないから、ウォールマートでいちばん安いラップトップを現金で買わねばならず、手持ちの現金はみるみる減っていた。グリッソムの銀行に出向く危険を冒さないかぎり、ウォールマートのある町の銀行に八万五千ドルの支払い保証小切手を入れて口座を開かねばならず、そうすると、またしても通貨取引報告がなされることになる。

でも、ほかにどうすればいいの？　二百万ドルをオンラインで動かすためには、インターネットにつながなければならない。インターネット・サービスにサインアップするには、ラップトップが必要だ。ラップトップを買うためには、現金が必要だ。

すべてが堂々めぐりだ。携帯電話販売店に行って、新品のラップトップのためのワイヤレス・カードを買い、ワイヤレス・サービスにサインアップすると、請求書を送ってもらうための住所を書き込むか、銀行口座引き落としの手続きをとらなければならなくなった。

「いいわよ、もちろん」応対してくれたヒスパニック系のほっそりした坊やに向かって、彼女はつぶやいた。二時間前に開いたばかりの銀行口座の情報はバッグに入っている。

いまも仮定にもとづいて動いていることに変わりはなかった。ラファエルは彼女の行方を探しているにちがいないが、足跡をたどるためにだれかを雇ったという証拠はない。オーランドにやらせているかもしれない。それが彼女にとっては最良のシナリオだ。オーランドはコンピュータに強いが、IRSのシステムに侵入するだけの専門知識はもっていない。

それにだいいち、ラファエルがそんなことをさせるわけがない。IRSに目をつけられ、懐を探られることだけは避けたいだろうから。なんといってもアル・カポネを落としたのはIRSだった。秘密裡に金を動かすことのむずかしさは、この一週間でいやというほど学んだ。マネー・ロンダリングがこれほど流行るわけだ。それがなければ、麻薬ディーラーは巨額の金をおおっぴらに使えない。

彼女を追いつめるのに、ラファエルが人を雇ったとしても、大金は使いたくないだろう。暗殺者は高い――ものすごく高い。二百万ドルは取り戻せないと、ラファエルにはわかっているはずだ。彼女が直面している困難に、彼は気づいている。それに、一度彼女の口座に移ってしまった金は、取り戻せないことも知っている。二百万ドル失ったうえに、高い金を払って暗殺者を雇うだろうか？

雇う。答がイエスなのは目に見えている。ラファエルは怒るとなんでもする人間だ。暗殺者は職業柄、金を動かし現金化することの複雑な事情を熟知している。

彼女は事前調査をしなかった。計画の弱点はそこだ。感情に駆られて動いたつけを、いま払わされている。いいかげん思い知ったらどう？　感情に駆られると事態を見誤り、ろくなことはない。ラファエルになにをされても心を鬼にして辛抱し、じっくり計画を練るべきだった。ＩＲＳに嗅ぎつけられないよう海外送金の手段を講じてから、動くべきだった。

手元にある宝石を現金化するという手もあるが、売り払う最善の方法はネットオークションで、それには時間がかかる。もっとも、ラップトップが手に入ったのではじめられる。最初のときとちがって、無力でも無一文でもない。選択肢はある。

ないのは時間だ。ニューヨークを出てから数日が過ぎた。彼が居場所を突き止めるには充分な時間だ。いまは二百万ドルを諦《あきら》めて立ち去るしかない。どれぐらいの時間をおけば、手をつけても大丈夫だろう？　一年？　二年？　五年？　動くならすばやくやらなければ。

八万五千ドルもいまは手元にない。それに手をつければ、おなじリスクが生じる。多少の現金と宝石はあるから暮らしてはいけるけれど、あたらしい身分証明書を買って姿をくらますには充分ではない。自分の家と呼べるものももてない。働かなければならないが、正規雇用の職にはつけないから、場末の酒場のウェイトレスぐらいしかできることはない。でも、そういう生活は二度とごめんだ。

そうなると、リスクは承知で動くしかなかった。

ようやくすべてが整ったので、ミセス・ピアソンに電話した。「用意ができました。ラップトップを買って、ワイヤレス・サービスにつないだわ」

「よかった！　申し込み用紙は準備できてます。五時には仕事が終わるので、お会いしましょう……どこがいいですか？」

「そうですね。どこがいいかしら」グリッソムのような小さな町には、会うのに適した場所はなかった。カフェはだめだ。厨房を通って裏口に抜ける以外に出口のない狭い場所に歩いていって、追いつめられたくはない。そのカフェには一度行ったことがあり、料理は広い仕切り窓から出された。店の奥にトイレにつうじるドアがあったから、厨房にもつうじているのだろう。でも、実際に調べたわけではないのでわからない。仕切り窓をよじ登らないかぎり、袋のネズミだ。それに、仕切り窓の向こう側はすぐ下がグリルで、危険すぎる。

これもまた計画の弱点だ。命がかかっているのだから、すべてを事前にチェックしておくべきなのに。これからは、彼がすぐ背後に迫っているという前提で動こう。文書足跡を消さないかぎり安全ではないし、それには時間がかかる。

「一ドルショップの駐車場はどうですか」ドレアはようやく思いつき、言った。出入口はひとつではなく、しかも角地にあるから二方向に出られる。彼女を知る人間は、まさか一ドルショップに出入りするとは思わないだろう。


まるでチェス・ゲームだな、とサイモンは思った。おもしろい。ドレアなら相手に不足はなかった。彼の標的には無知なのが多い。もっと分別があってもいいのに。標的はほとんどが保安措置を講じていて、だから安全だと油断している。考え違いもはなはだしい。致命的な考え違いだ。生き延びたかったら、けっして油断しないこと、安全だと思わないことだ。

前日の午後の飛行機で来て、地元に溶け込むようなピックアップ・トラックを借りた。ジーンズに黒いワークブーツ、建築作業員が着るようなダークブルーの半袖のワークシャツという格好だ。シャツの左胸ポケットには〝ジャック〟と名前の縫い取りがあるという念の入れようだった。ジャックはありふれた名前だから、だれも気に留めない。汚れた野球帽にサングラスに無精ひげで、変装は完成だ。

おおげさな変装はしない。ここのような小さな町で車椅子は使えない。住民は足をとめ車椅子を押してくれようとし、すまいはどこかと尋ね、いままでに会わなかったのが不思議だと思う。だからいまの変装で充分、周囲に溶け込むことが狙いだからだ。

高額の現金を手に入れるむずかしさを、いまごろはもうドレアも気づいているだろう。彼の標的と同様、彼女も田舎にいれば安全だと思っているかもしれない。クレジット・カードは使っていないし、飛行機は使わずに車できたから。だが、彼女はもっと頭が切れるはずだ。

これまではうまくやってきたが、そろそろ計画の不備に気づき、足跡をたどられる可能性に気づくころだ。追跡者は彼だと思っているだろうか？　可能性はある。ラファエルをよく理解していたからこそ欺けたのだ。それなら、彼がなにをするか予測がつく。

オンラインで金を動かすには、インターネット・サービスにつなぐ必要があり、そのためには書類に記入する必要がある。つまり、インターネット・サービスを調べるのが先決だ。前夜、この地域にサービスを提供しているプロバイダー数社のシステムに入り込んでみたが、彼女はサインアップしていなかった。あたらしい身分証明書を入手するまで、本名を使わざるをえない。あたらしい身分証明書を手に入れるのに、彼女の手持ちの現金では足りない。そして、名前を変えないかぎり、彼を振り切ることはできない。

ピックアップ・トラックの運転席に座り、ラップトップでもう一度記録を調べた。大手のプロバイダーからはじめ――彼女を見つけた。携帯電話のプロバイダーを使うという効率のいい方法で、彼女は短期間でシステムにつないでいた。

つぎは銀行との手続きで、そのためには直接銀行に出向くか、行員と親しくなって書類をもってきてもらうかだ。ドレアのことだ、後者を選ぶにちがいない。

行員は正面玄関を使わない。建物の脇にある通用口から出てくる。そこを見張れる場所に車を駐めた。閉店時間よりまえに出てくる人間がいちばん怪しい。

辛抱強く待った。四時半、正面玄関の鍵がかけられた。オーケー、こいつは思ったほど楽ではないが、そんなことで失望はしない。出てくる行員を外見で振り分けて、いちばんそれらしい人間のあとをつける。

男ではない。ドレアは男を信用しない。無理もないが。騙《だま》しやすい人間は軽蔑するし、騙せない人間は信用しない。男を除外したからといって、たいした助けにはならない。行員の大半は女だ。

いちばん怪しいのは中年女だ。経験があり、ある程度の権限をもっている女。年配の女は、ドレアぐらいの歳の人間をかばってやりたいと思う。それから、あたりをつけるなら書類をもっている女だ。手に抱えているか、ブリーフケースやおおきめのトートバッグをもっている女。そういった条件を念頭におき、待った。そして見つけた。

すぐにわかった。まず、五時きっかりに出てきたこと。つまり目的があるのだ。その目的とは夕食の支度かもしれないが、手にファイル・フォルダーをもっている。彼女のやさしさに幸いあれ、だ。人助けはしたいけれど、こういうのはやりなれていないことが、その素振りからあきらかだ。まさに一目瞭然。

彼女はベージュのクライスラーに乗り込んだ。彼はベージュが大嫌いだった。目立たないから。もっとも、このあたりは交通量がそう多くない。

一番の問題は、どこに行くつもりか？　グリッソムに公共の場は多くない。ドレアとは自宅で会うつもりかもしれない。そうなると尾行は厄介だ。

すぐに車を通りに出さず、クライスラーと自分とのあいだにべつの行員の車を入れた。彼女を怯《おび》えさせてはならない。その恐れはほとんどないとは思うが。

彼女はふたつめの角を右に曲がり、一ドルショップの駐車場に車を入れた。サイモンはブレーキを踏まず、クライスラーのほうを見ずに車を進めたが、目の端で駐車場を捉え、人が乗ったままの車を探した。ドレアがクライスラーに乗り込むのか、女性行員が彼女のところに行くのか？　女性行員が車をおりるほうに一票。ドレアは頭がいいから、だれかに見張られていると疑っているのに、のこのこ出てくるわけがない。

バックミラーに車からおりる女性行員の姿が映った。立ちどまり、それからしっかりした足取りで駐車場を横切ってゆく。

「ビンゴ」彼が小さくつぶやく。「首根っこを押さえたぜ、スウィートハート」

14

背筋を冷たいものが伝いおり、ドレアはぱっと周囲を見まわした。危険が迫っているという感覚に捉われ、ギアを入れてアクセルを踏み込みたくなった。おかしなものは目に入らなかったが、本能が〝逃げろ！〟と叫び、そこに留まろうとする気持ちを挫こうとした。彼はここにはいない。いないのはわかっていた。あと五分で片がつく。そうすれば去ることができる。デンバーに行ってすぐに二百万ドルを現金化し、彼に見つかるまえに姿をくらます。

駐車場には十五分前に来て周囲をチェックした。彼にしろだれにしろ、彼女がミセス・ピアソンと会うことは知らないはずだが。人が乗ったままの車は、ポンコツのフォードアのシボレーだけだった。三十五度を超える暑さのせいで、エアコンを入れたままにしておくためエンジンはかけっぱなしだ。運転席に座っているのは年配の女で、やつれた顔をしている。後部座席のベビーシートに幼児がくくりつけられ、ぐずっていた。幼児が逃げ出しでもしないかぎり、面倒は起きないだろう。

ミセス・ピアソンが駐車場に入ってくるのを見て、すぐに道路に目をやった。すぐうしろをやってきたのは赤いセダンで、運転手は女だ。つぎに男が運転するピックアップ・トラック。男に目を凝らしたが、陽射しが窓ガラスに反射してよく見えなかった。野球帽をかぶっていることと、運転に集中しているのはわかった。ミセス・ピアソンには見向きもしなかったのだから。

赤いセダンもピックアップ・トラックもそのまま通りを進んでいった。ミセス・ピアソンがファイル・フォルダーを手に駐車場を横切ってくるあいだ、ドレアは彼女の背後の通りを不安な思いで見つめつづけた。ゾクッとしたのはなぜだろう。ミセス・ピアソンがドアのハンドルに手を伸ばしたとき、やはり女が運転する車が通り過ぎた。

ドレアが急いでアンロックのボタンを押すと、ミセス・ピアソンが乗り込んできた。彼女がドアを閉めたので、ドレアはすかさずドアをロックした。車には死角がある。背後から忍び寄ってきた人間が後部座席に乗り込んできて、頭に銃を突きつけるなんてごめんだ。

「彼の姿を見ましたか？」ミセス・ピアソンは尋ね、周囲を見まわした。

「いいえ、いまのところは」でも、彼はちかくにいる。ドレアにはわかる。背筋のゾクゾクと、危険を察知する本能が警告を発していた。

きのうより、いや、けさより、もっと無防備になっていることはわかっていた。インターネット・サービスにつなぐために、システムに名前を登録したせいで、この地域にいることがばれてしまった。携帯電話販売店の防犯カメラに姿が映っているだろうから、外見を変えたことはいまや秘密でもなんでもなくなった。

彼の実力や能力を過大評価しているのだったらいいけれど、そうではないだろう。彼女に秀でた部分があるとしたら、それは男を見抜く力だ。その力が、彼なら見つけ出せると言っている。それに、いままで出会ったなかで彼ほど危険な男はいない、とも言っている。血も凍るほど冷酷な殺し屋を何人か知っているが、彼ははるかに抜きん出ている。だから、これほど恐ろしいのだ。

ミセス・ピアソンがファイル・フォルダーを開き、数枚の書類を抜き出した。「これに書き込んでサインすれば、それで終わりです」

ドレアは書類を受け取り、もう一度周囲を見まわした。「あたしが読んでいるあいだ、まわりに目を配っていてください。彼は背が高くて、身長は百八十五センチ、ハンサムで引きしまった体つき。短い黒髪」部屋の空気をすべて吸い込んでしまいそうな、圧倒的な存在感をもつ男を表わすのに、そんな簡単な表現は不適切に思えた。でも、優雅ですばやく動きながら、とても静かな感じを与えることを、どう表現すればいいの？　彼の目は黒いオパールのようだと言っても無駄だ。よほどちかづかなければわからないし、ちかづいたときには手遅れになる。

ミセス・ピアソンが真剣なおももちで見張りを引き受けた。ドレアは書類に目をとおしながらも、ミセス・ピアソンの頭の動きが気になってしかたなかった。駐車場に入ってくる人、出てゆく人、その大半が暑さにげんなりした急ぎ足の母親で、舗道にペタペタとサンダルの音をさせる子供をひとりかふたり引き連れていた。

ドレアは、ほんの数分で書類に目をとおしてサインし、フォルダーに戻した。「ほんとうにご面倒をおかけしました」そう言ってミセス・ピアソンにフォルダーを返し、あたりに視線を配った。やはりおかしなものは目に入らなかったが、不安で背筋がゾクゾクする感じはあいかわらずだ。

「おどおどしながら暮らしていくなんてねえ」ミセス・ピアソンが言った。ドレアを見る目は少し悲しげだった。「いつか自由になれることを願っていますよ」

「あたしもです」

ミセス・ピアソンが去ったあと、ドレアはさらに数分間、通り過ぎる車を注意して眺めた。開放型のスペースに駐めたので、急いで出るのに車をバックさせる手間はかからない。彼女のいる場所から店の裏手が見え、店と隣接する住宅地を隔てる草ぼうぼうの空き地が見えた。住宅地を走る道路は袋小路になっているのか、それとも、べつ方向からメインストリートに出られるのだろうか？

またしても事前調査を怠った自分に怒りが湧いてくる。細部にもっと気を配らないでいて、ここから生きて出られると思ってるの？　この町に着いたとき、市街地図を買って調べ、すべての通りを頭に叩き込んでおくべきだった。彼はきっと、あの道路がどこに通じているのか知っている。

空き地に目をやり、草の陰にガラスの破片がどれぐらい潜んでいるだろうと思った。それも一瞬のことで、すぐに頭のなかで肩をすくめ、ギアを入れた。店の角をまわって裏手に抜け、従業員のものと思われる二台の車のあいだを抜け、可動式のコンクリートブロックを乗り越えて空き地に入った。コンクリートブロックは、かつて駐車場を仕切るのに使われていたのだろうが、押し出されて位置がずれていた。空き地の地面はでこぼこで、丈高い草が車の側面を叩いた。車体が二度大きく揺れて、縁石を乗り越え通りに出た。後輪が少し横滑りしたがなんとか路面を捉え、車はスピードをました。二ブロック先で通りは終わっていたが、一時停止標識と交差する通りが見えてきた。ハレルヤ。

サイモンが店と向き合う形に車を駐めて見張っていると、彼女が建物の裏手にまわり、空き地を横切って短い脇道を北に向かうのが見えた。トラックはギアを入れたままにしてあったので、ちかづいてくる車がないかチェックし――ない――ブレーキから足を離して車を出し、Uターンして西に向かった。

脇道は二ブロック先で終わっている。それから東へも西へも行ける。彼は、西に賭けた。いちばんちかい連邦準備銀行はデンバーにあり、彼女は二百万ドルを早く現金化したくてやきもきしている。それだけじゃない。西へ進めば進むほど人気《ひとけ》が絶え、西海岸にたどりつくまで、無人の荒野がつづくのだ。この地方の広漠とした大地なら、人はいくらでも姿をくらますことができる。だが、そういうことをするのは、システムのそとで生きる人間たち、銀行口座も携帯電話ももたない人間たちだ。発電機がなければ電気を使うこともできないのだから。ドレアがそんな生活をするとは思えない。できることなら快適な生活を求めるはずだ。

これが見込みちがいで、彼女は東を目指したとすると、見つけ出すまでに二日はかかるだろうが、ここから出るのに使える二級道路はそう多くなかった。存在しないわけではないが、たいてい数キロにわたってカーブして、唐突に行き止まりになるから、来た道を戻るか、荒野を横切るしかなく、その場合、自分がどこに向かっているかわかっていて、頑丈なサスペンションの四輪駆動車に乗っていないとヤバいことになる。彼女の中古車はクロスカントリー向きじゃないし、ドレアはそんなことをするほど馬鹿じゃない。

現金が手に入ったら、彼女はもっと耐久性のある車に買い換えるだろう。そうにちがいない。デンバーは大都会で人込みに容易に紛れ込めるから、彼女は安心して車を買い換えられる。

ガソリンは満タンにしてあった。彼女が選んだどの方角へも、ついていくことができる。だが、彼女はどうなんだ？　給油の必要があるなら、町の西はずれのエクソンのガソリンスタンドに立ち寄るだろう。大きなスタンドではないが交差点に面し、両側にポンプが四基ずつあるから包囲された気分にはならない。

自分がどうするつもりかいまだに決めかねていた。優柔不断は彼らしくもないが、これはいつもの仕事とはちがう。あんなふうにサリナスから騙し取った彼女の根性に感心したのかもしれないし、あの午後のホットなセックスのせいかもしれないが、行動方針が決まるまでは彼女を追っていくつもりだ。見失いたくなかった。たんに追いかけるのが楽しいのかもしれない。彼女がどんな新手を繰り出してくるか、それが楽しみだった。

もっとも二百万ドルは二百万ドルだ。それに彼女とちがって、すでに国外に口座をもっている——それもいくつも——ので、彼女が直面しているような面倒を抱え込むことはない。だが、いずれはきちんと決断しなければならず、そのときは刻々とちかづいていた。彼女を逃がすか、二百万ドルを回収するか？　彼女を逃がすか、国内で彼女をばらす危険を冒すか？　殺人事件が迷宮入りすることはいくらだってあるが、発展途上国より国内のほうが面倒な事態に陥りやすいという事実を忘れたことはなかった。

カーナビに目をやる。彼女が走っている通りは交差点ごとに一時停止の標識がある——それだけ時間をとられる。彼はメインストリートを走っており、すでに通り過ぎた商業地域にはむろん信号が二カ所あったが、ほかはすべて交差する通りのほうに一時停止の標識があった。だから、彼女より二分ほど早くガソリンスタンドに着けるだろう。

タイヤ自動空気入れ装置の前に車を停め、おりた。これなら彼女がどっちの側のポンプを選んでも、車をまわして割り込める。あるいはすでに満タンにしてあり、スタンドに寄る必要はないかもしれない。それならそれでいい。見失うほど遠くに行っているはずはなく、彼は二秒でトラックに戻れる。

見つけた。慎重な運転でちかづいてくる。速すぎもせず、ノロノロ運転でもない。彼女がちかづいてくるにつれ、彼は動いた。彼女がたまたまこっちを見ても姿が見えないよう、つねに運転席をあいだに入れた。

彼女はスタンドに入ってこなかった。停止して左右を見てから交差点を突っ切り、コロラド目指し西に進んでいった。

いい子だ。褒めてやる。土壇場で慌てずにすむよう、満タンにしてきたのだ。彼はトラックの運転席に乗り込み、彼女の背後百メートルの位置につけた。

15

つけて来る車がないかとバックミラーを見て、ピックアップ・トラックを運転する男が目に入った。心臓がとまりそうになった。頭から血がひいて、目のまえの道路が泳ぎだした。遠くて顔は見えないが、動きでわかった。危険なパワーを秘めた優雅な動き。頭のあげ方や肩の位置でわかった。どう表現したらいいかわからないが、それは骨の髄まで染みこんでいた。

あのピックアップ・トラック。まえにも見た。あれによく似たトラックを。偶然の一致ではすませない。おなじ色、おなじ作りのトラックが、ミセス・ピアソンが一ドルショップの駐車場に入ってきたすぐあとを、通り過ぎていった。彼だったのだ。もうあのときから、こっちを見張っていたのだ。彼女のやっていることを突き止め、だれをつければいいかわかっていた。そのことがドレアを怯えさせる。彼は優秀すぎる。彼から逃げることが、はたしてできるのだろうか？

アクセルを思いきり踏み込みたくなる気持ちをかろうじて抑え、徐々にスピードをあげて、スピードメーターの針が時速百四十キロを指すと、前輪が激しく横揺れをはじめたのでアクセルを少しゆるめた。できるだけ彼から離れ、脇道か建物の裏手に逃げ込みたかったが、車がバラバラになってしまったらそれもできない。

カンザス州の地形は助けにならない。土地はまったくの平坦ではないが、ほぼそれにちかい。逃げ込む場所は——

また呼吸が速くなり、心臓が激しく脈打つものだから、なにも考えられない。こんなふうに彼にやられてたまるか。いつでも動ける態勢にいなければ。考えなければ。パニックに陥ってはいられない。

不安と闘い、本能的な反応と闘い、なんとかアクセルから足を離して無理のないスピードまで落とした。とても逃げきれない。試そうとするのさえ愚かだ。ピックアップは普通サイズのトラックで、彼女が運転している六気筒エンジンよりもっとパワフルなエンジンを備えている。それに車高が高いから、ずっと遠くまで見渡せる。たとえ数秒でも、彼の視界から消えることはできないだろう。

問題は、彼がいま捕まえようとするかどうか。広々と開けた土地だから、遠くの車からでも彼が見えるし、畑仕事をする農夫がいないとはかぎらない。いまは彼女をつけることだけで満足し、暗くなるのを待っているの？

確実に撃ち取るためには、車を横に並べなければならない。彼女の車を道からはみ出させる手もあるが、映画とちがって、衝突した車が爆発したり燃えあがったりすることはまずない。シートベルトとエアバッグのおかげで、なかにいる人間はたいてい助かる。むろん、道から押し出された車が破損して動かなくなれば、彼はゆっくりと狙い定めて撃つことができるが、電信柱に追突しないかぎり、道からはずれたぐらいで車が大きく破損することはないだろう。麦畑を寸断して走ってもたいした損傷は受けない。

彼女が武器をもっているかどうか彼は知らないことが有利に働くだろうが、実際にはもっていない。彼女が武器にしてきたのは銃ではなく、セックスと手練手管、それに化粧と香水だった。でも、彼は、この八日間で彼女が銃を手に入れたかもしれないと思い、用心せざるをえない。

燃料計に目をやり、彼のトラックの燃費はどうだろうと思った。彼女の六気筒エンジンは燃費がいい。おそらく彼のエンジンよりいいだろう。それなら彼より遠くまで走れるかもしれない。彼がガス欠になれば――いや、彼はそんなドジは踏まない。でも、彼がガソリンスタンドに立ち寄らざるをえなくなれば、脇道にそれて隠れるチャンスはある。べつルートをたどってデンバーに向かえばいい。

だが、彼だってそれぐらい気づいているだろう。ガソリンが少なくなったら、なんらかの動きに出ざるをえない。あるいは、こっちがガソリンスタンドに車を停めて、助けを求めることもできる。そうだ、携帯電話をもっているのだから、911に通報して、おかしな男にあとをつけられているという手もある。

ただし……ただし、警察の注意を引きたくはなかった。警官は両方の車に停まれと指示するだろう。この車のナンバープレートは合法なものではない。いまは手元になくても、二百万ドルを盗んでいる。名前を警察のコンピュータ・ネットワークに載せられるのだけは困る。それればかりではなく、彼はドレアの車のうしろを走っている。彼女のことなんて知らないと言い張れる立場だ。ハイウェイを飛ばしているだけだ、と。彼の名前すら知らないのだから、別れた恋人だとは言えない。

バックミラーを見ると、彼はまだそこにいて、まえよりちかづいてきていた。すぐに追いついてくることはないが、距離をちぢめてきている。

こっちが気づいたことがばれてしまった？　彼を避けるような行動はとっていないが、車を路肩に停めて麦畑に駆け込み、つぎの五十キロを這《は》って進むのでないかぎり、回避行動はかぎられていた。

でも、諦めない。彼女は動いている車のなかにいる。彼もそうだ。狙いすまして撃てる可能性はきわめて低い。アクション映画のようにはいかないことは、ラファエルと手下たちがテレビで観てしゃべっている内容からわかった。口先ばかりということもあるから、いろいろ調べてみたが、そのとおりだとわかった。世界一の狙撃手が静止した場所から狙っても、動く標的を撃ち落とせるかどうかは、技術より運にかかっている。

彼に道路からはじき出されないかぎり、さしあたり安全だ。彼がスピードをあげてきたら、行動に出る決心をしたとわかる。パニックに陥ったらそれで終わりだ。冷静でいるかぎりチャンスはある。

彼女は気づいた。猟犬から逃げる兎《うさぎ》みたいに車がスピードをあげるのを見て、すぐにわかった。彼女が暴走するパニックを抑え込み、また頭を働かせはじめたことも、見てすぐにわかった。アクセルから足を離し、時速百キロまでスピードを落としたからだ。

運転席にもたれて彼女を眺めているだけで満足だった。あたりの景色が飛ぶように過ぎてゆき、一時間もすると州境を越えてコロラド州に入ったが、このあたりはまだカンザス州と同様に平坦だから、彼女には彼を振り切るチャンスは訪れない。時計を見て、燃料計を見る。トラックは彼女の車より大きなガソリンタンクを備えているが、燃費は悪い。どちらのガソリンが最初に尽きるか見込みは五分と五分だ。

動くならタイミングが肝心だ。さらに西に進むと起伏が多くなるし、じきに暗くなる。彼女にはるか先を進ませ、ヘッドライトを切って道からはずれさせるわけにはいかない——危険な動きだが、彼女ならそれぐらいやるだろう。暗くなりはじめたらもっとちかづく。こちらの燃料計が四分の一以下を示しても、彼女がまだ給油をしなかったら、そのときが動くころあいだ。

こっちがどう出るかは、彼女がどう出るかにかかっていた。銃をもっているかもしれない。彼女が銃を突きつけてきたら、しかたない、やるしかない。彼の銃、グロック17は右腿《もも》に添わせて置いてあった。銃の不法所持で捕まる心配はなかった。国の携帯許可証をもっている。州警察でも地元警察でも立派にとおるやつだ。贋物《にせもの》だが、突き止めるにはいくつもの偽装工作を掘り起こさなければならない。シリアルナンバーなしの銃なので、持ち主を突き止められないし、いらなくなったらさっさと捨てればいい。

心を決めるときがちかづいていた。彼女を仕留めるか、やめてニューヨークに戻るか？　仕事を引き受けるつもりがないなら、なぜこんな面倒なことをしてるんだ？　おもしろいし、楽しいからなんて、ここにいる理由にはならない。彼女を追うためにこれだけ多くの時間と金を費やしてきたんだ。報酬を受け取らなければもとがとれない。

これまでの標的は、彼にとってなんの意味ももたなかった。好きも嫌いもなかった。有り体に言えば、人間の命は、たとえば、そうイエバエの命とおなじ価値しかもたない。彼が殺すのは、正義だの悪だの、政治だの宗教だの、愛だの憎しみだのとはまったくちがう次元の話だ。単純に金のため。だが、ドレアは……ちがった。彼女を知っていた。肉体を知っているというだけではない。もっとも、これまでにあれほど肌の合う女に出会ったことはなかったが。

彼女には、知性と根性と決断力がある。彼女は闘士であり、生き残る人間だ。彼女がくつろぐ姿を見たことがなかった。おそらく長いあいだ、気を抜いたことがなかったろう。こうと決めたら後ろを振り返らない女だ。

ラファエル・サリナスのような人間にぶらさがる生き方には賛成しかねるが、それまでどんな人生を送ってきたのか知らないのだから、彼が口を出すことではない。サリナスの愛人になったのは、彼女にとって大出世だったのだろうが、サリナスはギャングだ。ほかのだれより頭が切れるとは言っても、所詮《しょせん》ギャングだ。彼女は長いこと、ひとつのほころびも見せず、芝居をつづけてきた。それほど自制のレベルの高い人間には、ほかにお目にかかったことがない——自分をのぞいては。

だから、いつまでもぐずぐずためらっているのか？　自分自身に似たなにかを、彼女のなかに見いだしているから？　感情をもたないところが似ているのではない。ドレアは彼の分を補ってあまりあるほどの感情をもっている。ほかにもサリナスにはけっして見せなかったものがあり、彼はそれを見抜き、おもしろいと思った。だから、いまだに行動に出られないのかもしれない。もっとも、前金の送り先をまだサリナスに知らせていない。口座に金が振り込まれたのを確認するまで、仕事をする必要はないわけだ。

そうやって堂々めぐりでおなじところに戻る。イエスかノーか？　仕事をやるか、立ち去るか？　彼女を逃がすか、二百万ドル受け取るか？

もし彼が仕事を引き受けなければ、サリナスはほかの人間に彼女を追わせるだろう。だが、彼女ははるかに先を行っており、盗んだ金を現金化したら選択肢はそれこそ無数にある。捕まってしまったら、それは運が悪かったからとしか言いようがない。彼女がほんとうに安全になれる唯一の方法は、彼女は死んだとサリナスに納得させることだ。

彼ならそれができる。金を受け取り、仕事は終わった、とサリナスに言えばいい。だが、これまで仕事で嘘をついたことはなかった。彼の価値は信頼度の高さと正確さにあった。もっとも、依頼人を騙すことがもしあるとすれば、騙す相手はサリナスだろう。あのクソ野郎には、軽蔑しか感じない。

彼は空を見あげた。日没までに一時間、いや一時間半。ロッキー山脈に向かって大地が徐々に隆起してゆくので、起伏が目にみえて激しくなっていた。実際の山脈はまだずっと先だが、平坦なところに突然山が出現するわけではない。地殻のひだのなかでだんだん隆起していって、大きな噴火が起きたのだ。待てばそれだけ大地の起伏が多くなり、彼女にとっては、姿をくらますチャンスが増えてくる。

彼はアクセルを踏み込み、ドレアとの距離を詰めていった。

16

トラックが迫ってきた。この数分間、ドレアはバックミラーを見ていなかった。道路が曲がりくねっているうえに、のぼったりくだったりで、目を離せなかった。いま、道はのぼりで、大地は右に向かって傾斜していた。勾配は急でもなく、長くもないが、ときおり急カーブがあるので運転テクニックを試される。この一週間、ずっと平坦な土地を運転していたので、運転の勘がにぶっていた。

ハイウェイの番号を知らせる道路標識を最後に見てからずいぶん時間がたち、曲がらなければならない道を曲がらなかったのでは、と不安になってきた。この五分間、ほかの車とすれ違っていないし、道はあきらかに細くなっていたからだ。デンバーに行くのに、この道でほんとうにいいの？　車を路肩に停めて地図を見るわけにはいかなかった。停めようにも路肩がないのだ。背後に殺人者がいることは言うにおよばず。

バックミラーを見たのはそんなときだった。トラックとの距離は五十メートルを切り、しかも恐ろしいほどのペースで差を詰めてきていた。

心臓が喉までせりあがり、ハンドルを握りしめすぎて関節が白く浮き出た。そのときがきた、と彼は判断したにちがいない。車の往来はないし、これ以上待つ必要はない。早く暗くなれと願っていたのに……

いまとなっては、なにを願えばいいのか。彼をまくのに最高のチャンスをこっちがつかむまで、彼が待ってくれることを？　そう、そうしようと思えばできたのに。こうなることは予想できたはず。

彼がさらに二十メートル差をちぢめたので、トラックの運転席にいる彼の姿が見分けられた。黒いサングラスをかけている。

ラファエルはいくら払ったの？　こっちはもっと出せるかもしれない。もしかして――そんな妄想で気を散らしてる場合じゃないでしょ。彼が話し合いに応じると思うの？　話し合いで時間をつぶすわけがない。彼女を殺して、立ち去る――ものの三十秒で。

チクショウ！　不意に怒りが込みあげた。自分自身に、彼に、ラファエルに、頭にくるすべてのことに。こんなふうに終わるわけがない。終わらせるものか。二年間、彼の馬鹿話に付き合って、ほんとうはひっぱたいてやりたいのにヘラヘラ笑ってみせ、フェラチオをやってやりながら自分も楽しんでいるふりをしてきた彼女を、ラファエルは殺そうとしているのだ。冗談じゃない。フェラチオをすれば自分も満足できるなんて、そんな馬鹿がこの世にいると思う？　あいつは自分の女をよその男にくれてやり、娼婦のように扱い、娼婦になったような気分を味わわせた。

しかも、よその男というのが〝彼〟だった。彼女を娼婦のように扱うどころか、このうえなくやさしくしてくれて、信じられないほどの歓びを与えてくれたあと、振り返りもせずに立ち去った。「一度で充分だ」という不用意な言葉を投げつけて。これって、男たちを騙し、男たちを利用してきた罰？　なんという皮肉だろう。その一度が彼女にとっては――そんなこと、どうだっていい。あたしを連れていって、と懇願したことも、どうだっていい。彼女がなにを思おうと、ふたりの心はおなじ方向を向いていなかったのだから。

カーブでスピードを出しすぎ、後輪がわずかに横滑りした。沈む夕陽の熱くやわらかな光に包まれた景色が、不意にぼやけた。涙が込みあげたが、だれが流したりするものか。彼のことでは、もう充分すぎるほど泣いた。けっしてうしろは振り返らない。手ひどいしっぺ返しは二度とごめんだ。

「クソ食らえ」バックミラーに映る姿に向かって言う。黒いサングラスをかけた無表情な男に向かって。

道はS字カーブになっていた。突っ込んではじめて、角度の急なことに気づいた。ブレーキを踏むとまた後輪が横滑りし、車体が右に大きくふれた。その先は崖だった。

「スピードを落とせ」彼女には聞こえないとわかっていても、彼は叫んだ。彼女の車の後部が横滑りするのが見えた。アクセルから足を離し、連続するカーブにトラックを入れた。もう少し後ろに控えていれば、彼女もあんな勢いでカーブに突っ込まなかっただろう。トラックは急カーブを切れないが、乗用車なら切れる。

彼女の車の後輪が滑り、砂利を巻きあげた。なにもできることはないとわかっているから、腹をたてても虚しいだけだ。


車が崖に向かって滑ってゆく。ドレアの心臓がとまる。無力感に襲われる。物理学の法則にがっちりと捉われているから、逃げる術《すべ》はない。

もっともカーブがきつい部分に達し、目のまえにも右側にも、なにもない空間が広がるばかりだ。一瞬、時間がとまった。それからカチッとつぎのフレームに移った。さらにつぎのフレーム。だれかがリモコンを操作していて、スライドショーを観ているみたいだ。各フレームごとになにが起きるか、彼女にはちゃんとわかっているから、フレームが進むより早く思考が飛んでいた。

第一フレーム。その瞬間、ハンドルを逆に切らなければ道からはずれ、S字カーブのカーブとカーブに挟まれた木が茂る椀に落ちてゆくとわかっていた。たとえ事故を生き延びても、その先に待っているのは死だ。彼がすぐ背後に来ていて、好きなときに狙い撃ちできる。

第二フレーム。道路の縁に向かって後輪が横滑りした瞬間、車が後ろに傾きはじめ、胃袋の底が抜けた。まるでローラーコースターに乗っているみたいだ。バックミラー越しに一瞬、大きなピックアップ・トラックとなかの男が見え、心がズキンとなった。苦しくて悲しくて、ドキドキ脈打っていた鼓動がとまりそうになった。彼はあたしを欲しくはなかった。望んでくれさえすれば。「あたしを連れていって」と懇願したとき、彼が手を差し伸べてさえくれれば。でも、彼はそうしてくれなかった。これからも、けっして差し伸べてはくれない。

第三フレーム。後輪が不意に路面を捉え、崩れかけた縁を蹴って砂や砂利を巻きあげた。ハンドルがねじれ、握りしめていた手からはずれて勝手にまわりだした。車は前進して道路の縁を越えた。きっと悲鳴をあげているのだろう。ずっと悲鳴をあげつづけていたのだろうが、あるのはすべてを包み込む静寂だけだった。

第四フレーム。長引く恐怖の数秒間、車は空中で停止していた。谷を挟んだ向かい側に、S字カーブのふたつめのカーブがあるのが見え、馬鹿なことを考えた。映画なら、車は谷を飛び越えて向かい側の道路に着地するだろうに。バンパーのひとつぐらいはなくしても、奇跡的にほかは無傷で。でも、これは映画ではなく、瞬間には終わりがくる。エンジンの重みで前部がしたになり、まるでミサイル発射台から発射される槍《やり》のように、木々が迫ってきた。

その数秒間、細切れの時間のなかでも、彼女の視界は澄みわたり、考えることはちゃんと筋がとおっていた。死について考えた。たいていの若い人たちとはちがい、彼女はすでに死と遭遇していた。妊娠二十一週目で、胎盤が剥離《はくり》したのだ。彼女は死にかけた。赤ん坊は死んだ。子宮のなかですでに死んでいた赤ん坊は、まだあたたかいまま彼女の体から切り離され、夢も、気がおかしくなりそうなほど激しい愛情も一緒に連れていった。男の赤ん坊はとても小さく、弱々しく、だらんとしていた。彼女が泣きじゃくり、どうか死なせないでと祈っているあいだにも、どんどん青くなっていった。代わりにあたしの命を差し出すから、どうか死なせないで。こんなに無垢《むく》な子を奪わないで。無垢じゃないあたしを代わりにして。この子の未来にはいろんな可能性があるのだから。でも、あたしは生きている価値もない。でも、神さまにとってそれは有利な取引ではなかったらしく、赤ん坊は生きられなかった。

彼女は生きた。それが生きているふりであっても。彼女は生き延びた。根っこのところで、彼女は生き延びる力をもっているのだ。二度と子供を産めない体になっても。それに、二度と人を愛せなくなっても。それ以来、人に特別な感情を抱いたことはなかった。ほんの一週間前、彼が、名無しの彼が、殻を破って触れてくるまでは。

そしていま、彼に殺されようとしていた。

最初の衝撃で、付け爪のようにフロントガラスがはがれ落ちた。新車だったころはエアバッグを装備していたのだろうが、いまはなかった。すさまじいボディブローをくらったほどの衝撃だったのに、大きな白い枕が顔のまえで膨らむことはなかったのだから。感覚がすべて遮断されたが、わずかに残った意識が必死でしがみつこうとしていた。なにかにしがみつくことが、習い性になっていたからだろう。

エアバッグがないことは問題ではなかった。彼女を死なせたのは、最初の衝撃ではなかった。二番目だった。

「クソッ！」サイモンは大声をあげてブレーキを踏み、タイヤから煙があがるほどの急停止をおこなった。ギアを〝パーク〟に入れ、飛びおりたときにはまだトラックは揺れていた。

「チクショウ！」

崩れかけた道路の縁に立って、おりるのにいちばんよい道を探った。それから、急勾配をすさまじい速さで斜めにおりていった。ここではなかば膝《ひざ》を突いて進み、あっちでは藪につかまり、できるところでは踵《かかと》を土に埋めて。「ドレア！」呼びかけたが、返事は期待していなかった。立ち止まって耳を澄ますと、聞こえるのは空気の震動だけだった。激しい衝撃がいまも空気を震わせているような、音というより感覚だった。

斜面は長すぎ、木が多すぎる。車が木に引っかかれば、木は持ちこたえる。彼女はまだ死んでいないかもしれない。意識を失っているだけかも。とても生きていられるとは思えないひどい事故でも、生存者はいるものだ。その一方で、軽い追突事故でも背骨が折れることはある。位置とタイミングだ。それに、むろん運。

どうして心臓がこんなにドキドキするのか、胃袋のなかに氷が詰まっているような感じがするのか、わからなかった。これまでに何度も、死を間近に見てきた。しかもその多くは、彼がもたらしたものだった。生から死への推移は一瞬のこと、瞬きするあいだ、弾丸が飛んでゆき、終わる。ライトが消えるようなもの。それだけのこと。

でも、これは、それだけのことではすまされない。この感じは——ああ、これがなんなのかわからない。パニック、だろうたぶん。それとも苦痛。どちらにせよ、なぜ感じるのかわからない。

低い茂みを押し分けようとして足掛かりを失い、残り二十メートルは尻を突いたまま滑り落ちた。車は右手の折れた木の枝や茂みになかば隠れていた。折れ曲がった金属の山から、まだ砂埃《すなぼこり》が舞いあがっていた。ヘッドライトとテールライトの割れたガラスがそこらじゅうに飛び散り、夕陽を受けて赤や白や琥珀《こはく》色に輝いていた。ホイールがひとつ、完全にはずれ、タイヤは衝撃で破裂していた。ほかの部分はねじまがり、千切れた金属が散らばっている。

まず車の後部にまわってみた。ヘッドセットから彼女の頭の先が覗いている。まだ運転席にいるのだ。ドアは完全にはずれ、左腕がだらんとさがっているのが見えた。その指先から血がゆっくりと滴っていた。

「ドレア」さっきよりやさしく声をかける。

返事はない。茂みや残骸を押しのけて彼女のかたわらまで行き、一瞬凍りついた。

ああ。松の若木がフロントガラスを——というより、フロントガラスがあった部分を——突き破り、彼女の胸に刺さっていた。まっすぐに座っているのは、シートに留められているからだ。刺さった若木は彼女の血を吸ってすでに黒ずんでいた。彼は手を伸ばし、それから落とした。できることはなにもなかった。

微風があたりの木々を揺らし、数羽の小鳥が夕べの歌をさえずっていた。沈む夕陽が背中と肩を熱く照らし、すべてのものを澄んだ金色の光で染めていた。細部まではっきりしているのに、妙に現実離れしていた。時間は過ぎてゆくのに、泡に包まれてすべてが静止しているように感じられる。たしかめなければならない。自分自身のために。車に上半身を入れて、彼女の首筋の脈に触れた。

不思議なことが起きるものだ。彼女の美しい顔には、ほんの小さな切り傷があるだけだった。澄んだブルーの目は開いたままで、彼を見ようとするかのように、顔はこちらを向いていた。

ゆっくりと浅い呼吸につれて、彼女の胸が動いた。全身を駆け抜ける衝撃とともに、彼は気づいた。彼女が自分を見ていることに。彼女は死にかけている。みるみる命が尽きようとしている。だが、この一瞬、彼を見た。彼に気づいた。

「ああ、スウィートハート」彼はささやいた。唐突に思い出した。彼女の味わいを。やわらかく滑らかな乳房を。高価な香水の香りに隠れた、甘い女の匂いを。腕に抱いたときの感触を、貪欲《どんよく》に愛を求めてきたことを。彼女のなかに滑り込んだときの、滑らかに引きしまった体の熱を。立ち去ろうとしたとき、ブルーの瞳に浮かんだ途方に暮れた表情を。笑い声が鐘の響きのようだったことを。二度とその響きを耳にできないと思うと、胸にパンチを食らったようで、息が苦しくなった。

彼女には聞こえていないだろう。表情は穏やかで安らかだ。まるですでに息を引き取ったかのように。顔色は磁器のように白い。それでも彼の顔を見つめたまま、表情がやわらいだ。不思議そうに、唇が動き、ひとつの言葉を形作った……そうして、逝った。ブルーの瞳が一点を見つめ、虚ろになった。反射的に体が最期の息を吸い込み、すでに尽きかけている命にしがみつこうとし、それから、呼吸がとまった。

微風が髪をなびかせ、青白い頬にかけた。サイモンはそっと指を伸ばして髪に触れた。いまはまっすぐで色も変わっているが、ブロンドで巻き毛だったころとおなじ艶《つや》やかさだ。髪をかきあげて耳に掛けてやり、頬をそっと撫でる。やるべきことはほかにあるのに、いまはただじっとたたずみ、彼女を見て、触れていたかった。地面が足元から抜け落ちてしまったようだ。彼女を見つめながら、もう一度呼吸するのを待ったが、逝ってしまったのだ。それはわかっていた。もうなにもなかった。

つっかえながら数度、息を深く吸い込み、気持ちを奮い立たせて上体を起こした。彼の人生に感傷が入り込む隙間はない。だれにも、なににも、心惹かれることを自分に許すわけにはいかない。感情と精神の楯《たて》のなかに、だれも、なにも、入り込むことを許すわけにはいかなかった。

てきぱきとやるべきことをやった。彼女のバッグを探して周囲を見まわすと、数メートル先に落ちていた。携帯電話と、財布から抜き取った運転免許証をポケットにしまう。彼女はクレジットカードも、ほかの身分証明書ももっていなかったので、財布をバッグに戻し、車の床に放った。ラップトップは後部座席にあったのですぐに見つかったが、取り出すのははるかにむずかしかった。ようやくつかんで引っ張り出した。

もうひとつ。車の売渡証。車の反対側にまわり、ポケットナイフを使って潰れたグローブボックスをこじ開けた。売渡証を取り出し、ほかに彼女の身元がわかるようなものはないか考えた。いや、すべて取りあげた。

最後に、携帯電話で彼女の写真を撮った。おぞましいが必要なことだ。

ラップトップを抱えて急勾配を登り、道路に戻った。事故からせいぜい五分が経過したところだ。ほかに車の往来はなかったが、ここはインターステイトではない。エンジンをかけっぱなしのトラックのドアを開けてラップトップを助手席に置き、ドレアの携帯電話をポケットから取り出し、電波がきているか調べた。きてはいるが、強くはない。なんとか通じるだろう。911を押し、オペレーターが応答したので、言った。「車の事故です。死者がでています。ハイウェイの……」

必要な情報を与え、オペレーターが質問をはじめたので携帯電話を閉じ、通話を終わらせた。

サイレンが聞こえるまで待った。だれかが彼女の面倒をみにやってくるまで、彼女を見守り、そばにいてやった。

片足をステップに載せ、片腕をトラックの屋根に休ませ、かなたの山に日が沈むのを眺めた。茜《あかね》色の夕空が刻々と色を変えるのを眺めた。澄んだ大気に乗ってかすかにサイレンが聞こえ、数キロ先で赤いライトが点滅するのが見えた。

トラックに乗り込み、組んだ腕をハンドルに載せ、しばらくじっと座って思い出していた。こちらを見つめる彼女の表情がやわらぎ、ひとつの言葉を発したことを。「天使——」

そうして、死んだ。

彼は悪態をつき、拳でハンドルを殴った。一度。それからギアを入れ、走り去った。

17

怪我はしていなかった。怪我して当然なのに、とドレアは思った。でも、よかった。痛いのはごめんだ。

すべてが遠く、非現実的だった。起きあがるべきだとわかっていた。せっぱつまった理由があって逃げ出すべきなのに、動きたくなかった。動こうとしてもできないようだ。しばらくたってからなら、起きあがれるかもしれない。

だめ、だめ、自分に嘘はつけない。たとえいまであっても。いまだからこそ。死にかけているのだもの。それはわかっているし、かまわない。ほかに選択肢があるなら頑張るが、選択肢は奪われてしまったし、なにもできなくてむしろほっとしていた。自分が死にかけているのがわかる。呼吸がゆっくりになってゆくのを感じる。鼓動は——そもそも心臓は動いているの？　まったく感じなかった。きっととまってしまったのだろう。それもかまわない。赤ん坊が死んでからずっと、生きているふりをしてきて、演じることにもう疲れた。

あたしの赤ちゃん……名前はつけなかった。大量の出血で、彼女自身がショック状態に陥っていた。どうしても止血できず、赤ん坊を取り出すしかなかった。出産証明書に記入することはなかった。取り出された赤ん坊は一度も呼吸しなかったのだから。死産。そう呼ぶらしい。生まれたときにはピクリとも動かなかったが、ほんの一時間前まで、お腹のなかででんぐり返しをしたり、彼女の肋骨《ろっこつ》を蹴《け》ったりしていたのだ。それから、猛烈な痛みが襲ってきて出血がはじまり、たちまち服が血に染まった。車はなかった。免許証すらもっていなかった。十六歳になるまでにまだ一カ月あったから。そして、彼女は家にひとりきりだった。ようやく病院に着いたときには手遅れだった。赤ん坊が名前をもつことはなかった。

頭に浮かぶ記憶はとても鮮明で、もう一度経験しなおしているようだ。でもいまは、赤ん坊の小さな体が見えるし、自分もじきにあの子のそばに行くことになるとわかっていた。死という無の世界に。すぐに行くからね、スウィートハート。赤ん坊に約束した。

視界は霧がかかったようで暗く、妙な感じだ。そこに不意に顔が覗いた。知っている顔だった。黒っぽいオパールのような瞳に見覚えがある。夢のようであり、悪夢でもある瞳。彫りの深い顔立ち、唇は、そう、やわらかくて、やさしい。彼のことがずっと恐ろしくてたまらなかったのに、いまはちがう。手を伸ばして顎《あご》の線をなぞってみたい。無精ひげを撫でて感触を味わってみたい。熱い筋肉をおおう皮膚の冷たさを感じてみたい。でも、腕が動かない。なにもかも動かなかった。

彼はほんとうにそこにいるの。それとも、赤ん坊とおなじように、思い描いているだけ？　ささやき声が聞こえた。ついさっきした約束が繰り返されているようで、不思議だ。彼を見つめていたら、二度と感じることはないと思っていた感情が甦《よみがえ》ってくる気がして、そのことを彼に伝えたかった。話しかけたいのに、視界がどんどん暗くなり、もう彼の姿が見えなくなった。

それからライトがついた。彼の背後からあかるく澄んだ光が射して、どんどんあかるくなってゆき、彼は輪郭だけになった。なにかが見える。美しくて、恐ろしいなにかがこちらに向かってやってくるのがわかった。

「天使」彼女はささやき、死んだ。


死はこんなものではないはずだ。死ねば無になるはずなのに。彼女はいま宙をただよいながら、彼がバッグからなにかを取り出し、ラップトップを取りあげるのを眺めているが、それがなにを意味するのかわからない。それから強い力に引っ張られてその場を離れ、どこかへ運ばれていくようだが、距離感もスピード感もなく、動いているのかさえわからなかった。

さっきまであるものだったのが、つぎの瞬間にはべつのものに変化したような感じだ。

ライトが消えて、意識が遮断されるのを待った。無になるのを待ちつづけているのだが、どうしてそれがわかるのだろう。意識できるのは、意識も自己もなくなったということだけなのに。思考は残っていて、自分であるという意識は残っているのだ。ますますわけがわからなくなる。

つまり、〝無〟というものはなくて、なにかがあるのかもしれない。〝死〟は終わりではなく、通過点のようなものなのかもしれない。だとしたら、いまではべつのだれかになっているのだろうか？　それとも、核となる部分はずっと変わらなくて、べつの場所でべつのだれかになるだけかも。

それなら、どこかにトンネルのようなものがあって、その先に光があり、彼女を愛してくれて、すでに亡くなっている人たちが待っていてくれるんじゃないの？　たしかにあかるい光を見たし、なにかを見て、天使だと思ったけれど、天使なんて見たことがないのにどうしてそうだとわかったの？　どこにもトンネルはないし、迎えてくれる人たちもいないので、なんだかむしゃくしゃしてきた。

「みんな、どこにいるの？」苛立って尋ねた。声が妙に単調だから、ほんとうはなにもしゃべっていなくて、なにも聞こえていないのだろう。どうもよくわからない。もし存在しているのなら、どこかにいるはずなのに、どこにもいる感じがしない。まわりにはなにもない。

なにもないし、だれもいない。

　死が、意識がなくなるというより、存在しなくなることなら、なんか、その、むかつく。

「あたし、どこにいるのよ？」不愉快な気持ちを抑えきれず、叫んだ。何年も感情を表わさずにきたのに、死んでほんの数分ですでに感情を抑えられなくなっていた。

「あなたはここにいるわ」女の声がして、ドレアはそこに、実際にある場所にいた。それがどこなのかはまったくわからなかった。なだらかに起伏する緑の芝地に立っていて、足元の草は芳しい。あたりには春の香りがして、暑くも寒くもないちょうどよい気温なので、かえって意識することもない。ハチの羽音がして、大地のあちこちに花壇が点在し、万華鏡のような花々が見える。木立もあって、青い空には白い雲が浮かび、日が照っている。はるか遠くには建物が白く光って見える。完璧に調和のとれた風景はあまりに美しく、眺めているのが辛くなるほどだ。見えないのはまわりにいるはずの人たちだ。声はしているのに。

「あなたの姿が見えない」彼女は言った。

「ああ、もうしばらく待って。あなた、来るのが早すぎたのよ。追いつくのに時間がかかるわ」そのとき、女の姿が見えてきた。ドレアと同年代で、ほっそりと健康的だ。黒髪を無造作にかきあげてピンで留めているのが、なんとも魅力的。ただし、その現われ方にはぎょっとさせられた。なにもないところから、ただ現われたのではない。まるでカーテンの片側をもちあげて、ドレアのいる舞台に出て来たみたいで、最初はその一部しか見えなかった。

ほかの人たちも舞台に出て来た。その数はどんどん増えてゆき、ある者はドレアのかたわらに立ち、ほかの者たちは忙しそうにまわりを歩きまわっていた。彼女と最初の女のまわりを、九人の人たちが取り囲んだ。彼らはほんものの人間だろうか、それとも、死につつある脳が生みだす幻覚？　自分自身がほんものかどうかもわからない。まだ実体があるのかどうかたしかめようと体に触れてみた。それとも、残っているのは細胞に刻まれた記憶だけなのだろうか。驚いたことに、肉体は残っているようだ。触れた感じはなんだか妙だったが。

もうひとつ奇妙なのは、肉体的に感じるのだ、その……平和を。ほかに言い表わす言葉が思い浮かばない。気持ちが和やかに落ち着いてきて、安全だ。

徐々にだが、取り囲む人たちについてあることに気づいた。彼らはドレアとほぼ同年代、三十歳ぐらいだろう、みんな元気で健康そうで、魅力的だ。もっとも、彼らの半分は、彼女が生きていたときには、けっして魅力的だとは思わなかった顔立ちをしている。それがいまは魅力的に思える。とても単純なことだ。目は魅力的とそうでないのと区別できるのに、頭はできない。目の働きが、脳と連動していないのでは？　それでも、脳には美醜のちがいを理解する能力は残っているようだ。つまり、頭と脳とはべつのものなの？　頭と脳はおなじものだとずっと思っていたけれど……ちがうようだ。

もうひとつ。取り囲む人たちを見ていると、以前はどうだったかわかる気がするのだ。どうやら彼らのうちの何人かはいまと性別がちがっていたようで、ますます混乱してしまう。最初に話しかけてきた女がいちばんまともだ。彼女のイメージはほかの人たちのより固定されているから。ほかの人たちは転生したばかりで、イメージがぶれて見える。彼女は転生してから長い時間がたっているのだろう。ドレアは彼女に意識を集中した。そのほうが頭と目が休まるからだ。疲れていて、相反するイメージのぶれにうまく対処できない。

「彼らが見えるのね」女が言った。その口調からちょっと驚いているのがわかる。〝彼ら〟とは、まわりを取り囲む人たちだけでなく、それぞれがまとっているいくつものイメージまで含んでいるようだ。

「ええ」ドレアは言った。会話がとても豊かだ。口にされた言葉以上の意味を、たがいに理解し合えるのだから。

「早いわね。観察力が鋭いのね」

生き残るために、そうでなければならなかった。生まれてからずっと、彼女は観察し、学習し、手に入れるための最良の方法を判断してきた。生きるために最初に必要だったのは……食べ物だ。歳を重ねるにつれ、人を見る目が養われてゆき、欲しいものを手に入れるため他人を操ることができるようになった。

「なぜ彼女はここにいる？」男が尋ねた。意地悪で尋ねたのではなく、困惑している。「ここにいるべきではない。彼女を見てみろ」

ドレアは自分を見下ろしたが、正直に言って、なにを着ているのかわからなかった。服であることはまちがいないが、細部はぼやけ、そこにあるということしかわからない。それとも、彼女がほかの人たちを見たときのように、彼女がまとっているイメージについたしみに目がいったの？　頭のなかで人生が巻き戻される。彼女の人生が、してきたことのすべてが汚れにまみれたフィルムのように見えた。怒りが燃えあがった。生きるために最善をつくしてきたのに、彼は気に入らないのか——

怒りは燃えあがったときと同様、唐突に消え、恥ずかしさが取って代わった。最善をつくしてはいない。欲しいものを手に入れるための、男を操る術を知っていただけだ。セックスが上手で、それを武器にした。嘘をつき、盗んだ。そういうことにとても長《た》けてはいたが、最善かどうかを判断の基準にしたことはなかった。悪い選択肢のうちの、少しはまともなほうを選んだだけだ。よい選択肢を探そうともしなかった。

ドレアは男をまっすぐに見つめ、心を読み取ろうとした。彼は葬儀屋だった。死を生活の糧とし、伝統的な段階を踏むことで遺族が悲しみを乗り越える手助けをしてきたのだ。彼はすべてを見てきた。赤ん坊から高齢者まで、さまざまな遺体を扱ってきた。多くの人から愛されその死を悼《いた》まれた人から、だれにも悼まれることなく逝った人まで、さまざまな人の世話をしてきた。彼にとって、死は驚きではなく、恐怖でもない。自然の摂理にすぎない。

そうやってたくさんのものを見てきたから、彼の目を曇らすものはもはやなにもなかった。人が他人にこう見えたいと思う姿ではなく、あるがままの姿を見ることができた。

彼は、ドレアのあるがままの姿を見て、なんの価値もないことを見抜いたのだ。なんの価値もない。無価値。言い訳も自己弁護もできない。頭《こうべ》を垂れ、この平和な場所にいるべきではないという事実を受け入れた。ここにいる資格はない。自分以外の人間に対する敬意の欠落によって、彼女がしてきたことすべて、触れたものすべてが毒されていたのだ。

「彼女は理由があってここにいるのよ」女は言ったが、男同様に当惑している。「だれが彼女を連れてきたの？」

まわりの人たちは顔を見合わせ、答を探したが、だれにもわからないようだ。ここは……正式のではないが、一種の裁きの場のようだ。〝関所〟と言ったほうがわかりやすいかも。きょうは彼らが門番にたつ日で、やって来た人たちをそれぞれふさわしい場所に案内するのだ。

でも、彼女にとってふさわしい場所ではなかった。みじめな気がする。この場所にいるのにふさわしいことを、なにもしてこなかった。歓迎されない屈辱に身悶《みもだ》えしそうだ。ここはよい場所なのに、彼女はよい人間ではないからいることができない。来たいと思って来たわけではない。自分が愚かなせいだろうが、どうしてここにやってきたのかわからないし、どうやって去ればいいのかもわからない。

ここがよい場所で、彼女はここにいるべきでないなら、彼女の居場所は悪い場所ということになる。彼女が期待していた大いなる〝無〟とは、悪い場所なのかもしれない。それは、つづいてゆく命が形を失うほんとうの終わり。でも、それだって希望的観測で、ほんとうに悪い場所とは、伝道の書にある地獄の業火が燃える場所なのだろう。信仰をもったことはない。子供のころからわかっていた。哀れみ深い魂が守ってくれるなんてありえない。自分の人生を見れば一目瞭然だ。

ここは言い伝えにあるような天国ではないのかもしれない。舞台装置がちがっているのかもしれないが、いい場所であるのはまちがいない。平和な場所だ。だから、これがほんとうの天国なのかも。命が転生する場所、行く価値があると認められた人だけが進める場所なのだろう。彼女のようにそうでない人たちは進むことができない。彼女の精神も魂も頭も、つぎの命に受け継がれることはないのだ。

もう一度人生を振り返ってその重さを量り、自分には進む資格がないことがよくわかった。

「帰り道を教えてくれたら」みじめな気持ちでささやいた。「出てゆきます」

「わかったわ」女が同情するように言った。「でも、だれかがあなたをここに連れてきたのはたしかで、その人を見つけないと――」

「ぼくだ」男が言い、ドレアを囲む人びとの輪に入った。「遅れて申し訳ない。あまりにも突然のことだったから」

ほかの人たちがいっせいに彼を見た。「アルバン」女が言った。「ええ、そうだったみたいね」〝アルバン〟が彼の名前なのか挨拶の言葉なのか、ドレアにはわからない。「酌量すべき情状があるのね？」

「そうだ」男の口調は重々しいが、笑顔のやさしさがドレアの心に沁《し》みた。彼のまじめな黒い目がじっと彼女の顔を見つめた。記憶に留めようとしているのか、それとも、古い記憶を再確認しているのか。

ドレアも彼を見つめた。会ったことのない男なのに、なんだかひどく懐かしくて、彼を知っているような気になった。ほかの人たちと同様に、彼も三十歳ぐらいだ。人生真っ盛りのこの年代から、だれも歳を重ねてはいかないのだろうか。まとっているイメージから彼のことを知ろうとしたが、彼も女とおなじで、過去の人生がだぶって見えることはなかった。彼がちかづいてきた。ドレアもちかづきたかった。触れたかった。感じる思慕の情は肉欲と無縁だった。純粋な愛情が湧いてきて、その単純さに心を打たれ、無意識に手を差し伸べていた。

彼はほほえみ、彼女の手を握った。そのときわかった。疑いもなく、理由もなく、ただわかった。

涙が溢れて頬を伝ったが、ほほえみを浮かべて息子の手を握りしめ、口元にもってきて関節にやさしくキスをした。彼女の息子だ。名前はアルバンだった。

「ああ」女が静かに言った。「わかったわ」

女になにがわかったのか、ドレアには理解できなかったが、どうでもよかった。虚しいだけの苦痛を抱きつづけた年月を経て、いま息子の手を握ってその目を見つめ、ほんの短いあいだだったが赤ん坊の小さな体に宿った魂を知ろうとした。その体は彼女の赤ん坊のものではないし、その顔も、赤ん坊が育っていたらそうなったであろう顔ではない。でも、本質は……そう、たしかに彼女の子供、べつの存在のなかで生きつづけた彼女の息子だった。

「彼女はぼくを愛していた」アルバンが輝くばかりの完璧なほほえみを浮かべて、言った。「ぼくにはわかる。ほんとうに純粋な愛だったんだ。ぼくが体から離れて帰ってこようとしたとき、彼女は自分の命と引き換えにぼくを救おうとした」

「それができればな」葬儀屋がうんざりと言った。少し皮肉っぽく、でも同情をにじませて。そういう痛ましい場面を何度となく見てきて、結果はいつもおなじだと知っている人の言葉だった。

「グレゴリー！」女がおもしろがっているような、驚いているような口調で言った。ドレアに向かって言う。「彼はここに来るのがひさしぶりで、でも、まだ――」

「いろいろなことを憶えている」ドレアはあとを受けて言った。ほほえまずにいられなかった。アルバンが笑顔で手を握っていてくれるのだもの、なにがあろうと大丈夫。

「彼女はそのつもりだった」アルバンが言い、さっき彼女がやったのとおなじことをした。彼女の手を口元にもってゆき指に軽くキスしたのだ。「彼女自身も十五の子供だったのに、ぼくを助けるために命を差し出そうとした。それほどぼくを愛してくれていたんだ。だから彼女をここに連れてきた。彼女の人生に暗い部分はたくさんあったけど、もっとも純粋な形の愛もあったんだ。だから、二度目のチャンスをつかむに値する。ぼくが証人だ」

「わたしは賛成」すらりと背の高いブロンドの女が言った。「愛があったんだもの、彼女はまだそれをまとっている。わたしも証人になるわ」

「ぼくも」男が言った。まとっているイメージから苦労しづめの人生だとわかる。前の肉体は痛々しいまでに変形し、人生の大半を車椅子で過ごすことを余儀なくされたが、ここでは背が高く強靭《きょうじん》で、背筋がすっと伸びている。「ぼくも証人になる」

彼女を取り囲む十一人のうち三人が、彼女に二度目のチャンスを与えても無駄だという意見だったが、ここに彼女の居場所はないと思っているだけで、悪意からそう言ったのではなかった。それに対し、彼女は憤慨したりしなかった。ここには怒りを入れる余地はない。意見の相違を入れる余地はあっても。

　女はしばらくじっと立っていた。わずかに顔をあげ、目をなかば閉じて、彼女にしか聞こえない歌に耳を傾けているかのように。それからほほえみ、ドレアに顔を向けた。「あなたの母性愛が、もっとも純粋な形の愛があなたを救ったのよ」彼女はドレアの手に触れた。「その手はいまもアルバンの手を握ったままだ。「あなたは二度目のチャンスをつかむにふさわしい人だわ。さあ、戻りなさい。時間を無駄にしないで」


　救急救命士は器具をバッグにしまっていた。たとえ事故が起きた直後に駆けつけたとしても、できることはなにもなかっただろう。頭上のハイウェイでは青と赤と黄色のライトが点滅し、まぶしい非常用ライトが設置され、車を照らし出していた。人びとの話し声や無線の雑音に通奏低音を添えるように、レッカー車のエンジン音が聞こえていた。それでも、なにか妙な音が聞こえたので、彼は手をとめて首を傾け、耳を澄ました。

「どうした？」相棒も手をとめて尋ね、あたりを見まわした。

「なにか聞こえた気がしたんだ」

ませた。

「わからない。ちょうど……こんなような音が」彼は口からすばやく浅い息を吸い込んでみせた。

「これだけの騒音のなかで、そんな音が聞こえたのか？」

「ああ。待て、また聞こえた。おまえには聞こえなかったか？」

「いや、なにも聞こえなかった」

救急救命士は苛立ってあたりを見まわした。なにか聞こえた。それも二度。でも、なにが？　それは左のほうから、事故車のほうから聞こえた。押さえつけられていた枝が、ついに折れた音かもしれない。

女の体は毛布でおおってあった。胸に枝が刺さってシートに留められた姿を、なるべく隠してやろうという思いやりからだ。ひどい事故だった。なるべく捉われないようにしていたが、忘れられないものになるだろう。痛ましい現場をもう一度見る気にはなれなかったが、その音がまた聞こえてきた。ちくしょう、たしかにそっちのほうから聞こえた。

彼は立ちあがり、車の残骸に身を乗り出し、耳を澄ました。そう、やっぱり、たしかに聞こえた――そして、毛布が動くのが見えた。繊維が吸い込まれて少し窪《くぼ》み、それから吹きあげられた。

彼は凍りついた。驚愕《きようがく》のあまり、二秒ほど、長い長い二秒間ほど動けなかった。「クソッ！」動けるようになり、しゃべれるようになると、大声で叫び、彼女の顔から毛布をめくった。

「どうした？」相棒がまた言い、びっくりして立ちあがった。

そんなわけがない。ありうるわけがない。それでも、彼女の首筋に指を押し当てて脈をとった。たしかに脈が触れた。命を賭けてもいい。ほんの数分前にはなにも触れなかったんだ。でも、いま、指の下に、かすかで速いが、命の鼓動を感じることができた。

「彼女は生きてる！　なんてこった！　ヘリコプターを呼んでくれ！　生存者がいたんだ！」

18

　彼女は意識と無意識のはざまをさまよっていた。どちらかといえば〝無意識〟のほうがいい。苦痛を感じなくてすむ。苦痛は厄介だった。こんな厄介な相手ははじめてで、それもめったなことでは勝てなかった。薬の効き目がうすれて考えられるようになり、しかもある程度痛みが抑えられているときもあれば、まったく効き目がないときもあり、そういうときは、二度目のチャンスを得たこれが代償だと思い知らされた。魔法のように治るなんてことはなく、この世に戻る旅はけっして楽ではなかった。笑って堪えるしかないのだ。もっとも、笑えるときはめったになく、もっぱら堪えるばかりだった。

　これまでの人生でくだした決断のすべて、やってきたことのすべてが、彼女を車の往来のない道へ、あの事故へと導いたのだ。あそこが彼女にとっての出口であり、投げ返された場所だった。死から完全な治癒にいたるのに、迂回路はなく近道もない。

　死んでから起きたことはすべて、はっきりと憶えていた。薬もこれには効かなかった。現実の時間はもっと曖昧模糊《あいまいもこ》としていた。集中治療室《ICU》でときおり看護師たちの話し声が聞こえたが、脳を出たり入ったりする言葉は、たまに意味をもつこともあるが、たいていは理解できなかった。理解できてもどこか他人事みたいだった。胸に枝が突き刺さってた？　そんな馬鹿な。でも、自分の体を見おろしたとき、枝みたいなものが目に入らなかった？　その前後のことは記憶があやふやだった。枝が突き刺さっていたなら、肉体の苦痛の訳がそれで説明できる。胸のすさまじい痛みが全身の細胞という細胞に行き渡っている訳が、それで納得できる。時間の観念がなく、きょうが何日かもわからない。わかっているのは、ベッドに横たわっていることと、〝厄介物の苦痛野郎〟と絶え間なく闘わなければならないということだけだ。

看護師たちは彼女に話しかけ、繰り返し説明してくれた。彼女の身になにが起き、いまどんな治療をしているか、どうしてそれをしなければならないかを。〝苦痛野郎〟を追い払う薬をもってきてくれさえすれば、あとはどうだってよかった。外科医が薬の量を減らせと指示することがあり、彼女からすれば、それが頻繁すぎる気がした。苦痛に苛《さいな》まれているのはあんたではなく、胸骨を切断されたのはあんたではないのに、いったいなにがわかるの？　あんたは鋸《のこぎり》とメスをふるう側、その結果を受け止めてるのはあたしなのよ。訪ねてくる人間のうちだれが外科医かよくわからないが、頭がはっきりしてくるにつれ、これだけは言ってやらないと腹の虫がおさまらなくなってきた。あたしの胸骨をふたつにカットするのはしかたないにしたって、薬を半分にカットすることはないじゃない。クソッタレの人でなし。

これまで見たり経験したりしたことはすべて、やさしく忍耐強い人間に生まれ変わらせるためだったとしたら、彼女はすでに落第だ。やさしさも忍耐強さもまったく感じられない。感じるのは、胸骨を鋸《のこぎり》でまっぷたつにされ、心臓を抉り出されてサッカーボールの代わりに使われているということだけだ。

薬による朦朧《もうろう》状態から覚めると、考えるのは〝苦痛野郎〟のことばかり、どうやってつぎの一時間を耐え抜こうか、そればかりになった。薬が全力を発揮してくれないと、〝苦痛野郎〟とずっと付き合っていかなければならない。このころには、日に二度、ベッドから出されて椅子に座らされた――たしか病院のベッドは背中の部分があがるはずなのに。少しでも体を動かすたび、苦痛の悲鳴を呑みこまなくてもいいはずなのに。ボタンを押せば電動でベッドがもちあがり、寝たままで上体が起きてくるのに。それこそ大船に乗ったような気分で。

それなのに、いちいち起きあがらなければならない。歩かなければならない。もっともこういうのは〝歩く〟とは呼ばない。苦悶に背中を丸め、足をあげるのではなく滑らせるのだ。しかも体にじゃらじゃらくっついてる、チューブや線や針や廃液管《ドレーン》と格闘しつつ、お尻を見られないよう気を配らなければならない。なぜなら、着ているのは――こういうのを着ているというのかどうか——みじめったらしい綿のホスピタルガウンで、片袖《そで》だけ腕をとおして、どこも縛らずぞろんと垂らしているだけだ。たしなみもなにもあったものではない。病院には、どんな形にせよプライバシーがいっさいないのだ。

看護師は四六時中話しかけてきて、励ましつづけてくれる。椅子に座るのに二歩でたどりつけたときにも、自力で水が飲めたときにも、口からものが食べられるようになって、スプーン一杯のアップルソースを自力で食べられたときにも。彼らは四六時中質問を投げかけてきて、彼女に話をさせて情報を引き出そうと躍起になったが、彼女は話すことをやめてしまっていた。奇跡的に二度目のチャンスを授かった以上のなにかが起きたのだろうか。

意識が戻ってから、脳は絶え間なく働きつづけていた——ゆっくりだが、働いていた。外科医に薬を断たれてから、頭は思考でいっぱいになった。頭蓋骨《ずがいこつ》のなかにおさまりきらないほどの思考が、頭に溢れていた。最初のうちは、脳と舌がつながらないことに気を揉《も》んだが、頭がだんだんはっきりしてくると、沈黙の原因は脳の損傷ではないことに気づいた。ようするに情報が詰まりすぎているのだ。整理がつくようになるまで、話す機能がショートしているのは、自己防衛本能のなせる業なのだろう。

考えるべきことはたくさんあった。シフトが替わるたび、看護師から名前を尋ねられるところをみると、彼女が何者かだれも知らないようだ。でも、どうして知らないの？　バッグはどこ？　財布に免許証が入っている。バッグを盗まれたの？　そうは思わない。記憶が残っていた。彼――あの男、殺し屋――がバッグを取りあげ、車のなかに放るのを見た覚えがある。彼が免許証を抜き取ったの？　いったいどうしてそんなことを？　彼が免許証をもっていった理由はわからなくても、だれも彼女の身元を知らない訳はそれだろう。彼女のためにわざとそうしたの？

自分が何者か、自分でもわからなくなっていた。彼女が創りあげたドレアは死んだ。かつてはドレアだったけれど、いまはちがう。いまは何者なのかわからない。名前……名前になんの意味がある？　ドレアにとっては意味があった。さえないアンディはごみために捨てて、派手なドレアが取って代わった。

派手だから悪いわけではないが、ドレアには悪いところがたくさんあった。窓のない集中治療室に横たわり、昼か夜かもわからず、世話をしてくれる看護師のシフトが替わることでしか時間がわからない日々に、彼女はかつての自分にあたらしい現実という無慈悲な光をあて、じっくりと見つめなおした。

とてつもなく愚かだった。ラファエルのような男を利用したのなら自慢できるが、利用されていただけだ。彼らが求めたのは彼女の肉体だけ、彼女が与えたのもまさにそれだった。それのどこが男を利用してきたって言えるの？　彼らが喜んで払ってくれる金を、彼女は嬉々として受け取った。自分ではぜったいにちがうと思っていたが、まさに娼婦そのものだ。彼女もものを考え、感情や興味や好き嫌いがあることに、ラファエルはもちろんのこと、男たちのだれひとり、気を配ってくれたことはなかった。だれひとり、彼女を人間として見てはくれなかった。彼らにはそんなことどうだってよかったのだ。ようするに使い捨て、取り得はセックスだけだった。

安く見られたものだが、それは彼女自身が自分を安く見ていたからだ。生まれてから一度でも、自分を誇らしく思ったことがあっただろうか。自分を高めたいと思ったことがあっただろうか。大人になってからただの一度も、正しいかどうか、すべきかどうかを基準に決断をくだしたことはなかった。物事を測る物差しは、損得や高く払ってもらえるかどうかだった。たいていの人が損得で物事を測っているのだろうが、そういう人でも、わざわざ人助けをしたり、子供のため、年老いた親のために欲しいものを我慢することがある。慈善団体に寄付したりもする。彼女は一度もしたことがなかった。ドレアのことしか考えなかった――最初から最後までそうだった。

彼女が自分に向けた目は厳しく、無慈悲だった。自分の欠点を、欺瞞《ぎまん》のうえに築かれた人生をすべて洗い出した。一度だけ――たった一度だけ――役を演じなかったことがあった。彼と一緒にいたときだ。ただもう恐ろしくて演じている余裕がなかったからだが、いずれにせよ、彼は見抜いていた。そんな男は彼がはじめてだった。だから感情的にも肉体的にも、おおげさに反応してしまったのだろうか？　彼に失恋したわけではない。だってそもそも彼を愛していなかったのだから。愛せるわけがない――だって、名前すら知らないのよ！――でも、彼に拒絶されたことで、深く傷ついた。赤ん坊を失ったときとおなじぐらいに傷ついた。つまり、なんらかの感情があったのだ。それがなんなのかわからない――ただ、なにかがあった。

アルバン。ダサい名前。彼女ならぜったいにつけない名前だ。でも、あの場所にはぴったりの名前だ。どうしてだかわからないが、古い名前だと思う。何世紀もまえの名前。それにあの女……自己紹介はしなかったが、名前は……グロリア。彼女を取り囲み、二度目のチャンスを与えるに値するかを決定した十一人の人たちを、ひとりひとり思い浮かべる。まるで名札でもつけていたように、全員の名前がわかっていた。葬儀屋はグレゴリー。グロリアがそう呼んだからたしかだ。でも、タディアスは？　レイラは？　ほかの人たちは？　顔を見ていたら、頭のなかで名前がやさしく響いたのはどうして？

あの世界とこっちの世界を、頭のなかで行き来していた。あの世界を離れたくなかった。こっちの世界にいたくないことだけはたしかだ。〝苦痛野郎〟につきまとわれる世界なんて願いさげた。二度目のチャンスとは、この世界に戻ることではない。あの世界に行く資格をえることだ。あの世界に行きたいのなら、そういう生き方をしなければならない。

　つまるところ、よい決定と悪い決定のどちらをくだすかだ。ふたつの世界のあいだをただよいながら、そう思った。悪い決定はいたるところにある。決めるのはかんたんだ。地面に落ちた果物を拾うようなもの。よい決定はたいていむずかしい。木のてっぺんに生《な》った実を登っていって取るのとおなじ。でもたまに、よい決定が目のまえの地面に転がっていることがある。屈み込んで拾えばいいだけだ。にもかかわらず、彼女はあたりを見まわして、悪い決定を拾いあげてしまった――ときには無理をしてでもそうした。なんて片意地だったんだろう。

　よい決定をくだすことは、聖人になることではない。よかった。あらたに知識が増えたとはいえ、とてもそのレベルに達せるとは思えないもの。それどころか、すでに腰が引けているもの。オーケー、でもやってみる。死ぬ気でやってみる。あの場所に行って、アルバンともう一度会いたい、ということは死にたいということで、〝死ぬ気で〟やるというのも変な感じだけれど。あの場所では彼の母親ではない。それはわかっている。あまりにも短かったとはいえ、もっともちかい関係にあって、彼に命を授けたのだから、その愛情の名残りだけでももう一度味わいたかった。

　考えることはいくらでもあるのに、絶えず邪魔がはいった。彼女が話さないせいで、病院のスタッフは動揺を隠せなかった。看護師たちは質問し、話しかけ、せめて筆談できないかとノートとペンを彼女にもたせた。書けるけど、書かなかった。話したくないのとおなじで、なにも書きたくなかった。手に握ったペンをじっと見つめていると、やがて看護師は諦めてペンを取りあげた。

外科医は目を輝かせて質問したが、彼女はいっさい答えなかった。彼にはいまも恨みを抱いていた。よほど殴ってやろうと思ったが、それもしなかった。

外科医は神経科医に助けを求めた。脳波検査の結果、シナプスだかなんだかがひどく興奮していることがわかった。失語症の原因となる障害がないか、脳のスキャンも行なわれた。医者たちは病室のすぐそとで議論を戦わせた。ガラスのスライドドアが開いているのにおかまいなしだ。彼女には聞こえないとでも思っているのだろうか。

「救命士のミスだったな」神経科医がにべもなく言った。「死んでいたなんてありえない。あれほど長く酸素が断たれていたら、重篤な脳障害が起きていたはずだ。ひじょうに特異ではあるにしても、こういうケースはこれまでにも見てきた。推定で一時間も心臓が停止し、酸素が供給されていなかったとしたら、脳障害が起きないはずはないんだ。彼女の失語症の原因はなにも見当たらない。もともとしゃべれなかったのかもしれない。聴覚障害があるのかも。手話は試してみたのか？」

「聴覚障害があるなら、本人が手話でコミュニケーションを図ろうとするだろう」外科医がそっけなく言った。「それをしない。ほかの言語も口にしないし、筆談も、絵を描こうともしない。われわれの声が聞こえていることを示そうともしないんだ。コミュニケーションの完全な欠如という点では、自閉症に似ているが、視線は合わせるのだからそうではないだろう。看護師がさせようとすることはなんでもやっている。われわれの言っていることはわかってるんだ。協力的だしね。ただ、コミュニケーションをとろうとしないだけだ。なにか理由があるはずなんだ」

「わたしにはわからないなにかがね」神経科医がため息をつくのが聞こえた。「彼女が人を見る目つきは……まるで、べつの生命体をじっくり観察しているかのようだ。バクテリアと話し合おうとは思わないだろう。それと一緒だ」

「そうか。彼女はわれわれをバクテリアと思ってるのか」

「そんなふうに思う患者は、彼女が最初じゃないけどな。わたしとしては、心理学者に診てもらうことを勧めるね。彼女の身に起きたことは、われわれの基準からしても、トラウマになって当然だ。乗り越えるのに助けが必要だろう」

トラウマ？　あれが？　それ以前に起きたことは、充分すぎるほどトラウマだけれど、実際の死は……ちがう。枝が胸に刺さったときのことは、思い出せなかった。刺さったことはわかっているし、自分の姿を見ていた記憶がぼんやり残っているが、死んでよかったと思っていた。そうでなければアルバンに会えなかったし、ああいう場所の存在も知らないままだった。それにあそこには、なにかほかのものも待ってくれていた。こっちの人生がすべてではない。もっとはるかに豊かなものがある。死を〝通過《パッシング》〟と表現するのは正しいのだ。魂は存在のつぎのレベルへと進んでいくのだから。そのことがわかって、どれほど慰められただろう。

そんなわけで、心理学者のドクター・ベス・ローズが話をしに何度かやってきた。わたしのことはベスと呼んで、と彼女は言った。美しい女だが、結婚生活に問題を抱えており、患者のことよりそっちのほうに気持ちが向いていた。ドレア／アンディ――それとも、アンディ／ドレア？　どっちが先にくるべき？　――が思うに、ドクター・ベスは休暇をとり、自分にとってなにが大事かじっくり考えるべきだ。彼女は夫を愛していて、夫も彼女を愛していて、ふたりの子供のことも考えてやらねばならないのだから、なにが問題なのか話し合ってきちんと解決すべきだ。そうすれば、ドクター・ベスだって患者に充分注意を払うことができるだろう。

もし彼女が話をしていたら、そう伝えただろう。でも、彼女にはドクター・ベスの質問に答えるつもりはまったくなかった。少なくともいまは。まだ考えるべきことがいっぱいあった。
たとえば、彼女が何者かだれも知らないということ。世間からすれば、ドレア・ルソー／アンディ・バッツは死んだ。ラファエルからも、暗殺者からも危害を加えられることはない。自分が選んだ人間として、あらたなスタートをきることができる。そこが問題だ。彼女の病室を定期的に訪れる人間のひとりが警官だった。犯罪の捜査にやってきたのではなく、彼女が運転していた車のナンバープレートがべつの車のものだったことと、彼女が免許証をもっていないことが問題になっていたのだ。重罪ではないが、それでも解決しなければならない。それに本名がわかっていない。病院のスタッフと同様、警官もまた彼女が何者か探り出そうと躍起になっていた。

ＩＣＵから普通病棟に移される日がやってきた。担当の看護師たちが、チューブをはずしたりして移動の準備をはじめ、よく頑張ったわね、とか、あなたがいなくなると淋しくなるわ、とかしきりに話しかけてきた。そんなとき、ひとりの看護師のことが急に気になりだした。名前をダイナといって物静かな人だが、つねに親切で気長で、触れ方から思いやりが伝わってきた。

ダイナは落ちる。アンディ／ドレアにはそうなるのが見えた。はっきりとではない。まわりの景色はぼんやりとしているが、彼女にはわかった。ダイナは階段を転がり落ちる……くすんだ色のコンクリートの階段だ。ホテルの階段のような、それとも……病院の階段。そう。ダイナはこの病院の階段を転がり落ちて、足首を折る。彼女には生後十カ月の赤ん坊がいて、這い這いのスピードときたら光の速度に匹敵するのだから、彼女が怪我をしたら大変なことになる。

だから、手を伸ばしてダイナの手をつかんだ。彼女のほうから意思の疎通をはかるのははじめてだった。看護師たちは驚いて彼女を見た。

唇を湿らせた。長いこと黙っていたから、言葉をどうやって形作ればいいのか忘れてしまった。頭と口がうまく連動しない。それでもダイナに警告しなければ。だから必死になると、ようやく言葉が出た。

「階段を……使っては……だめよ」アンディは言った。

19

「きみが話しているのを聞いたよ」

ベッドの足元から声がした。アンディは目を開け、しばらくは、夢とうつつのあいだを、現実とそれから……もうひとつの現実のあいだをさまよった。時間と空間と、なにが現実かという認識がすっかり変化し、境界線もなくなっていた。時間がたって鎮痛剤を必要としなくなれば、〝いま〟をはっきり認識できるようになるだろう。でも、べつの場所につながっている感覚は失いたくなかった。

〝いま〟は、外科医のドクター・ミーチャムをうまくあしらわなければ。ベッドの足元から六十センチほど離れた椅子にだらしなく座っている。半袖の手術着から突き出した筋肉質で毛深い腕――それを胸のところで組んでいる――が、なんとしても答を聞かなければ引き下がらないぞ、と告げていた。

しばらくのあいだ、彼女は無視して視線を窓のほうに向けた。磨りガラス越しに見る空は雷雲が渦巻いているように見えるが、日は射しこむし、なかを覗かれることもない。ちゃんとした部屋に移れてよかった。昼から夜への移ろいを目で見ることができ、プライバシーも多少は守れるようになった。もっとも、看護師にはドアを開けっぱなしにしておくという、迷惑な習慣があるが。いずれちかいうちに、閉めてくれと頼もう。

でも、いまはまだいい。きょうのところは。看護師に頼むにはしゃべらなければならないが、まだ言葉を口から出すことができない。ダイナに話しかけたのはせっぱ詰まってのことで、すっかりくたびれ果てた。外科医の質問に答えることは、それほどせっぱ詰まってはいない。

それに、〝苦痛野郎〟と闘うのに薬の助けが必要なのに、彼は量を減らした。だから困らせてやる。

「ダイナがどうなったか、知りたいんじゃないかな」彼が言った。

知りたい？　しばらく考えた。答は〝イエス〟だ。ええ、知りたい。ダイナのことが気がかりだった。脳から口へと、不毛の地を越えて言葉に旅をさせてまでも、ダイナがどうなったか知りたかった。ゆっくりと彼に視線を戻した。

薬のことでは意地悪だけれど、彼のことは好きだった。呼び出しを受けると、彼はなにがあっても駆けつける。毎日戦場におもむき、血まみれの体に手を突っ込み、人びとが生きることに手を貸し、ふたたび歩けるようにするためにやるべきことをやる。彼女としては、苦痛と闘うのにあと二日、薬の力を借りたかったが、薬依存症になるよりは痛みに耐えるほうがいい。そう考えると、彼を許してもいい気になった。

それはそうと、彼はいいかげん浮気をやめたほうがいい。

「ダイナはけっきょく階段を使ったんだ」彼が言い、鋭い目で彼女を見つめた。「でも、きみから言われたことが気になっていたので、とくべつに注意を払ったそうだ。階段の吹きぬけに人が潜んでいないか目を配り、手摺りをつかんで慎重におりた。いつもなら駆けおりるのにね。三つ目の階段をおりていたとき、足を滑らせた。きみの警告がなくて、手摺りにつかまっていなかったら、階段のしたまで転がり落ちて大怪我をしていただろう。でも、足首を軽く捻《ひね》っただけで大事にはいたらなかった」

それじゃ、うまくいったのね。よかった。

彼はしばらく黙りこんだ。自分から話しだす機会を与えてくれたのだな、と彼女は思った。そうは問屋が卸さない。

彼はだんまり作戦を諦め、組んでいた腕をほどいて身を乗り出し、じっと彼女を見つめた。なにか言いかけてやめ、手で顎を擦った。アンディは軽い困惑を覚えて彼を見つめていた。なんだかうろたえているようだ。彼女が堰《せき》を切ったように話しださないから、動揺しているわけではなさそうだ。

「どんな感じなのかな?」彼が尋ねた。口調ががらっと変わって、ちょっと不安そうだ。

彼女は口をあんぐりと開けそうになった。驚きに目をしばたたいて見つめると、彼の顔が真っ赤になった。「いいんだ」彼はつぶやき、立ちあがった。

彼は、べつの場所のことを尋ねたのだろうか? 心臓に枝が突き刺さるのがどんな感じか尋ねるほど、鈍感ではないだろう。もっとも、彼は外科医だ。ひどい外傷など見慣れている。

彼女が死んだことを、彼は知っている。救命士はまちがっていなかったことを知っている。それなのに、彼女は生きて、呼吸して、歩いて——まあ、ときどき無理やり歩かされているのだが——まさに奇跡だ。そのうえダイナに警告したのだから、彼はぴんときたのかもしれない。彼女がべつの場所に行っていたのだと。彼も見たことがあるのかも。べつの患者から話を聞いて、興味を覚えたのかもしれない。なにも憶えていない、と言ってほしいのだろう。そうすれば、科学に全幅の信頼を寄せることができる。科学という領域が、彼にとっていちばん居心地のよい場所なのだから。

ドアのほうへ歩いてゆく彼を、手をあげて引きとめ、至福の笑みを浮かべた。「美しかった」なんとかそう言った。たったひと言発するだけでエネルギーを使い果たした。

彼は立ちどまった。ゆっくりと戻ってきてベッドのかたわらに立った。

「憶えているの？　話してくれないか？」

彼はふたつの思いに引き裂かれている。彼女から聞いた話を、酸素不足の脳が生み出した幻覚と片づけてしまえば気が楽だと思う気持ちと、信じたいという気持ちとに。

彼女は話す必要がある。もう一度、頭のなかの世界と、そとの世界をつなぐために、壁を突き抜ける必要がある。外界を遮断することで、自分を適合させるための時間をもてたのはよかった。でも、そろそろこちらの世界に完全復帰すべきだ。彼女にとってここが唯一の世界なのだから。

そう思った瞬間、周囲の景色にピントが合った。ふたつの場所を行き来していたあいだは、すべてがぼやけていた。ここに留まる最後の決断をくだしたのだ。ここに留まり、べつの世界に居場所をえるための努力をしなければならない。

しゃべるのにはまだ努力が必要だったが、まえよりはずっと楽になった。任務可能《ミッション・ポッシブル》。

「ぜんぶ憶えているわ」

彼の顔に安堵《あんど》が広がった。「トンネルはあった？　その先に光は？」

あの場所のことを表現するのはむずかしかった。完全なる平穏や喜び、静かな美しさを言葉で表わすのは不可能だ。でも、彼が尋ねているのは、どこへ行ったかではなく、どうやって行ったかだ。

「光。トンネルはなかった」あったのに見逃した？　あまりにも急ぎすぎたから？

「光だけ？　フムム」

やっぱり疑っている。馴染みの科学への本能的退避。あかるい光なら、死につつある脳のせいだと説明できる。でもそれでは、彼女の脳に損傷がないことと辻褄《つじつま》が合わない。彼をまちがった方向に導きたくなかったし、彼には少々恨みもあったから、さっきふと頭に浮かんだことを口にしてみた。「浮気はやめたほうがいいわ」

彼は青くなり、それからまた赤くなった。「なんだって？」

「浮気をやめないと、いずれ奥さんにばれるわよ」なんだかむしゃくしゃして、シーツを引っ張りあげた。彼を遮断するように。「奥さんを愛していないなら離婚すればいい。でも、それまでズボンのチャックはあげておくことね。おとななんだから」

「なに――？　なんだって？」彼はおなじ言葉をこれで三度繰り返した。グッピーみたいに口をパクパクさせている。

「あたしを信じる気になった？」彼を睨みつける。寝返りを打って彼に背を向けたかったが、苦痛がぶり返すから問題外だ。だから目を細めて彼を睨むだけにした。そんな非難を受ける覚えはない、と反論してみたら。無言で促す。それとも、きみには関係のないことだ、と言うか。

そう言うまいと彼がこらえているのがわかった。彼は五十そこそこで、命を救うため科学と技術を磨きあげることに人生を捧げてきた。外科医のつねだが、彼にも健全なエゴがある。そう言えば聞こえがいいが、とてつもなく大きなエゴが。彼がしていることは、よほど自分に自信がなければできないことだから、ボスであることに慣れている。高額の費用がかかる手術によって命を助けてやった女に、藪から棒に責められておもしろいわけがない。

彼は言い返そうとしている。それがわかったから、ますますきつく彼を睨んだ。「あたしがトンネルを見なかったからという理由だけで、疑うのはやめて。見た人もいるんでしょう。あたしは見なかった。あたしの体には枝が突き刺さっていた——小さいけれど枝には変わりない——それで、一足飛びに行ってしまった。文句があるなら言ってよ」

彼はまた腕を組んでふんぞり返った。闘わずに降伏するものかという仕草だ。「ほんとうに臨死体験をしたのなら、気持ちがやさしく穏やかになるはずだ」

「あたしがしたのは臨死体験ではない。あたしは死を体験したの。死んだの」きっぱりと言う。「二度目のチャンスを与えられたのよ。あたしの知るかぎり、二度目のチャンスをつかむことは、上機嫌のふりをすることを意味しない。あたしが憶えていることを知りたいのなら、こんなのはどう。男がバッグを探って、それからあたしのラップトップを盗んでいくのを、あたしはうえから見おろしていた。その男は有り金そっくり盗んでいったの？」

彼は表情に出すまいとしているけれど、考えを読み取るのはとても簡単だ。少なくとも彼女には、ショックを受けているのがわかった。

「いや、きみのバッグには相当額の現金が入っていた。でも、IDやクレジットカードはなかった」

クレジットカードは最初からなかったが、彼に言うことはない。つまり、IDだけがなくなった？　妙だ。どうして現金は残し、運転免許証だけ取っていったの？

「車の登録証もなかった。そのことでアランズ刑事がきみから話を聞きたがっているようだ」

それはそうだろう。ナンバープレートもべつの車のものだし。でも、その心配はあとですればいい。いまは手を振ってその話題を打ち切った。「お金があるのなら、病院の払いはできるってことね。だれからも恵んでもらわずにすむ」

「そのことは心配してない――」

「あなたは心配しなくても、病院はするわ」

「おしゃべりモードに突入したようだから、名前を教えてくれる？」

「アンディ」彼女は即答した。「あなたの名前は？」

「トラヴィス。ラストネームは？」

元気になったらまず名前を考えようと思っていたのに、なにも考えつかなかった。頭のなかになにも浮かばない。偽名すら思いつかない。顔をしかめて彼を見つめた。「なんだったかしら」

彼はちょっと眉をひそめた。「憶えてないの？」

「憶えてるにきまってるでしょ。ここまで出かかってるの。ちょっと時間をちょうだい」彼女は死んだとラファエルは思っているとしたら、彼女とおなじ名前の人間がどこかに現われないか調べる理由はない。それでも安全のため、べつの名前を使うべきだ。自分を守るためでも、嘘をついたら二度目のチャンスは取りあげられてしまうの？ 人を傷つけるような嘘は悪いけれど、そうじゃない嘘はそれほど悪くもないかも。

嘘をつかないための訓練が必要だ。少なくともガイドラインは設けなければ。

「アンディ」なにかひらめかないかと、名前をもう一度言ってみた。

「それは聞いた。アンドレアを縮めたもの？」

「ええ」ほかになにがある？ A-n-dではじまる女の名前はほかに思いつかなかった。苗字は〝バッツ〟だなんて、口が裂けても言えない。けっきょく諦めて、肩をすくめた。「それはあした」

彼はペンを取り出し、彼女のカルテにメモした。

不意に彼女の関心がべつのほうに向いた。「あたしは脳損傷じゃない」苛立って言う。「あなたがいけないのよ。薬のせいで考えられない。でも、薬を減らされたから痛みはそのままなの。どんな気分のものか、考えてみたことある？　胸を鋸で切り開かれて、心臓をわしづかみにされるのが。どう？　体内にホチキスの針みたいなのが入ってるのよ。レポート用紙になった気分よ。あちこちホチキスで留められてるんだもの。あたしの体に入ってる針で家が建つ。それで、あなたはなにをした？　あたしの鎮痛剤の量を減らした。恥じ入ったらどうよ」

制御不能になった自分に驚き、口をつぐんだ。人をこんなふうに責めたことは一度もなかった。いつもにこにこと、やさしいふりをしてきた。どうしてこんなに意地悪になったの？でも、口をつぐんだのは、彼が笑っているからでもあった。笑っている。

この男とは友達になれそう。「座って。べつの場所のこと、話してあげるから」

サイモンは衝動に駆られないことを信条にしていたが、今度ばかりはまいっていた。まとわりつく思いを、どうしても追い払うことができなかった。

ドレアの死を忘れられない。彼女の顔を、死の瞬間、喜びに輝いたあの表情を忘れられない。彼女をどうしても忘れられなかった。彼女の死は痛みを残した。説明のつかない痛みはやわらぐことがなかった。

携帯電話で撮った写真と、ドレアの運転免許証をサリナスに見せた。写真を見てサリナスは青くなり、しばらく無言だった。やがておもむろに言った。「報酬の送り先を教えろ」

「それはいい」サイモンは言った。「おれは仕事をやっていない。事故だったんだ」だが、彼が追いつめたのだ。彼から逃げようとスピードを出しすぎ、事故を起こした。相手がほかの人間だったら、ためらわずに報酬を受け取っていただろう。直接手をくだしたわけではないが、彼女を死に追いやったのは彼なのだから。だが、人を死なせた報酬を、彼ははじめて受け取らなかった。

これはちがった。

ちがうと思いたくはなかった。人生にぽっかりと大きな穴があいたと感じたくはなかった。あまりにも大事ななにかを失い、その喪失感の深さに思いを馳せることすらできないでいる、そんな自分がいやだった。死に際に彼女が見せた至福の表情を、早く忘れてしまいたかった。でも、それができない。あれ以来ずっと、彼女の墓を見つけ出したいという衝動に駆り立てられていた。彼女のバッグには、ちゃんとした葬式を出せるだけの現金が入っていた。州警察は彼女の身元を確認することが先決と考え、遺体をモルグに安置したまま、のんびり遺族捜しをしているのか？　それとも、写真を撮ってＤＮＡのサンプルを採取し、すぐに埋葬したのか？

もし前者なら、彼女の遺体を引き取れるかもしれない。とびきり美しくて静かな墓地を買い、そこに埋葬してやるのだ。御影石の墓標には、彼女の人生のはじまりと終わりを記す。ときおり訪れて花を供える。

すでに埋葬されているなら、ちゃんと墓標が立っていることを確認し、花を供えてやろう。それにはどこに埋葬されたのか知る必要があった。

探し出すのは簡単なはずだ。事故が起きた場所を知っているから、その地域の新聞を調べるだけのことだ。交通事故で死んだ身元不明の女——五分もあれば調べがつく。

衝動に負けて、コンピュータのまえに座った。彼女を探し出すのに五分もかからなかった。二分と七秒で調べはついた。

記事を読みなおし、信じられない思いで頭を振った。そんなはずがない。新聞の記事がまちがっている。よくあることだ。あらたな情報か訂正記事が載っていないか、翌日の新聞も調べてみた。書かれている内容はおなじだった。身元不明ということで、名前は載っていなかったが——

まさか。電流の通じている電線を握って、撥《は》ね飛ばされたような気がした。あまりの衝撃に、気がつくとコンピュータの画面をじっと見つめていた。呼吸は荒く、視界は狭まっていた。なんだかよそ事みたいだった。そんなわけがない。彼女が死ぬのをこの目で見た。目が虚ろになり、瞳孔が開くのを見た。首筋の脈は触れなかった。

でも、なにかが起こったのだ。救命士が彼女を蘇生させ、病院に到着するまでもたせたにちがいない。どうやったのかわからないが、奇跡にはちがいない。でも、いまはそんなことどうだってよかった。

ドレアは生きている。

20

サイモンはその晩にデンバーへ飛んだ。荷物は小さなバッグだけだから、手荷物引渡し所でもたもたせず、到着ゲートから出口に直行した。武器は携帯していないし、調達する必要もない。ドレアを見て本人かどうか確認し、なにがあったのか知りたいだけなのだから。

手違いがあったにちがいない。入院中の女はドレアではないのだろう。身元不明の女がふたりいたのなら、偶然の一致ということだ。一方は生きており、一方は死んだのなら、生きているほうがニュースになる。ドレアの事故は人里離れた場所で起きているし、身元不明の交通事故犠牲者のことは、新聞にもとりあげられなかったのだろう。

あるいは、蘇生はしたが、脳死状態かもしれない。脳の大半がやられ、肺と心臓を動かすだけでせいいっぱいかもしれない。だが、あんなことがあったあとで、心臓が動いていること自体、信じられなかった。それほど広範な修復手術のできる外科医がいるとも思えないし、できたとしても、脳死か植物人間になっているだろう。

女がドレアのはずはないと思う理由がそれだった。脳に損傷を負ったドレアの姿など、見たくなかった。

だが、もし女がほんとうにドレアだとすれば、どこかの大馬鹿野郎が、脳は死んでも体は生かしているということで、だったら彼がなんとかしなければならない。行き届いた介護が受けられる最高の施設を探してやろう。そして、ときどき会いにいく。そんな姿の彼女を見るのは、最期を看取ったときよりも辛いだろうが。彼女の治療に関して、決定をくだす法的権利を有していないが、そんなものクソ食らえだ。彼にはそういうことを可能にできるだけの金があるし、邪魔する奴がいたら、彼女をさらうだけのことだ。どこでだって生きていけるし、その気になればどんな仕事だってできる。

その夜はホテルに部屋をとった。病院は昼間のほうが人の出入りが多いから、紛れ込むことが容易だ。昼間は外来患者が診察をうけに来るし、見舞い客も出入りし、花や新聞が配達され、料理や医療品が届けられる。彼も大勢のひとりにすぎない。彼の経験からいって、夜に働く人は住む世界が狭く、よそ者に気づきやすい。

まず、身元不明の女がまだ入院しているか調べだす必要がある。事故から二週間以上たっていた。問題の女がドレアでなければ、もう退院しているだろう――あるいは、こっそり姿を消してしまったかもしれない。ＩＤをもたぬ人間には、隠したいことがあるものだ。もしもういなければ、ドレアではないということで、彼はうちに帰れる。重傷を負ってまだ入院中なら、ほんとうにドレアかどうかたしかめなければ。昔は病院もプライバシーに神経を尖《とが》らせていなかったから、電話で必要な情報を入手できたが、いまでは肉親しか教えてもらえない。もっとも、だからといってなにも調べられないわけではない。調べるのが多少むずかしいというだけだ。

翌朝、六時前に病院に行き、シフトが替わるのを待った。スタッフのなかには十二時間勤務もいるだろう。その場合は朝六時から午後六時まで、あるいは朝七時から午後七時までだ。だれが標的になるかはわからない。すばやく動かねばならない。聞き出すのに何時間もかかるかもしれないし――標的がどれぐらい警戒しているかによる――もっとも、長い夜のシフトを終えたばかりでは警戒心もゆるむ――三十分とかからないかもしれない。シフトが替わるときがチャンスだ。注意力がもっとも散漫になるときだから。

いちばん混雑する救急病棟の入口から入り、エレベーターと案内板の位置を確認した。ICUは七階だ。エレベーターのドアが閉まりかけたとき、疲労と心痛でやつれた顔の女が慌てて飛び込んできた。手に大きなコーヒーカップを持っているから、カフェテリアに行っていたのだろう。四階のボタンを押した。女が降りると、あとは彼ひとりになった。

ICUのガラス張りの狭い待合室は、寝不足で充血した目の人たちで溢《あふ》れていた。なかには寝袋やスナックや本など、退屈な時間を少しでも快適にするものを持参で泊まり込んだ人もいた。テーブルのうえに置かれたコーヒーメーカーがボコボコいって、黒い液体を吐き出している。ポットのよこには発泡スチロールのカップが高々と積みあげてあった。

壁のプレッシャープレートで開閉するICUの重たいドアは、待合室の真向かいにある。待合室はガラス張りだから、ドアを見張ることができた。シフトが替わるのを待つあいだに、愛する者が生きてくれることを必死で願い、あるいは最期のときを冷静に待っている親族たちから、情報を引き出すことができるかもしれない。ICUの待合室は避難所とおなじだ。そこにいる人たちは危機的状況にあり、情報が湯水のごとく溢れ出す。

彼はICUのドアを見張れる場所に空いている椅子を見つけ、前屈みに座って膝に肘を突き、頭を垂らした。絶望を表わす姿勢だ。ここにいる人には馴染みの感情だろう。頭の位置はICUのドアが見えるぎりぎりに保った。

だれとも目を合わさず、あたりを見まわしたりもしない。悲惨を絵に描いたような姿勢で、ただ座っていた。じきに左側にいる白髪混じりの女が、同情をにじませて声をかけてきた。

「ご家族がここに?」

むろんICUのことを言っているのだ。「母が」張りつめた声で答えた。ICUにはいつだって年配の患者がいるから、安全な選択だ。それに、献身的な息子に人は心を開くものだ。

「脳卒中でした」ごくりと唾を呑みこむ。「ひどい発作で。医者は……医者は、脳死状態になるかもしれないと考えています」

「まあ、それはお辛いわね。お気の毒に。でも、希望を捨ててはだめよ。あたしの主人は建築現場で働いているの。一カ月前に四階から落ちて、それこそ全身の骨を折ったのよ。だめかと思った」そのときの絶望感を思い出し、彼女は声を震わせた。「もう引退してちょうだいって、まえから言ってたの。それで主人も、来年には辞めるってようやく約束してくれた。ところがこんなことになって、息子と行くつもりでいた猟や釣り旅行を楽しむこともできなくなってしまった。持ちこたえるとはだれも思っていなかったのよ。でも、主人はまだ頑張っている。それで、来週には普通病棟に移れるかもしれないって」

「それはよかったですね」彼はぼそぼそっと言い、両手を見おろした。「よかった。でも、ぼくの母は——」言葉を詰まらせ、頭を振る。「ぼくが発見するのが遅すぎた」疚《やま》しさをひとつまみ入れて、湯を沸騰させる。「いま検査をおこなっていますが、もしかすると母の脳は……」

「最高の医者だって、人間の体をすべて知りつくしているわけじゃない」白髪混じりの女の向こう隣りに座る、がっしりとした赤ら顔の男が口を挟んだ。「二週間前に自動車事故で運び込まれた女は、道路からはずれて木に突っ込んだそうですよ。胸に木の枝が突き刺さっていた」

それそれ。それこそ彼が知りたいことだ。これでＩＣＵに入り込む必要がなくなる。パッと注意を惹きつけられたが、表情は変えなかった。ドレアだ。まちがいない、彼女だ。胃がストンと落っこちたような安堵感を覚えたが、つぎの瞬間には胃がぎゅっと縮まった。事故で死ななくても、どんな状態にあるんだ？　動けるのか？　歩いて、しゃべって、人の言うことが理解できるのか？　質問しようとしたができない。喉が詰まって息をするのがやっとだった。

白髪混じりの女が同情して彼の腕をやさしく叩いた。彼が泣きだすと思ったようだ。哀れみ深い仕草にぎょっとなった。人からこんなふうに気楽に触れられたことはなかった。彼のもつなにかが人を遠ざける。冷たさや破壊的なところを、この女は感じていない。もっとも、ドレアも彼に触れた。胸に手をあてたり、しがみついてキスしたりした。衝動に耐えきれないといいたげに、その唇はやさしく貪《むさぼ》った。思い出してつい唾を呑みこんだら、それで喉のつかえがとれ、話すことができた。「なにかで読んだ覚えが」搾《しぼ》り出すように嘘を言った。「救命士によれば、事故現場で彼女は死んでいたそうですよ。器具を片づけていると、救命士のひとりが喘《あえ》ぎを耳にした。たしかに心臓がとまっていたのに、突然動きだした。運び込むのに枝を切らなければならなかったそうです。枝を抜くのはよけいに危険だと判断したためです。それに、枝が大動脈を圧迫していたおかげで、出血多量で死なずにすんだ」がっしりした男が逞《たくま》しい胸の前で腕を組んだ。「脳死状態に陥るにちがいないと考えられたが、そうはならなかった。十八時間におよぶ大手術を受けて、それで……三日前だったかな、ほかに移っていったのは」

「二日前よ。おととい」白髪混じりの女があとを引き受けた。

「普通病棟に移ったの。元気にしていると聞いたけど、でも、しゃべれないんですって。脳になんらかの損傷を受けたのね」

「彼女はしゃべり出したそうですよ」ほかの人が言った。「看護師のひとりになにか言ったらしい。その話でもちきりだった」

「それはすごいですね」サイモンは言った。胃がでんぐり返しをしていて、心臓までそれに加わった。自分でも意外なことに、いまにも気を失いそうだった——吐くかもしれない。彼女は元気だ。彼女はしゃべっている。

「奇跡にちがいない」がっしりした男が言う。「身元は不明だそうですよ。ＩＤの類《たぐい》をなにももっていなくて、捜索願いも出されていない。でも、しゃべるようになったのなら、名前がわかっているのでしょう」

いや、それはない、とサイモンは思った。ドレアはその点抜け目がない。彼女は偽名を使っている。となると問題だ。どうやって彼女を見つけ出す？　病院のコンピュータにアクセスできても、できるにきまっているが、名前がわからなければどうしようもない。この案は却下。べつの方向から攻めてみよう。

「彼女の担当医はだれですか？」彼にはそんな質問をする理由はないが、病院の待合室ではいろんな話題が口にされるものだ。時間をつぶすため、気を紛らすため、彼らは関係を築こうとする。愛する者がＩＣＵにいるあいだだけの関係だとしても。ガラス張りの部屋に詰めているあいだ、一緒に笑い、泣き、慰めあい、代々伝わるレシピや誕生日を教えあう——なんでもありだ。

「ミーチャム」すぐに答が返ってきた。「心臓外科の」

外科医は毎日、受け持ち患者すべてを回診する。ドレアのように外傷性損傷を負った患者が苦しんでいれば、外科医の意地にかけてもよくしてやろうと一所懸命になるはずだ。おおかたの予想を裏切って生き延びた患者ならなおのこと。ドクター・ミーチャムを見つけ出すのはむずかしくないし、彼のあとをついてまわるのもたやすいことだ。

病院の体系について考えてみる。患者はただ空いているベッドに振り分けられるわけではない。症状によって扱う階がちがう。能率的に治療を行なうためだ。産科の階があり整形外科の階がある——それに、術後患者のための階、そこにドレアはいるはずだ。

病室のドアは開けっ放しのことが多い。うっかりか、慌てていたのか、看護師にとって便利だからか。外科のある階を歩いてまわり、ドアが空いている病室を覗き込んで彼女を見つけられる確率は五分五分。それでだめならドクター・ミーチャムのあとをついてまわればいい。いずれにしても、彼女を探し出す。大事なのはそれだけだ。

こんなになにかが気になったことは、いままでになかった。気になって気になってしかたないから、もういいや、と立ち去ることができない。それがいやだったが、どうしようもなかった。ドレアは彼の弱さの象徴だ。彼にも弱みがあることがわかれば、サリナスにせよだれにせよ、そこに付けこんでくる。

廊下の向かいのＩＣＵのダブルドアが開き、男女の看護師が何人か出てきた。ＩＣＵに入り込む必要はなくなったから、彼らのあとはつけない。制限区域に入るのにＩＤタグが必要なら手に入れるまでだが、まずは、もっと簡単な方法でドレアを探し出せるかやってみよう。

彼女はここにいる。生きて、しゃべっている。

もう一分一秒たりとも、ここにじっと座っていられない。存在しない母親を気遣う息子を演じている場合ではない。どこかひとりになれる場所に行って、冷静さを取り戻さなければ。

「失礼します」まわりで花咲いていたおしゃべりの腰を折り、立ちあがって待合室を出た。あたりを見まわしトイレを見つけ、突進した。ありがたいことに個室だった。ドアに鍵をかけ、小さな部屋の真んなかに震えながら立ちつくした。

いったいどうなってしまったんだ？　おとなになってから、いや、そのまえからずっと、自分を抑える鍛錬を積んできた。自分を試して限界を知り、その限界を押し広げてきた。動揺はしない。したことはなかった。やることはすべて、言うことはすべて計算のうえ、望みの反応や結果をえるための方便だった。

いまだって対処できる。彼女が生きていて、体の機能も失っていないことがわかったのはよかった――まだショックではあるが、うろたえてはいない。彼女を死ぬほど怖がらせずに話をすることができるなら、なにも怖がることはない、きみは死んだとサリナスにはつたえたから、これから好きに生きればいい、と言ってやりたい。だが、いまはまだ無理だ。肉体的に弱すぎる。心臓に負担をかけるようなことはできない。彼女がどれほどの損傷に耐えきれるか、だれにもわからないのだから。

もっとも、彼女が記憶喪失に罹《かか》っている可能性もある。もしそうなら、彼のことも憶えていないわけだ。彼女がしゃべっているからといって、精神的に無傷だとはかぎらない。ちょっと、しっかりしろよ、と自分に言い聞かす。想像をめぐらせてばかりいないで、彼女がいまどんな状態か調べたらどうだ。

クソッ。想像。いつから想像なんてめぐらすようになったんだ？　相手にするのは事実、厳しい現実のはずだ。現実は頼りになる。現実は冷たくてきついが、それはかまわない。彼自身が冷たくて、きつい野郎なんだから。いいコンビだ。

深呼吸を繰り返し、彼をうろたえさせるものを振り払おうとした。やるべきことはドレアを見つけだし、どんな状態か探りだすことだ。自分自身のために。そうすれば、ニューヨークに帰れる。やるべきことはほかにいくらでもある。おなじ場所に長くいすぎたから、そろそろ移動のときだ。ドレアのことを調べ、大丈夫なようなら姿を消す。

21

術後患者の病室はひとつ下の階だったので、エレベーターは使わず階段をおりた。階段のほうが好きだ。退路が二方向にある。それに比べてエレベーターは、狭い箱に閉じ込められるし、先にボタンを押したほうの指示に従う。くだりのエレベーターの場合、もっと下の階ですでにボタンが押されていれば、乗り込んでから上の階のボタンを押してもあとの祭、下に連れていかれる。

病院の建物は巨大な〝T〟の字で、それも逆さの〝T〟だ。長い廊下に出ると、系統だてて調べてまわった。それぞれの病室の入口には名札が出ており、患者と担当医の苗字が記入されている。これは好都合だった。

ナースステーションは〝T〟の字の二本の棒が交わる部分にあるが、仕切りのなかから廊下を見通すことはできない。シフトが替わって申し送りがすみ、朝食が運ばれるところで、廊下は人の行き来が多く、うまく紛れ込むことができた。ゆったりとした歩調で歩き、ドアが開いている病室を覗いてみた。ただし、顔はまっすぐ前を向いたまま目だけ動かした。たまたまここにいるだけで、患者に興味はないというふうに。

ドアの半分は閉じたままだったが、一度目の探索で、ドアが開いている病室はすべてはずすことができた。そのいずれにもドレアはいなかったからだ。頭のなかにしまってつねに持ち歩いている三次元地図に、ドクター・ミーチャムが担当医の部屋の位置を記していった。

姓名不肖の女性には〝ジェーン・ドウ〟という仮名をつけるが、その〝ドウ〟と書かれた名札を見て、よろめきそうになった。

六一四号室。担当医はミーチャム。

ドアは閉まっていたが、彼女がいるとわかった。ドアの向こうに彼女がいる。それがドレアだとわかる。本名が〝ドウ〟の人間もいるだろうが、その人間がこの階にいて、担当医がミーチャムである確率は？

ドアのノブを握りかけてようやく、自分が手を伸ばしていたことに気づいた。

ゆっくりと、慎重に、ノブから手を離した。いま入ってゆけば、彼女は絶叫するだろう――彼がわかると仮定して。彼女の精神状態はわかっていなかった。

〝ドウ〟という名前だけではなにもわからない。脳に損傷を受けなかったとしたら、彼女はこの状況を最大限に利用し、本名はあかさないだろう。損傷を受けていたら、その可能性は高いが、その場合、名前がわからないのだろう。

遅まきながら、ドアに掲げられた標示に気づいた。〝面会謝絶〟。

この標示には二重の意味がある。ひとつ目は文字どおりの意味。二つ目は〝会いたくない〟の意思表示だ。標示を出したのはだれだ？　病院。野次馬やマスコミが、患者を煩わせたり、動揺させたり、あるいは見物にやってくるから。それとも患者自身が出したのか？　ドレアはマスコミに会いたくないだろうし、警察とも係わり合いたくないだろう。適当な身の上話をでっちあげ、彼らをあしらえる自信がもてるまでは。

だが、これで彼女の名前と病室の番号がわかった。知りたいことはすべて調べ出せる。実際に彼女に会う必要はないし、話をする必要もない。不思議なことにそうしたい衝動に駆られているが、それぐらい無視できる。

廊下の先を見ると、朝食のトレイを満載した大きなカートが三つ先の病室までやってきていた。ドレアの病室の隣りもドアが閉まっているので、その病室の先までいってドアの横の壁にもたれかかった。看護師か検査技師が仕事をするあいだ、外に出ていてくださいと言われ、終わるのを待っているという風情で。視線は床に落とした。

配膳係はきびきびとトレイを配って歩く。カートを押してきて、ドレアの病室のドアを越えたところでとめた。彼は視線をあげ、配膳係と目が合ったら控え目な笑みを返すつもりで身構えた。だが、配膳係は、彼がまるで家具の一部であるかのように無視した。病院のスタッフにとって、人が壁にもたれているのは日常茶飯事なのだ。

配膳係はトレイを引き出した。載っているのはオレンジゼリーとフルーツジュースとコーヒー、それにミルクだ。これでは彼女が食事をチューブからではなく、ひとりで食べられるようになったと判断はできない。配膳係はドアをノックし、返事を待たずに開けた。

「ほんものの食事？」ドレアの声がした。不機嫌だ。

配膳係は笑った。「ゼリーに昇格よ。これで胃袋がでんぐり返らないようなら、あしたはマッシュポテトを食べられるかも。あたしたちは、ドクターの指示どおりのものを運んでいるだけですからね」

短い沈黙があり、ドレアが言った。「オレンジ！　あたし、オレンジゼリー好きなの」

「ふたついけそう？」

「いいの？」

「もちろん。もっと欲しかったらそう言ってね」

「それなら、ええ、もちろんよ。もうひとつゼリーを食べたいわ。お腹ぺこぺこ」

ドレアが配膳係とおしゃべりし、食事に注意を向けている隙に、サイモンは壁から離れ、ドアの前を足早に横切った。彼女のほうに顔を向けることはしなかった。

前を見ずに歩いたので、病室から若い女が出てくるのに気づかず、ぶつかってしまった。

「失礼」彼は言い、女を見もしないでそのまま進んだ。

つぎに気がつくと、混んだエレベーターの隅に押し込まれていた。乗った覚えもなかった。自分がなにをしているか、まわりの人たちがなにをしているかをつねに把握し、戦略的見地から見て妥当だと判断しなければ公衆トイレにも入らない自分が、物思いに耽《ふけ》って、なにをしているか、どこに行こうとしているかもわからなかったとは。

一階でおりたが、いま乗ってきたエレベーターは、最初に使ったのとはべつの場所にあった。救急病棟の入口に出る代わりに、メインロビーに出てしまった。二階まで吹き抜けで、ほんもののイチジクの木が植わっていた。

ぼんやりと出口に向かううちに、レンタカーを救急病棟のほうの駐車場に入れたことを思い出した。立ち止まってあたりを見まわしたが、救急病棟の位置を示す標識はどこにもない。いつもなら頼りになる方向感覚が、左の廊下を進めと告げた。笑いたかった。笑ったことのないこのおれが。安堵がシャンパンのように血のなかで泡立ち、めまいがする。胸のなかで心臓が高鳴り、胸郭がいつもより狭く感じられる。まるで肋骨が心臓と肺を締めつけているみたいだ。

目立たない標識が目に留まり、立ち止まった。不可解な衝動に駆られ、ドアを開けてなかに入った。

ドアを閉めたとたん、静寂を意識した。まるで防音室だ。病院の絶え間ない音と動きがドアによって遮断され、べつの領域に踏み込んだ気がした。しばらくじっと立っていた。出て行きたいのに、感情が留まれと言う。臆病者ではなかった。現実がいかに醜くても、彼はつねに対処し踏み止まってきた。現実とは、とんでもないろくでなしだ。自分に対しても、他人に対しても、哀れみを抱くなんて柄じゃない。自分の本性に目を背ける人間もいるが、サイモンはちがった。あるがままの自分を受け入れていた。自分の命も、他人《ひと》の命も、彼にとってとくべつな意味はもたなかった。

いままでは。

ドレアに出会うまでは。

部屋は薄暗く、両脇の壁には突き出し燭台があり、正面の壁のステンドグラス越しに射す光が狭い部屋を彩色していた。空気は冷たく芳《かぐわ》しい。小さな祭壇の前のテーブルに置かれた花束が香っているのだ。クッションが張られたベンチが三つ、四人座れる大きなベンチだが、そこにいるのは彼ひとりだった。

まんなかのベンチに座って目を閉じ、静寂に身を任せた。音楽はない。賛美歌でも流れていたら出て行っていただろうが、そこにあるのは平和と静寂だけだった。

ドレアは生きていた。それがなにを意味するのかいまだにわからず、足元の地面が陥没して空《くう》をつかんでいることをいまだに受け入れられないでいた。つかのま緊張を解く。ステンドグラスを通過したやわらかな光が瞼《まぶた》の裏を色で染める。花の香りに誘われて深く息をし、冷たい空気を肺のなかに取り入れると、胸のつかえがとれてゆく。

非情さは皮膚と同様に彼の一部だった。自分が見て知ったことを振り捨てるのは、彼の性格としてできなかった。ドレアは死んだ。息を引き取るのを耳にし、瞳から光が消えるのを目にした。体に触れて変化を感じた。死体はすぐに冷たくなってゆくものだ。彼女のやわらかな肌は熱と張りを失っていった。もっと深い部分で、人間が、心が、魂が、なんでも好きに呼べばいいが、それがそこにないのを感じた。命のきらめきを失うと、肉体はべつのものになる。その人ではなくなる。

彼女のそばにずっと付き添って、その死が間違いではないことを確信した。脈は触れず、呼吸をしていなかった。救急車が到着するまで三十分かそれ以上がたっていた。蘇生が間に合う時間はとっくに過ぎていた。脳は四分後に死にはじめる。必死の努力で生き返らせたとしても、脳は死んでいたはずだ。待合室にいた男が言っていたではないか。救命士が器具をしまっていたら、彼女があえぎだしたと。はたして救命士は蘇生術を施したのだろうか？しかもあれだけ長い時間、彼女は死んでいたのだ。

それでも、彼女は病院のベッドに座って、あきらかに生きてふつうにしゃべって、オレンジゼリーが食べられると喜んでいた。

どんな状態にせよ、彼女が生きているのは奇跡だ。あれほどの事故にあって脳に損傷を受けなかったことは、もっと奇跡だ。彼は奇跡を信じない。彼に人生哲学があるとしたら、それはよく言われるところの〝そういう羽目になる〟だ。たいていが悪い羽目だが、よい羽目もたまにはある。でも羽目は羽目、時も場所も選ばない。人生を生きて命運が尽きたらそれまで。おしまい。

でも、これは……これぱかりは説明がつかなかった。そいつに喉首と股間をがっしりつかまれて身動きがとれず、直面するしかない。

なにかが彼女を生き返らせた。

目を開けてステンドグラスを見る。ただ見たのではなく、注視した。

誕生と死のあいだにはなにかあるのだろうか？　たんに有機体が生存能力を失う以上のなにかが。冷たくなった遺体に命を甦らせるのに充分なパワーをもつなにかが、あるのだろうか？　だとしたら……死後になにかがあるということ、死は終わりではないということだ。

死後の生というものがあるなら、死後の世界がなければならない。べつの〝時〟と〝場所〟があるのだ。死がべつの場所へ移動することなら、生きているあいだにどう生きたかということが問題になるのだろう。

善と悪――その観念が意味をもったことはなかった。彼は彼であり、できることをしてきただけだ。ふつうの人びとを脅かすことはない。危害を加えるつもりはないし、恨みもない。一般庶民におぼろげながら親近感を抱いたこともある。与えられた人生を一所懸命生きているからだ。働いて、帰宅して、夕食を食べてテレビを観て、寝て、起きて仕事に行く。多くの人びとが毎日の決まった仕事をこなし、それが世界を動かしている。

そういう庶民を餌食《えじき》にする奴らを、彼は軽蔑《けいべつ》していた。庶民が働いてえたものを奪い取るのはあたりまえのこと、シコシコ働くのは愚か者のすることだ、と奴らは思っている。そんな虫けらは殺してもかまわない、と彼は思っていた。

だが、理屈から言うと、彼の人生は奴らのそれよりもっと悪い――具体的な意味ではなく、魂の荒廃という意味で。

足元の黒い深淵が彼を待っている。自業自得だ。それでも、ここで人生の進路を変えるチャンスをつかんだ。ドレアのおかげで、これまで見えなかったものが見え、もっとほかにあることを受け入れることができた。神はほんとうにいるのか？　これがそうなのか？

ドレアのおかげで、死神が彼に腕をからめて歩いているのを見ることができた。このままの生き方をつづけたら、先になにが待っているかわかった。自分に厳しい判断をくだしていまの生き方をやめたら、結果はちがってくるのだろうか？

簡単なことのように聞こえるが、実際にはいちじるしい変貌だ。

激しい苦痛に襲われ、喉が詰まって手負いの獣のような声を発した。なす術もなくただ苦しむだけの。

狭い部屋の横のドアが開いた。そこにドアがあることにも気づかなかった。信じがたい失態、許しがたい失態だ。不用心は命取りになる。

「邪魔するつもりはないのですが」静かな男の声が言う。「聞こえたもので――」

男は苦悶の咆哮《ほうこう》を耳にしたのだ。サイモンはそちらを向かなかった。

「話したいことがあるなら……」サイモンが返事をしないと、男がまた言った。

サイモンはゆっくりと立ちあがった。徹夜が何日もつづいたあとのように疲れ果て、崖から転げ落ちたように体がずたずただった。顔を向けると小柄な中年の男がいた。法衣も白い襟カラーもつけておらず、平服だった。痩《や》せているし禿《は》げ頭だし、肉体的にはさえない男だが、人から軽んじられることのないエネルギーがみなぎっていた。

「奇跡に感謝を捧げていたところです」サイモンは言い、顔の涙を拭った。

22

七カ月後

「アンディ、あがったぜ！」

アンドレア・ピアソンは厨房との仕切り窓をちらっと見た。グレンが肩の高さのカウンターにハンバーガーと熱々のフレンチフライを山盛りにした皿を置き、彼女がさげた皿をトレイからおろした。グレンズ・トラック・ストップのオーナー兼コックのグレンは、目にもとまらぬ速さで皿に料理を盛ってゆく。トラック運転手たちが戻ってくる金曜の夜だから、店は満員だった。仕事はきついがチップがいいし、グレンがこっそり渡してくれるボーナスはもっとよかった。

「お代わりをもってくるわね」彼女はブースのトラック運転手三人に言い、冷めないうちに運ぼうと料理を取りに戻った。それぞれのテーブルに料理を配ってまわると、コーヒーポットと紅茶のピッチャーをトレイに載せてテーブルをまわり、カップやグラスに注ぎ足した。ほかのウェイトレスたちも大忙しで、山盛りのトレイを掲げ、腰をふりふり椅子やテーブルを縫って歩く。

「ヘイ、アンディ」彼女が通りかかると、女性運転手が声をかけてきた。「あたしの運勢を占ってよ」

彼女の名前はキャシー、ブロンドの髪は根本が黒く、厚化粧にタイトなジーンズとハイヒールだ。一部の男性運転手に絶大な人気を誇っているが、地道なタイプからは敬遠されていた。だが、今夜は女性運転手たちと一緒で、男は無視して女だけの時間を楽しんでいる。

「なにもないわよ」アンディが歩調をゆるめずに言った。

つぎにそばを通りかかると、キャシーが勘定をしてと合図してきた。女たちは冗談を言いあって笑いくずれ、恋人や子供やペットの話題で盛りあがっているが、アンディにはどれもおなじに聞こえる。勘定書きをもってゆくと、キャシーが言った。「どういう意味さ、なにもないって。顔がよくて金持ちの男と結婚して贅沢《ぜいたく》な暮らしはできないってこと？」

ほかの女たちが盛んにやじる。彼女たちの世界では、そんなことが起きるわけがないのだ。

「いいえ」アンディは率直に言った。「金持ちにはなれないわね。でも、もっとよい選択をしないと文無しになって、猫缶まで食べるような生活を送ることになる」

女たちの上に沈黙が訪れた。アンディが冗談で言っているのでないことが口調からわかったからだ。

「よい選択って?」キャシーがちょっとためらってから尋ねた。「どんな?」

「アンディ! あがったぜ!」

「行かなくちゃ」彼女は言い、カウンターに急いだ。五時間あまり重いトレイを運びつづけたので左腕が痛い。仕事はあと三時間つづく。なにか口に入れる時間もなかったし、キャシーに人生訓を垂れて貴重な時間を無駄にしたくなかった。ハイウェイをやってくる男といちいちセックスしなくなるまでに、脳味噌《のうみそ》がいくつあったら足りるの? キャシーの場合、文字どおりの意味だった。それに、キャシーから「運勢を占って」と頼まれるのもむかつく。

アンディは運勢を占わない。水晶玉をもっていないし、頭のおかしくなったハリーおじさんが蒐集《しゅうしゅう》したコインをどこに埋めたか言い当てることもできないし、どのレースでどの馬が勝つか予想もつかない。それができるなら、自分で賭けている。ときどき頭にひらめくだけだ。運転中スピードをゆるめろ、とか、コレステロール値をチェックしたほうがいい、とかアドバイスするぐらい。ウェイトレスとして働いていると、馬鹿な真似をして結局にっちもさっちもいかなくなる人をたくさん目にする。忠告しても耳を傾けなかった人が、あれよあれよとほんとうに面倒なことになったからって、そんなに驚くこと? 原因があって結果がある。馬鹿な真似をすれば、悪いことが起きる。あたりまえ。

でも、この店で働くようになって数カ月で、彼女は霊能者だという評判がたち、いくらちがうと言ってもだれも聞いてくれない。そうでないことを証明する唯一の方法は、話すべきだと思っても言わないでおくことだが、それでは良心が咎《とが》める。このままでは二週間後に心臓発作を起こすとわかっていれば、脂っこい料理は控えたら、と忠告せずにいられなかった。

来世とか臨死体験について調べていくうちに、一度死んで甦った人に、予言や幻視の能力が備わることがある、という記述を何度か目にした。幻視にちかい体験は一度だけあった。ダイナという看護師が階段から転がり落ちる姿を見たことだ――あのときは鎮痛剤を服用していたから、その影響があったのかもしれない。予言となると……それって、終末とか9・11とか大統領が撃たれるとか、そういったこと？　だったら一度も体験したことがない。

でも、甦ってから、たしかに小さなことに気づくようになった――それも自分以外の人について。自分のことでは、どんなささいな予感も覚えたことはなかった。じたばた生きていくしかないのだろう。これまでずっと、与えられた選択肢はすべて悪いものばかりで、なかでもましなのを選ぶしかなかった。それでは点数を稼ぐことができない。

たとえば二百万ドルをどうするか。おそらく死ぬまで、決断はつかないだろう。ラファエルに返すのは問題外だ。たしかに彼から盗んだけれど、もともと麻薬取引で稼いで、いくつもの小口の商売を通してマネーロンダリングした金だ。彼に返せば、麻薬取引でますます力を与えることになる。

とは言え、ずっともっているわけにもいかない。彼女の金ではないのだから。退院してからしばらくのあいだはそれで暮らした。二週間のリハビリのあと、ドクター・ミーチャムから退院の許可が出たが、すぐには働ける状態ではなかった。風呂にはいったり着替えたりは自分でできたし、短い散歩ぐらいは行けたが、それだけだ。すぐさぼりたがる胸の筋肉の抗議の声を無視して体を鍛え、仕事ができるようになるまでにさらに数週間かかった。

法的に問題があるからではなく、逃げたいという衝動に駆られていた。嘘が上手なことでピンチを救われたし、アーロンズ刑事の事情聴取もうまく切り抜けた。苗字を決めると――グリッソムの銀行のやさしい目のミセス・ピアソンに敬意を表して――あとはトントン拍子に進んだ。たいていの場合、事実を話した。ニュージャージー州で車を買い、その日に出発してこっちに来るつもりだったから、登録はしなかった。住むところが決まり、生活が落ち着いたら、コロラド州のナンバープレートを申請するつもりだった。

オーケー、すべてが事実ではない。彼女は運転免許証ももっていなかったのだから、刑事に問いつめられてもしかたなかった。でも、彼がそれをしなかったのには、いくつかの要因があった。なによりもまず、車の盗難届けが出されていなかったこと。二番目は、薬でまだ意識が朦朧としているあいだに、彼女がラップトップはどうなったかと尋ねたことだ。ラップトップは見つかっていない。つまり、持ち物を奪われた可能性がある。911に通報してきたのは男だが、現場に救急車が到着したときにはだれもいなかった。身元不明のその男はいくらでも盗めたわけだ。彼女は恐ろしい事故にあいながら、奇跡的に生き延びたのだ。刑事としてもうるさいことは言いたくなかった。彼女はちゃんと名前を名乗り、通り一遍の調査で犯罪歴は浮かんでこなかったので、一件落着となった。

彼女を怖気《おじけ》づかせたのは、刑事の事情聴取ではなかった。何者かが入院費用を払っていた——それにドクター・ミーチャムに対する支払いも。麻酔医や放射線専門医や、それ以外にも彼女の治療にかかわった専門医すべてに対する支払いも。ドクター・ミーチャムを質問攻めにすると、彼は肩をすくめて言った。「支払いは支払い保証小切手の形で行なわれたんだ。送り主はわからない。封筒はゴミ箱行きになってたから、郵送されたのかどうかもわからないんだ」

新聞に載った彼女の記事を読んで心動かされた篤志家が、送ってくれたのだろうか。彼女が記憶喪失にでもなっていれば、同情を誘う話になるだろうが、そういう扱いではなかった。寄付金集めも行なわれなかったし、もし尋ねる人がいたら、支払いはちゃんとできると答えていただろう——むろんラファエルのお金でだが、べつに気は咎めない。だしぬけに何者かが匿名で大金を払ってくれたことが、彼女を警戒させた。

だれなのかまったく心当たりがなかったが、相手が自分の素性を知っているかもしれないと思うと恐ろしかった。できるだけ早くデンバーを離れろ、と直感が告げたのでそうした。

また中古車を買い、インターステイトを北東にネブラスカ州へ向かい、そこでべつの車に買い替え、そのまま州境を超えた。疲れやすいので長時間の運転はきつかったが、東に向かって走りつづけ、カンザス・シティにやってきた。三本のインターステイトがここで交わっているので、よそに移らねばならなくなったとき選択肢が多い。それで力づけられ、けっきょくグレンの店で働くことにした。それにあたらしいＩＤも現金で買い取ったので、いまではアンドレア・ピアソンの名前の入った、有効な運転免許証をもっている——まあ、記されているのが偽名だから、どこまで有効か問題はあるけれど。二〇〇三年型赤のフォード・エクスプローラーは、彼女名義で登録し、保険もかけてある。

うらぶれた街のメゾネット型アパートメントの半分を借り、グレンの店で稼ぐ金で暮らしている。贅沢はしつくしたので、たわんだ屋根の下の狭い部屋三つのいまの暮らしに満足していた。もう半分に住む人たちは、少なくとも麻薬はやっていない。ラファエルと過ごした日々を思い出すと、いやな気持ちになる。

それでも、二百万ドル、というかそのほとんどは、銀行に眠っていた。小切手を切ってそっくり慈善事業に寄付してしまえばせいせいするだろうが、踏ん切りがつかない。もしそれが悪いことだったら？　慈善事業に寄付することはべつに悪いことではないだろうが、彼女の金の使い道として間違っていたら？　ほかに支援すべき運動があって、それが見つかったとしたら？　たとえばアメリカ癌学会とか、鳥インフルエンザの人間用ワクチン開発で先陣をきる聖ユダ小児病院とか。金を必要としている大きな組織はたくさんある。でも、彼女はまだ意思決定の無力状態から抜け出せていなかった。

事故のトラウマに対する反応でなければ、いったいどこが悪いのだろう。ドクター・ミーチャムからもらった文献には、心臓手術を受けた人が感情の激変を起こしやすいことが記されていた。彼女がした経験はあまりに並外れているから、対処するのがむずかしいのだろう。その日その日をなんとか過ごしてはゆける。肉体労働をこなすことはできるし、食料品を買ったり勘定を払ったりすることもできるが、中西部の厳しい冬のあいだ、中古の毛布をかぶってソファに丸くなり、図書館から借りた本を読んで過ごすのがいちばんだった。どの本を借りるか選ぶのでさえ大儀だった。

仕事を終えて雪のなかに出るたび、もっと南に引っ越す決心がついたらと思わずにいられない。でも、まあ、冬もじきに終わる。

春はちかいのだろうが、まだ雪が降っていた。夜空はどんよりと濃いグレーで、雪は降りつづくことを物語っている。厚いウールのスカーフを頭からかぶって首に巻き、寒風を追い払う。風に顔を伏せ、とぼとぼと赤いエクスプローラーへ向かった。

「ヘイ、アンディ」

顔を向けると、ピータービルトのトラックの運転席から降りてきた女はキャシーだとわかった。寒い時期にディーゼルエンジンをかけるのはひと苦労だから、エンジンはかけたままだ。燃料代がいくらかかろうと、バッテリーがあがってジャンプスタートにかかる費用や、時間のロスを考えれば、仕事中はトラックのエンジンをかけっぱなしにするしかない。

アンディは声に出さずにうめいた。キャシーの未来について、それとも未来がないことについて、語り合う気分ではなかった。でも、そのまま歩き去るわけにもいかないし、キャシーは嫌いではなかったから立ち止まって、彼女がちかづいてくるのを待った。

キャシーは氷に足をとられながらもかたわらまでやってきた。「さあ、車まで送るわよ」彼女が言った。「どこに駐めたの？」

「あっち」アンディは砂利敷きの駐車場のはずれを指差した。そこなら従業員の車がトラックの出入りの邪魔になることはない。

「男が窓越しにあんたを見てたわよ」キャシーがアンディにだけ聞こえるよう低い声で言った。

心臓がギャロップをはじめたので、アンディは慌てて足をとめた。「男？　どんな男？」

「足をとめないで」キャシーが冷静に言う。「いまは見当たらないけど、あんたが無事に車に乗るのを見届けようと思ってさ」

その言葉に気持ちが萎《な》えた。たいして親しくもない人が、アンディの無事を見届けるため、わざわざトラックから出て来てくれたのだ。「あたしの車に乗って。トラックまで送る」やっとのことでそう言った。「そうすれば、あんたも安全でしょ」

キャシーが見おろすようにしてほほえむ。瘦せて背が高く、手足がひょろ長い。ハイヒールをブーツに履き替えていても、アンディよりゆうに十センチは高い。「女は女同士、守りあっていかなきゃ、でしょ。べつにあんたに言い寄るつもりないから」

アンディは鼻を鳴らした。キャシーがそっち方面に関心がないことは、日ごろの言動からよくわかっている。アンディの意識は、キャシーが見たという男に向いた。「どんな様子だった――その男。あたしを見てたって、たしかなの？」

「たしかもたしか。店のまえを行ったり来たりしながら、五分は見てたわね。どんな様子かって言われると、フムム」キャシーは考え込んだ。「背が高くていい体つき。でも、分厚いコート着て、フードをかぶってたから、それぐらいしかわからない。でも、コート着ててもデブじゃないことはわかった」

トラック運転手に〝いい体つき〟はまずいないが、トラックのサービスエリアにはたくさんのトラックが乗りつけるから、なかには体を鍛えている男がいてもおかしくはない。この店で働きだして四カ月、キャシーの言う男に当てはまりそうなのを二百人は見てきただろう。でも、そのうちのだれひとり、雪のなかに立って彼女を見つめたりはしない。もしアンディに気があるなら、店に入ってきてコーヒーを注文し、話しかけてくるだろう。

寒さとは関係のない寒気が、背筋を這《は》いおりた。デンバーから彼女を追ってきた不安な感じが、だれかにつけられていると言っている。でも、だれが、なんのために？　彼女は死んだ。そのまま埋葬されていたかもしれないのに、それでも〝彼〟をまくことはできないの？

でも、もし彼でなかったら？　いったいだれが？

彼女がだれで、どこにいるか知っている人間がいる。

23

「あんた、だれかから逃げてるんじゃない？」エクスプローラーまで来ると、キャシーが尋ねた。「その男に心当たりあるの？」

「ああ、なければどんなにいいか」アンディはつぶやき、ロックを解除してドアを開けた。室内灯がつくと、ふたりして後部座席や後部の荷台を調べた。どちらも空だった。「まいたと思ってたのに」

「この時代にね、ハニー、なにがなんでもあんたを探し出そうとする人間をまくのは至難の業だよ。相手があんたの社会保障番号を知ってりゃ、どこにいたって見つかるよ」

「彼は知らない」それはたしかだ。古い社会保障番号は知っているだろうが、新しい番号を突き止められるはずがない。それに、グレンは彼女の給料をＩＲＳに申請していないから、古い番号を使っていたとしても報告されない。エクスプローラーのまわりをまわって、雪に足跡が残っていないか調べた。車の下も覗いてみた。

「通話記録だって忘れちゃいけないよ」キャシーがつづける。「家族に電話したら、その通話記録にアクセスしてあんたの居所を突き止められる」

「家族なんていないもの。昔の友達にだって電話してない」友達と言ったって、中学時代の級友ぐらいだ。赤ん坊を亡くしてから、人と感情的なつながりをもつことに背を向けた。二度と辛い思いをしたくなかったからだ。ただもう忘れたかった。振り返りたくなかった。振り返れば激しい痛みを思い出す。とても耐えられないだろう。

車のまわりを点検し終えた——雪はかき乱されていなかった。アンディが運転席に乗り込むと、キャシーが雪を踏みしめて助手席側にまわり、乗り込んできた。「崇拝者がいるってことかもね」キャシーが言う。「言い寄られたことあるんじゃない？」

「そんな時間あると思う？　めちゃくちゃ忙しいのよ。抓《つね》ったりお尻触ったりされなきゃ、まともに客の顔も見ない」

「ああ、一、二度見たよ。あんたが客の顔を見るとこ。クソバカ野郎、卒倒しそうになってたじゃん。彼になに言ったの？」

キャシーがなんの話をしているのかわかった。こっちが本気だということがわかると、その客は真っ青になっていた。「今度あたしに触ったら、キンタマにフォーク突き刺してやるって」

昔のアンディ――ドレア――アンドレア……もう、もうだれがだれだかわからない……昔のアンディだったら、抓られても触られても気づかないふりをした。かわいくて、ちょっと間が抜けてて、けっして問題は起こさなかったが、内心は怒りと軽蔑に震えていた。演技だということにだれも気づかないのだから。死んだことが、いろんな意味で彼女を変えた。もうかわいらしくて間抜けなふりはできない。ずっと昔に葬った感情が、この数カ月で地表に這い出てきて居座りを決め込んだ。

キャシーが、まいったという顔で大笑いした。「そいつがグレンに言いつけなかったのが不思議だよね」

「言いつけたわよ。そしたらグレンは彼に言った。キンタマに風穴開けられたくなけりゃ、ウェイトレスに手を出すんじゃないって」アンディは思い出してにやりとした。そこがグレンの好きなところだ。客を失うことを恐れて、ウェイトレスに、それぐらい我慢しろと言う男もいる。でも、グレンはちがった。彼の娘のひとりが、大学の学費の足しにレストランで働いていたので、ウェイトレスがどんな我慢を強いられているか理解しているのだ。

アンディは低いエンジン音をあげるトラックの長い列を縫って、キャシーのトラックに向かった。キャシーが咳払いし、ためらいがちに言った。「あんたが言ってたいい選択って、あれどういうこと？」

「ささいなことよ。たとえば、そう、あんたが好きな派手なブレスレットを買う代わりに、利付き貯蓄とか定期預金にまわすの」キャシーは宝石が好きだ。高いものではない——高くても二百ドルどまり——が、数をたくさん欲しがる。

「そんなに使ってない……」キャシーが言いかけた。

アンディはトラックのそばに車を停め、ギアを〝パーク〟に入れた。「積もり積もれば」どれぐらい宝石をつけているか、プロの目で見てみる。イヤリング、カクテルリングが数個、ブレスレットが四、五本。「ざっと見積もって、トータルで三千ドルってとこね。その三千ドルを銀行に預けるの。ある程度まとまったら、優良のミューチュアルファンドに投資する」

キャシーは鼻にしわを寄せた。「なんかすっごく退屈そう」

「ええ、退屈よ。〝退屈〟で〝きつい〟からいいのよ。すべきことをしてるんだから」

「あたしなら大丈夫。けっこう稼いでるし」

キャシーは肩をすくめて、アンディの言ったことをしりぞけた。いつもなら、アンディも勝手にしたら、と肩をすくめていただろうが、キャシーはわざわざ助けに出て来てくれたのだから、そのお礼をしなければ。

「一度事故ったらおしまいでしょ」彼女の声はどこかよそよそしかった。そうなることがときどきある。「怪我をして、六カ月は仕事ができない。トラックには保険をかけてるだろうけど、働けなきゃ家を失うのよ。そのあとは転がり落ちるだけ。猫缶のことは、冗談で言ったんじゃない」

ドアのハンドルを握るキャシーの手が凍りついた。ダッシュボードのライトに照らされた顔が急に老け込んで見える。恐怖を浮かべていた。「なにか見えるのね。ほんとうになにか見えるんでしょ？」

なにかが〝見える〟かどうかという話はしたくなかったから、手を振ってごまかした。彼女が話しているのは常識的なことだ。「もうひとつ。もっと自分を大事にして、落ちこぼれ連中とは付き合わないほうがいい。そのうちのひとりから性病をうつされるわよ」キャシーに顔を向ける。「あんたは頭もいいし、仕事でも成功してる。そういうふうに振る舞わなくちゃ。馬鹿なことやってると、もっと成功できるはずができなくなるわよ。こう見えてもあたし、馬鹿なことやるプロなの」

「そのひとりから、あんたは逃げてるってわけ？」

「彼はその筆頭」自分の愚かさの象徴だ、とアンディは思った。彼は雇われ殺し屋で、彼女が事故を起こしていなかったら、彼に撃たれていたのは確実なのに、無防備だったあの瞬間、彼と過ごした午後が脳裏に甦り、胸が痛くてへたり込みそうになった。彼がひと言そう言ってくれさえすれば、どこまででもついていくつもりだったなんて、ほんとうに愚かだ。彼を恐ろしいと思う気持ちのどこかに、心が引き裂かれるほどの思慕があるなんて、あまりにも愚かすぎる。

でも、もし彼に見つかったら、生きていられるはずはないとわかっているのだから、その点は愚かではない。そう思ったらほっとして笑いだした。「彼じゃないわ。あたしを見張っていた男は、彼じゃない」

キャシーは眉を吊りあげた。「そうなの？　どうしてわかるの？」

「まだ生きてるもの」恐怖に駆られる自分を自嘲《じちょう》気味に笑った。彼に見つかっていたら、生きて駐車場を横切ることはできなかっただろう。キャシーがいてもいなくても。

「なんてこった！　つまり、彼はあんたを殺そうとしてるの？」キャシーが目をまん丸にし、声をうわずらせた。

「それが彼の商売だし、すごく優秀だもの。あたし、悪い連中を怒らせたの」事情を説明するつもりで言った。

「なんてこった！」キャシーがまた言う。「そいつらがあんたを殺そうとしてるなら、そうなんでしょうね。で、あんたは、あたしが馬鹿な選択をしてるって思ってるわけ？」

「だから、あたしは馬鹿なことやるプロだって言ったでしょ」アンディはハンドルを指でトントン叩きながら、キャシーにでもだれにでも、すべてを打ち明けてしまいたい衝動に駆られた。十五の歳からずっとひとりだった。肉体的にだけでなく、精神的にも感情的にも孤立していた。ドクター・ミーチャムをのぞけば、彼女の死の体験を知っている者はいない。それでも、公にすることはできない。公衆の面前で素っ裸になるのとおなじだ。周知の事実にはしたくなかった。ほんの一部を明かすぐらいに留めなければ。

「少しまえに臨死体験をしたの。いろんな意味で光を見たんだ」

「臨死体験？　それって、トンネルを抜けると死んだ友達や家族が出迎えてくれるって、あれ？」キャシーの興味津々な口調が、アンディに希望を与えた。

たいていの人がそういう話に餓《う》えている。死が終わりではなく、その先もあるという知識や証拠が欲しいのだ。愛する者たちがべつのどこかで、幸せに暮らしていると思いたいのだ。人は自分で見たり聞いたり触ったりしたものでないと、信じないし、拒絶しがちだけれど、自分が間違っていたと納得させられれば嬉しいものだ。彼女にはなにも証明できない。経験したことを、見たことを話せるけれど、証明できる？　とてもむり。

「トンネルはなかった」キャシーの顔が曇るのを見て、アンディはほほえまずにいられなかった。「でも、光はあった。あんなに美しい光があるなんて、想像もしてなかったわ。言葉ではうまく表現できない。それに、その……天使がいたの。天使だと思った。それから、見たこともないほど美しい場所にいたの。光はやわらかで澄みきっていて、輝いていた。色彩がそれはもう深くて豊かで、草に寝転がって浸り込んでいたいと思った」夢見るような声が途切れ、つかの間思い出に身を任せた。それからぶるっと震わせた。心も体も。

「あそこに戻りたい」アンディはきっぱりと言った。「でも、そうするには自分が変わらなければいけないって気づいた」

「でも、あんたはそこにいたんでしょ」キャシーが当惑顔で指摘した。「だったら、どうして変わらなきゃなんないの？」

「どうしてって、あたしはそこにいるべきじゃなかったのよ。一時的にいただけで、そこで、なんて言うか……取調べを受けたの。それで、投票で、あたしにもう一度チャンスをやろうってことになったの。でも、こっちでしくじったらそれまで、二度とチャンスはない」

「ワオ、ワオ。そりゃ大変じゃん」キャシーは考え込んだ。おそらく自分の人生や、自分がどう変われるか考えているのだろう。ドアのハンドルに手を置いた。「そのことがあって、あんたはいろいろ考えなおすようになったんだよね？」彼女はしばらくためらい、頭を振ってドアを開けた。「もっとおしゃべりして、あんたを質問攻めにしたいけど、そろそろ帰らなきゃ。気をつけるんだよ。あたしが見た奴が、あんたを追ってる奴であろうとなかろうと、やっぱり気をつけなきゃ。だって、奴はあんたを見張ってたもの。それはたしか。なんか薄気味悪かった」

「充分に気をつける」アンディは約束した。そのつもりだった。殺されることだけが、身に起こる唯一の悪いことではない。もし、自分を変えることができて、ポイントを稼ぐとかそういうこともできたら、もう一度死にたいと思ってはいるけれど、レイプされたり、ひったくりにあったり、そんなことはご免だから、ほんとうに気をつけなければ。

〝友達になれるかもしれない〟キャシーが自分のトラックに乗り込むのを見届けてから、アンディは車を出した。超警戒態勢に入っていたから、あとをつけてくる車がないか注意した。でも雪の金曜の深夜に走る車はまばらで、背後に車のライトを見ることはほとんどなかった。

家に着くころには、恐怖によるアドレナリンの噴出も薄らぎ、疲労困憊《こんぱい》であくびが出た。家を出るときにつけておいたままのポーチの灯《あか》りが、冷たい闇をあたたかな黄色の光で染めていた。通りの角に街灯が立っているが、木が邪魔して光が届かず、真っ暗な家に帰るのはいやだった。だから、家のなかの小さなランプもつけたままにして、なかに人がいるように見せている。

メゾネット型アパートメントにガレージはなく、カーポートすらないので、車をポーチに横付けし、コートとスカーフのまえをかきあわせてから車を降りた。足をおろしたとたん、靴に雪が滑りこんできた。トラックが雪を蹴散らすインターステイトとちがって、ここには雪が深く積もっていた。すでに凍えていた足が氷のようになる。ため息をついてドアの鍵を開け、粗末な聖域のぬくもりへと足を踏み入れた。

彼女は無事に家に帰った。サイモンは通りに車を駐め、彼女が家に入るのを見守った。あの女トラック運転手に見つかってから、ずっとここで待っていた。羊のなめし革のコートのフードをかぶっていたから顔は見られていないはずだが、それでも店を離れた。ドドレア——いまはアンディと名乗っている——が退院してからずっと、彼女を見守ってきた。入院と手術の費用をすべて払うなどできるだけのことはやり、彼女が困ったときは助けるつもりで、ちかくから見守った。よほどのことがないかぎり、姿を出すつもりはなかった。彼女には心底恐れられている。こっちの姿を見たら、彼女がどうなるか予想もつかない。

彼女がデンバーを離れると、あとを追った。あたらしいIDを手に入れるためある人物に接触したときには、うまく事が運ぶよう陰で手をまわした——あたらしい名前と社会保障番号を知ることもだが、彼女が接触した人物の顔つきが気に入らなかったからだ。彼女に後ろ楯がないとわかれば、見ぐるみ剝がされかねない。

彼女があたらしい携帯電話を手に入れ、部屋を借りて落ち着くと、彼はすかさず忍び込んで電話にGPSを仕掛けた。エクスプローラーにも仕掛けたが、車は買い換えても携帯電話を手放すことはないだろう。

それがすむと、あとはほっておいた。月に一度、無事をたしかめに出かけてゆくかたわら、彼女の生存がサリナスの耳に入っていないか調べることも怠らなかった。いまのところ大丈夫のようだ。

車を出したが、急ぐことはしない。エンジンをかける音を彼女が聞いたとしても、家に入ってからだいぶ時間がたっているから、道に車を停めて彼女を見張っている人間がいたのではと疑うことはないだろう。

彼女は元気そうだった。二カ月前よりずっと元気そうだ。退院したときの彼女はあまりに弱々しく、運転なんてできそうもなかったから、よっぽど通りから彼女をひっさらおうと思った。すっかり痩せ細り、死人のように青ざめていた。三十分も運転すると疲れて、ちかくのモーテルに泊まらざるをえなかった。一日もたたないうちにまた車を出したが、そのあいだなにも食べていないのではないかと心配になった。

彼女の部屋にピザを配達させようと何度思ったことか。でも、彼女を脅かすだけだ。遠くからそっと見守り、彼女の体力が尽きる前に目的地に着いて落ち着けることを願った。

彼女はカンザス・シティに落ち着いた。そこが目的地だったのか、あるいはしばらく静養するつもりがそのまま居座ってしまったのか。みすぼらしいアパートメントを借りるのを見て、内心ほっとした。

体に肉がついて健康そうだ。ニューヨークにいたころより体重が増えているが、あのころが痩せすぎだったたし、事故で失った体重をもとに戻すのだって容易なことではない。彼女の職場にも行き、休みなしの苛酷な仕事だとわかったが、充分に食べているし、一日じゅう重いトレイを掲げているので、腕に筋肉がついてきた。

二百万ドルはグリッソムの銀行に預けたままで、スラムと見紛う界隈《かいわい》に住んで、トラック運転手相手の店でウェイトレスをやっている。皮肉なことに、彼にはそれが不思議ではなかった。彼女がなぜ金を使わないのかわかっている。

サリナスがまた連絡してきた。なにを企んでいるにしろ、つぎの標的がいることはたしかだ。彼は呼び出しに応じなかった。この七カ月、仕事を引き受けていない。ときどきぼんやりと思うことがある。最後に一度だけ引き金を引くことがあるとすれば、狙いはわかっている。サリナスがいまも生きていることに怒りを覚えずにいられないからだ。

そのことはいずれちゃんと考えなければならない。いまのところ、カンザス・シティではすべてが順調にいっている。

24

「ドッグフードって子供に悪い？」

アンディは立ち止まってブースのふたりに目をやった。どちらもジーンズにセーター姿、髪はポニーテールにした年若い女で、困り果てた表情はそっくりだ。顔は似ていないが、おなじ境遇にある。子供が何人かいる若い母親で、何事も予定どおりにいかない毎日。火曜の午後三時にグレンの店に来ているということは、子供たちをデイケアに預けたか、おばあちゃんに預けたかして、やっと自分たちだけの時間をもてたのだろう。

「あたしのことは気にしないで」アンディは厚かましくも立ち聞きしていた。ウェイトレスの耳には、おもしろい会話がいろいろ飛び込んでくるが、これにには笑わずにいられなかった。

女はフレンチフライを取りあげてケチャップに浸け、ため息をついた。「下の子が一歳なの。歩きはじめるようになったもんだから、犬に餌をやってると走ってきて横取りしようとするのよ。できるだけ遠ざけるようにはしてるんだけど、あたしが背中を向けたとたん、彼は犬のお皿の後ろにまわってるの。アイムズのドッグフードが大好きみたい」困り果てた顔で言う。

「安いブランドじゃないからいいんじゃない」もうひとりの女が言い、肩をすくめた。「うちの子なんて泥を食べるわよ。それよりましじゃない」

アンディは汚れた食器を載せたトレイを掲げて、笑いながらカウンターに戻った。壁のテレビは音を消してあるが、彼女が通りかかると、カウンターに座っているトラック運転手のひとりが言った。「テレビの音をあげてくれないか。天気予報をやってるから」

アンディは重いトレイを腰で支え、リモコンをつかんで音量のボタンを押した。地元の局の天気予報士の声が流れると、おしゃべりがやんでみんなが画面に顔を向けた。

「――カンザス州東部のつぎの郡に、午後九時まで竜巻注意報が出ています。これにはカンザス・シティも含まれており、大型の勢力をもつ竜巻で――」

仕切り窓にトレイを置く。汚れた食器はここにさげておくと、厨房のスタッフが集めてくれる。ニューヨークにいたころは竜巻注意報なんて気にも留めなかったが、中西部に戻ったいま、竜巻に備えるのはごく自然のことだった。まるでずっとここで暮らしていたかのように。刺すような冷たさや横殴りの雪の季節が終わり、日が長くなってあたたかくなるのは嬉しいが、春の天気は気まぐれだ。寒気団と暖気団が順繰りにやってきて、あたたかい日は二日とつづかない。つい先週も十センチの積雪があった。きょうはあたたかく湿っていて、巨大な入道雲が空高くまで達していた。

中西部や南部の人間にとって、天気に注意することは第二の天性だ。「今夜の九時まで竜巻注意報ですって」厨房のスタッフに向かって言う。

「よしてよ」ウェイトレスのデニスが言い、手を拭いてからポケットに手を突っ込み、携帯電話を取り出した。「ジョシュアが友達の家に泊まりにいくことになってんの。出かける前に、猫たちを家に入れておくよう頼んどかないと」

「猫なら大丈夫」アンディがうわの空で言う。「それより、ガスレンジの火を消すよう言ったほうがいいわ」

「ガスレンジ？　ジョシュアは料理しない――アッ！」アンディがぼんやりしているのに気づき、デニスは目を丸くした。これが〝シグナル〟であることを、みんな知っていた。キャシーが運転手仲間にうっかり口を滑らせ、アンディの臨死体験のことを話してしまい、運転手仲間のだれかがべつのウェイトレスにそのことを尋ね、霊能力があるのではとみんなが疑っていたこともあり、彼女の言うことに耳を傾けるようになっていた。

デニスは慌てて携帯電話のボタンを押した。「ボイスメールよ！」苛立ってつぶやき、メッセージを残す代わりにメールを送った。十代の子はボイスメールのメッセージは平気で無視するくせに、メールには目を通さずにいられないらしい。

二分後に彼女の携帯電話が鳴った。「いいえ、うちにスパイカメラなんて設置してないわよ」十代の息子が三メートル離れたアンディにも聞こえるような大声でがなるのに耳を傾けたあとで、デニスが言った。「でも、それはいいアイディアね。教えてくれてありがと。それより、すぐにうちに帰ってレンジの火が消えてるかどうか確認しなさいよ、聞いてるの？　いますぐだからね！　ジョシュア、あとひと言でも口答えしてみなさい、うちに帰るだけじゃなく、そのままずっとうちにいることになるんだから。わかった？　〝はい〟って言ったほうが身のためよ」

デニスは満足げな顔で電話を切り、アンディにウィンクした。「ありがと。これであの子、あたしが家じゅうにスパイカメラを設置したか、あたしが霊能者かどっちかだと思ってる。どっちにしても、これからは、やっちゃいけないことをやる前に考えるでしょうね」

「お役にたてて嬉しいわ」

内心ではちょっと驚きながらも、アンディはいい気持ちだった。ささいなことでも人の役にたてれば嬉しい。デニスの家が全焼していたかもしれないキッチンの火事を防いだのは、〝ささいな〟ことではないけれど。とりわけデニスにとっては。働いてえた金で暮らしをたてるいまの生活に、アンディは満足していた。肉体的にもとても元気だった。胸に枝が刺さって死にかけた人間にしては元気だというのではなく、何年来なかったほど調子がよかった。活動的でよく食べて、ぐっすり眠る。二百万ドルを自分のために使う決心がついたら、生活はずっとよくなるが、良心がそれを許さないだろう。

金が人間を堕落させると言う人がいるが、その逆だ。金はいいものだ。ないよりはあるほうがいいにきまっている。堕落は人間がもたらすのであって、金がもたらすのではない。二百万ドルの一部を使って、すてきな家と新車を買いたい。でも、そうしようとするとかならず、頭のなかの意地悪な声がとめに入る。「そんなことしちゃだめ」

でも、金は口座にいまもあり、毎日誘いかけてくる。意地悪な声が休憩をとるかなんかして気持ちが弱くなる前に、金を処分すべきだろう。一度でいいから、やりたいことをやって、それが同時に正しいことであってくれたら、と願わずにいられない。

ああ、そうだった。宝石がまだ手元にあった。盗んだものではないから、売った金を使ったところで問題はないだろう。二百万ドルにはとうていかなわないけれど、いざというときの蓄えには充分だ――もっとも、頭のなかの声が、二百万ドルのうち使った分の穴埋めにしろ、と言いだしたら運のつきだ。正しいことをするのも楽じゃない。

雷雨の到来は午後五時ごろだった。いつもなら仕事帰りの客で混雑する時間だが、篠突《しのつ》く雨で車から降りるに降りられない人びとは、インターステイトや一般道をノロノロと進むばかりだった。車を停めたほうがいいだろうに、だれも車から出てびしょ濡れになりたくないのだ。大型トラックも停まらずに通り過ぎてゆく。すでに店にいた客たちは、コーヒーのお代わりをして居座りをきめこみ、せいぜいパイを注文するぐらいだ。厨房のスタッフとウェイトレスは、ほっとひと休みする時間がもてた。

客足はさっぱりだった。嵐がつぎつぎに町を通り過ぎ、竜巻の予報ははずれたものの、雷雨はすさまじいものだった。頭上で稲妻が光り、強風に吹き飛ばされたゴミがミサイルのように駐車場を横切ってゆく。アンディは昔から嵐が好きだったので、暇があると窓から外を眺めた。

日が暮れるころには嵐もおさまり、雨脚も弱まったので、店は多少混みはじめた。でも、母なる自然は花火のようにパッとは終わらない。ちょっとしたドラマを置き土産にして、嵐は通り過ぎていったのだ。ピークのころの激しさはなかったが、とりわけ明るい稲光が長々と夜空を染めると、アンディは引き寄せられるように窓辺へ向かった。

その男が店に向かってきていたら、注意は向けなかっただろう。だが、男は歩いていなかった。稲光の最中に岩のように不動の姿勢で立っていた。顔は見分けがつかず、長いレインコートを着ているので黒い影にしか見えなかったが、胃袋の底が抜け、息がとまった。それでわかった。体がこういう反応をするのは、ひとりの男に対してだけだ。ただひとりの男にだけ。

何事もなかったかのように、窓に背を向けた。ほんとうは悲鳴をあげて駆け出したかったが、パニックに陥ることだけは避けたかった。まえのときはそれであんなことになったのだ。

男がそこに立って店のなかを覗いている姿に、キャシーが先月見たという男のことを思い出した。そのときも彼女を見張っていたの？　彼女がここにいることを、いつから知っていたの？　少なくとも一カ月前から。だとしたら、なにを待っているの？　どうして行動に出ないの？

彼がなにをしているのか、どうしても理解できない。彼女を弄《もてあそ》ぶつもりなのだろうか？　猫がネズミをいたぶるように。ゲームを仕掛け、彼女が気づくまで待つつもりだろうか。逃げ出せば、きっと襲いかかってくる。

つぎの稲妻が光ると、つい振り返らずにいられなかったが、黒い影は消えていた。雷に撃たれる危険も顧みず雨のなかに佇《たたず》み、彼女を見張っている者はいなかった。幻を見たのだと思うところだった――キャシーが彼を見ているという事実がなければ、神経がピリピリして胃袋がでんぐり返ったりしなければ。

交替の時間まで仕事をつづけた。注文をとり、カップやグラスにお代わりを注ぎ、汚れた皿を片づけた。そうしているあいだも、彼の出現がなにを意味するのか考えていた。この八カ月ずっと避けてきた事実に、いまこそ向き合うべきだ。

シフトが終わるとグレンを探した。彼はだれよりも長時間働いている。食堂で出す簡単な料理を手早く作れる優秀なコックはなかなかいないし、妥協してまああの腕のコックを雇う気がグレンにはない。基準を満たすコックをふたり雇えないなら、自分が倍働くだけ。彼は文句も言わずにそうしていた。

「話があるんだけど」アンディはエプロンを脱いで洗濯籠《かご》に入れた。「ふたりきりで。もし時間がとれれば」

「一分でも時間がとれるように見えるか?」肉づきのいい顔を汗で光らせ、彼がぶつぶつ言う。目のまえの洗濯バサミで挟んだ注文伝票二枚にプロの目を向ける。「これならものの一分でできるから、ちょっと待ってくれ。先におれのオフィスに行ってろ」

アンディは彼のオフィスに入り、背もたれのまっすぐな椅子に腰をおろし、ほっとため息をついた。脚を伸ばしてつま先を思いきり反らせる。アキレス腱《けん》が伸びて気持ちがいい。つぎに足首をまわし、それから肩と首もまわした。ああ、疲れた。逃げることに疲れ、背後を気にすることに疲れた。ほんとうに自由になる方法はひとつしかない。

グレンがオフィスに飛び込んできてドアを閉めた。「オーケー、どうした?」

「今夜、駐車場に男がいるのを見たの」彼女は早速本題に入った。「一年ちかく、あたしをつけまわしてるストーカー。ここにはいられないわ」

グレンの顔が赤黒くなった。「どこのどいつか教えろ。二度とおまえさんを悩ませないよう、きっちり話をつけてやる」

「彼からあたしを守ることはできないのよ」彼女はやさしく言った。「二十四時間態勢の護衛がついても、彼をとめることはできない。あたしにできるのは、彼の一歩先をいくことだけ」

「警察には行ったのか？」

「グレン、禁止命令はそれこそ紙屑同然なのよ。それを破ったとしても、軽い罪にしかならない。どういう罪状かよく知らないけど、ごく軽い罪。禁止命令ぐらいじゃ、本気でやるつもりの人間をとめられやしない」

彼女が言う現実について、グレンはしばらく考え、顔をしかめた。彼女の言うとおりだと思ったのだろう。「クソッ、おまえさんを失うのは痛手だ。いいウェイトレスになってくれたもんな。みんなを楽しませてくれたし。それで、行くあてはあるのか？」

楽しませたってどういう意味？　たぶん、キンタマをフォークで串刺しにしてやるって言ったのが、彼にはうけたのだろう。「ううん、安全だと思える場所まで車を転がしていくだけ。しばらくは彼をまけるでしょう。でも、人を探し出す術《すべ》を知ってる男だから」行き先は決まっていたが、グレンは知らないほうがいい。

彼は椅子から立ちあがり、デスクの背後の電子式金庫に向かった。番号を打ち込む読み出し装置を巨体で隠しているから、ブーン、カチッとロックが解除される音だけが聞こえた。

「おまえさんの取り分だ」きょうの売り上げから札を何枚か数えて抜き取る。「運転には気をつけて、幸運を祈る」ちょっと顔を赤らめ、体を屈めて彼女の頬にキスした。「おまえさんはいい女だ、アンディ。うまく片がついて戻ってくる気になりゃ、いつでも待ってるぜ」

アンディはほほえみ、感謝の気持ちに駆られて彼にハグし、瞬きして涙を払った。「憶えておくわ。あなたも体に気をつけて」アンディがふと立ち止まった。焦点が合わなくなった目が、彼を通り抜け、あらぬものを見ている。「いつもの日課を変えること」出し抜けに言う。「現金を持ち帰って、途中で銀行の夜間金庫に入れるのはやめたほうがいい」

「そんなこと言ったって、だったらいつ預けに行けばいいんだ?」彼が苛立って尋ねた。

「銀行は帰り道にあるし、わざわざ銀行に行く時間なんて――」

「時間を作るの。来週はべつの支店を使うとかそういうふうにして」

彼は口をぽかんと開け、それから引き結んで厳しい表情を浮かべた。「幻でも見たのか?」疑わしげに言う。

「幻なんか見ない」彼女も苛立って否定した。「常識ってやつよ。毎晩毎晩、おなじ支店の夜間金庫にお金を預けるのがどれぐらい危険なことか、自分でもわかってるでしょ。よりよい選択をすれば、撃たれることもない」

実際のところは、彼が頭を殴られて気絶するような気がしたのだが、撃たれる、と言ったほうが劇的だし深刻だから、彼も耳を傾けてくれるだろう。納得のいかない顔の彼に、アンディは呆《あき》れて言った。「勝手にしたら、このわからず屋」彼のオフィスを出るなり泣きだした。この頑固者のわからず屋が大好きだったから、その身になにか起きるなんて考えたくもなかった。でも、決めるのは彼だ。アンディではない。

大変な決断をしなければいけないのはこっちだ。アンディはそんなことを考えながら、重い足取りでエクスプローラーに向かった。おなじシフトのウェイトレスもちょうど店を出るところだったので、ひとりよりは安全な気がした。彼の姿はなかったが、もともといるとは思っていなかった。彼は去った。彼の存在を感じるように、彼の不在も感じとれる。彼は姿を見られたと思ってはいない。〝ネズミ〟が巣穴にいると思い込み、〝猫〟はひと休みしに行ったのだろう。

決心したことで、妙に、その……穏やかな気分だった。なにはさておき二百万ドルを分散しなければならない。そうせずに殺されたら、金はいいことに使われず口座に眠ったままだ。聖ユダ小児病院ならお金の使い道はいくらでもあるだろうし、病気の子供を助けることができる。決めた。こんなにすんなり決まるとは。どうしてあんなに悩んだのか不思議だ。

もうひとつ、ラファエルが生きているかぎり、ほんとうの意味で自由にはなれない。彼は暗殺者に彼女を狙わせつづけるだろう。そのあいだも、彼は麻薬をこの国に持ち込み、人の人生をぶち壊し、人を殺し、荒稼ぎをしつづける。そうはさせない。

彼と暮らしていたころは臆病だった。注意深く観察して、彼を有罪にできる確実な証拠を見つけようとはしなかった。彼のやっていることをもっと詳しく知る機会を、意識して避けていた。知りたくなかった。その結果、彼の逮捕につながるような情報をＦＢＩに与えることができない。ラファエルには、法律制度と闘うだけの金がある。たとえ告発されても、裁判を長引かせることができる。

でも、彼を知っている。三千ドルのスーツと高級店でカットしてもらう髪の下に隠している残虐性を知っている。彼のエゴや彼が住む世界のルールを知っている。目と鼻の先でアンディがのうのうと生きていることを知ったら、彼は激怒するにちがいない。警戒心もへったくれもなくなる。彼女を生かしておくことは、男のプライドが許さない。彼女を殺すためならなんでもする。

ＦＢＩが安全を守ってくれるかもしれない。そう願っている。守ってくれなくても、それが運命と受け入れる覚悟はできていた。なんとしてもラファエルをとめるため、廃業に追い

込むため、できることをやるまでだ。おそらくそれが、あたらしい命を授かった意義なのだ

——そして、その代償が命なのだろう。

25

彼女に見られていないと最初は思った。というより、彼女がこっちを見ているのはわかったが、正体はばれなかったと思った。すぐに車に戻り、自分を責めた。いつ稲光に照らし出されるかわからないのに突っ立っているとは、愚かにもほどがある。彼女を見たい衝動に駆られ、ついに抑えきれなくなってしまった。笑っている彼女を見て、美しい旋律を奏でるような笑い声をもう一度聴きたくてたまらない自分に気づいた。だからあそこに立っていたら、稲妻が闇を照らし、彼女が窓のほうを振り向いた。

駐車場にはライトがついていたが、雨で光は届かないし、車は二台のトラックに挟まれた暗がりに駐めた。ふだんはトラック専用のエリアだ。そこからも窓は見えた。だから選んだのだ。フロントガラスが曇らないよう、両側の窓を少し開けて新鮮な空気を通し、暗がりに座って様子を窺《うかが》った。彼女は逃げ出すかと思ったが、そのまま仕事に戻った。気づかれなかったと思いたかった。でも、本能が働いた。一か八かに賭《か》けていいのか？　答はぜったいにノーだ。

彼女が危険な目にあわないよう見守っていることを、気づかれてはならない。彼女が怖がるのも無理はない。彼女をまた怯《おび》えさせたり、さらなる苦痛を味わわせることだけは避けたかった。こうなったらほかにどうしようもないだろう。彼女がまた逃げ出す前に、怖がることはなにもないと知らせなければ。

彼女が携帯電話と車をいっぺんに捨てないかぎり、彼から逃れることはできない。でも、それはありえないだろう。一カ所に落ち着くこともできず、逃げまわってばかりではいずれくたびれ果てる。ドレアには安定した生活が必要だ。わが家や友達が必要だ。安心してふつうの生活を送ることが必要だ。恐れおののきながら暮らしてほしくはない。生きるために逃げなければならないと思ってほしくはない。

仕事が終わったら、彼女はどうするだろう? すぐに逃げ出すか、気づかなかったふりをつづけて彼が警戒を解くよう仕向けるか。後者なら鉄の神経が必要だが、まえのときはパニックに陥り事故を起こしている。だが、彼女がどんなに頭が切れるか、忘れてはならない。過ちから学び、二度とおなじ失敗はしない。

彼女は家に戻る。おそらくエクスプローラーを捨てる。ドライヴウェイに駐めたままにし、必要最低限の荷物を詰めて明け方に家を出る。すべてを残してすぐに動けるよう、現金を手元に置いているにちがいない。先を見越しているはずだから。

時刻を見る。彼女のシフトが終わるまで二時間ある。彼女の家のある通りに、そんなに長いことレンタカーを停めてはおけない。しかもまだ宵の口だ。近所の人たちは起きて、テレビを観ている。十時のニュースが終わればあかりが消えはじめる。トーク番組を観るような連中は、こんな界隈に住まない。行動を起こすのはそれからでいい。それまでは高みの見物といこう。忍耐が美徳なら、少なくともひとつは身に備えている。

十時半、彼女がこちらに背を向けている隙に、暗がりから車を出した。彼女の家の先に車を駐め、歩いて戻った。雨脚は弱まっていたが降りつづいていたのでレインコートを着ていてもおかしくないが、彼女の目に留まる場所に雨滴を落とさないよう注意しなければならない。

彼女は表玄関から出入りし、ポーチのライトはつけっぱなしにしている。車をポーチに着ければ、雨に濡れずにすむ。裏口には庇《ひさし》がなく、むき出しのコンクリートの階段があるだけだ。階段はすでに濡れていたので、雨滴が垂れても問題ない。防風ドアが内側の木のドアを悪天候から守る役目を果たしているし、鍵がかかっていた。開けるのに五秒しかかからなかった。内側のドアは十歳の子供でも開けられる単純なドアノブ・ロックだから、もっと簡単に開いた。なかに入り、濡れたレインコートを脱いで、キッチンを出たところの狭い洗濯スペースに置き、床に垂れた水をモップで拭いた。

メゾネット型アパートメントだから、身を潜める場所はあまりない。彼女が玄関を入ったとたんに見つかるのはまずい。そのまま飛び出して逃げるだろう。なかに入ってドアの鍵を閉めさせる。そうすれば逃げるのに手間取るから、つかまえて話ができるだろう。

計画を実行に移すのに、メゾネット型アパートメントは最悪だ。玄関を入るとそこが小さなリビングルームで、スペースが限られているから家具はすべて壁際に置かれていた。彼女がつけっぱなしにしているランプの光が、部屋の隅々まで届く。つぎが狭い廊下だ。これを廊下と呼べるかどうかはべつにして。廊下の内側の壁はクロゼットになっている。この家をメゾネット型に改装するとき、リビングルームの一部を削ってクロゼットを設けたのだろう。廊下との仕切りのドアはなく、ダイニング・キッチンに通じている。一部が洗濯スペースになっているので、さらに狭苦しい。隣りがベッドルームとバスルームだ。必要なものがやっと詰め込めるだけの広さしかない。

彼女がこちらに気づくまえに、ドアと彼女のあいだに位置を占めておきたかった。しかも、彼女が悲鳴をあげて隣人が警察に通報するまえに、手を伸ばして口をふさげるぐらいちかづいていなければならない。

彼女は怯えるだろう。少なくとも最初は。いやだがしかたがない。話を聞いてもらわねばならないのだから。

いちばんいい場所はキッチンの壁際だ。彼女が目のまえを通り過ぎるわけだが、隠れようにもドアも戸棚もなかった。彼女がキッチンのライトをつけっぱなしにしていないことが、こちらに有利ではある。まずベッドルームに入ってライトをつけ、それからリビングルームに引き返してライトを消す。彼女がいつもどおりに動くとして、ベッドルームに入りかけたところで姿を現わせば、彼女と裏口のあいだに立てる。

そううまくはいかないかもしれない。怯えていれば、まずキッチンのライトをつけようとするかもしれない。彼女がなにをしようと即応できる態勢でいなければ。彼女は闘うだろう。なにがあろうと生き延びようとする。けっして諦めない。力尽きるまで闘う。だから、彼女を傷つけることなく押さえつけなければ。彼女が話を聞いてくれる状態になるまで、そうでなければ無理にでも耳を傾けさせる。生まれてから自分を抑えたことはなかった。そういう考え方とは無縁で生きてきた。闘うとしたら、勝つために闘う。だが、ドレアが相手ならパンチも控える。彼女は力を加減したりしないだろうから、押さえ込むまでにこっちがある程度の痛手をこうむるのはしかたがない。彼女をそこまで怖がらせたくないと思いながらも、どこかでそれを期待している自分がいた。

彼女が怖気てぐうの音も出ないようなら、このままそっとしておいただろう。だが、そうではないから、ようやく——ようやく——もう一度触れて、抱き寄せるのだ。たとえつかの間であっても。体を貫くような熱い記憶に目を閉じた。締めつけてくるあの感触。彼女と過ごした四時間、首にまわされたほっそりした腕、腰にからみつく脚。

ほんの一瞬でも、彼女にまた触れることができる。彼女をうまくなだめ、危害を加えるつもりがないことを納得させたあとどうにかなるなんて、幻想は抱いていない。それ以上の接触をもてるかどうかは、彼女しだいだ——それから先は、行き着くところまで行くまでだ。

腕時計を見る。あと二十分、いや三十分。彼女がいまどのあたりか知りたければ、車からラップトップをもってきて、携帯電話と車に仕掛けた発信器を探知すればいいが、それは彼女がいつもの時間に戻らなかった場合のことだ。

キッチンの椅子に腰をおろし、待った。

アンディは家の前を二度行ったり来たりしてからドライヴウェイに車を入れた。いつもとちがうものはなにも目にしなかったが、彼がどんな車を運転しているかわからないのだから見つけようがない。通りに駐まっていた車はどれも黒っぽくしんとして、空っぽのようだった。

思いきって家に入ることにした。彼女にはわかっていた。キャシーが彼を見たのが最初だったとしても、あれから一カ月経過しているのだから、彼が家までつけてくる機会はいくらでもあった。おそらく彼は、もっとずっと以前に彼女の居場所を探し当てているはずだ。でも、これから生活してゆくのに、宝石と現金を取ってくる必要があった。それにまた偽のIDを買わねばならず、それには大金が必要だった。そう思うと気分が落ち込んだ。

暗闇で動くものはなかった。あたりは静まり返っている。通りを忍び足でやってくるよそ者を警戒して吠《ほ》える犬もいない。このまま走り去るか、なかに入るか。入る必要がある。彼がそこにいるかもしれないし、いないかもしれない。庭のはずれのオークの巨木の陰に隠れているかもしれないし、いないかもしれない。

勇気をかき集めて深呼吸をし、バッグをつかんでエクスプローラーから降りた。いつもなら車をロックするが、きょうはしない。逃げ出すことになれば、一秒の遅れが命取りになる。ポーチの黄色いライトが、きょうばかりは元気づけてくれない。それどころか、玄関の鍵を取り出す姿を無慈悲に照らし出す。ようやく鍵が開いた。

狭苦しいリビングルームはいつもどおりに見える。アパートメントはいつものように静かだ。しばらくじっと耳を傾けたが、なにかが擦れる音も息遣いも聞こえない。聞こえるはずがない。彼は優秀だ。心臓が激しく脈打っているから、これではなにも聞こえないだろう。胸が締めつけられ、うまく息ができない。彼のことを考えるだけで、いつもこんなふうになった。彼女を死ぬほど怯えさせるのに、なにも本人が現われることはないのだ。

宝石は袋に入れてドレッサーの引き出しに入れてあった。ベッドルームに行って宝石を取り出し、スーツケースに服を数着放り込んでここを出る。ものの二分もかからない。ただ突っ立っていたのでは、なにもはじまらない。もう一度深呼吸し、急いでベッドルームに向かった。

強い手が口をふさぎ、腕がウェストにまわされて背中が体に押しつけられた。引きしまって硬い体だったので、当たると痛かった。なんの音も聞かなかったし、空気が動くのも感じなかった。文字どおり前触れはなにもなかった。彼が不意にそこに、背後に現われた。頭から血がさがるのを感じながら、彼のささやき声を聞いた。「ドレア」

26

頭に灰色の濃い霧がかかり、論理的思考をすべて押し出した。彼女の反応は野生動物のそれだった。背中で体当たりして彼のバランスを失わせ、口をふさぐ手を払いのけようとした。悲鳴をあげるかなにかして、逃げ出せるように。泣きじゃくりながら体を弓なりにし、蹴り、ひっかき、肘で突き、彼の口か顎《あご》を狙って頭をぐいっと反らした。どの動きもばらばらで、計算もなにもなかった。狼《おおかみ》の牙《きば》から逃れようとする兎《うさぎ》さながら、本能のままに動いているだけだ。彼がなにか言っているが、最初のささやき声以外は意味をなさず、言葉として捉えることさえできなかった。

キッチンの闇も、頭のなかの闇も圧倒的だった。リビングルームのランプはつけたままだが、ここまで光は届かない。恐怖に目をふさがれ、闘うこと、逃げ出すこと以外なにも考えられなかった。捨て身がいくらかの力を与えてくれたのだろう。なんとか彼の手を振り払うことができた。バランスと方向感覚を失い、全体重が急に片足にかかって堪えきれず、キッチンの椅子につかまったもののそのまま倒れた。椅子がひっくり返って床を滑る。彼女は転がり、なんとか立とうとした。悲鳴をあげようとしたが、縮こまった肺には充分な空気がなく、めそめそと泣き声がもれるばかりだった。

彼が豹《ひょう》のように飛びかかってきて、その体重で彼女を床に押しつぶした。またしても手で口をふさがれた。頭を動かし、口を開けて噛《か》もうとした。鉄の締めつけから逃れようと必死だった。歯が彼の手を擦った瞬間、顎の締めつけがきつくなり、敏感な部分に圧力が加わり、頭のなかで苦痛が爆発した。

苦痛で体が麻痺《まひ》しかかっているのに、それでも闘おうとした。頭を殴ろうとすると、彼は体をずらして肘で彼女の腕を押さえ込んだ。必死でもがき、両脚を胸まで引きあげて腿の筋肉の力で彼を振り落とそうとした。彼は腰をすばやく振って片膝《ひざ》を彼女の脚のあいだに割り込ませ、押し広げた。さらに腰を振って両脚を彼女の脚のあいだに入れた。体重を片方の脚からもう一方の脚に移動して膝をずりあげ、彼女の両脚が力なくだらんとなるまでさらに押し広げ、そのあいだも重たい胴体で彼女をぺたんこに押さえつづけていた。

恐怖におののきながらも、彼女は気づいた。彼は勃起している。ズボンに包まれたそのものが、恥骨にぐいぐいと押しつけられる。彼がわずかに体を下にずらしたので、その部分を痛めつけられることはなくなったが、まるでパンツの布地を突き破って侵入してきそうな勢いのものを意識するより、苦痛を味わっているほうがましだった。ああ、そんな、彼はレイプしようとしているの？

耐えられない。彼にそんなふうに痛めつけられるのは耐えられない。これまで出会った男たちのなかでただひとり、彼女にほんとうに触れたのは彼だけだった。いともやすやすと防護壁をくぐり抜け、だれにも触れさせないつもりだった心に、彼は触れた。自分で思い込んでいるほど鈍感な人間でないことを、教えてくれた。それもちがったやり方で、厳しいやり方で。彼が自分を殺すために雇われたとわかっているのは、あまりにもむごいことだ。心が粉々になって自制を失うほどに。でも、レイプはもっとむごい。なんの感情も抱いていないばかりか、こちらを徹底的に蔑《さげす》んでいることの表われなのだから。それならひと思いに殺してくれたほうがいい。

彼女のむなしい抵抗は弱まり、悲鳴をあげようとする無駄なあがきはすすり泣きへと変わった。目尻から涙が溢れてこめかみを伝い、髪に吸い込まれてゆく。彼を見ることは耐えられなかった。溢れる涙の向こうに彼の顔が見えたとしても。だから、きつく目を閉じた。はじめて訪れた静寂のなかに、深いささやき声を聞いた。「きみを傷つけやしない」耳元で彼の唇が動いていた。「ドレア、じっとして。きみを傷つけやしない。けっして傷つけたりしない」

最初のうちは、その言葉が聞き取れなかった。ようやく聞き取れても、意味がわからなかった。彼はあたしを傷つけない？　つまり、痛がらせずに殺すつもりだってこと？　苦しまないように？

どうもご親切さま。

これまで命を救ってきた怒りが、苦痛と恐怖を追い払い、彼女をもう一度闘わせた。頭を横に向け、どこでもいいから彼の体に嚙みつこうとした。それがたまたま前腕だった。太い手首のすぐ上だった。銅貨を齧《かじ》ったような金気のある熱い血の味が口いっぱいに広がった。彼が抑えた声で、歯を食いしばったまま言った。「クソッ！」もう一方の手で彼女の顎の敏感な部分に圧力を加えた。自分の意志とは関係なく顎がゆるみ、彼は腕を歯のあいだから抜いた。

「頼むから」彼がつぶやく。「おれを痛めつけなきゃいられない気分だとしたら、目を殴ってくれ。嚙んだりせずに。破傷風の注射をしてもらわずにすむ」

彼女はパッと目を開けて、彼を睨みつけた。三十センチ上から彼が睨み返す。動きが制限されているから、この距離だと頭突きを食らわせられない。さっきは真っ暗だと思ったが、キッチンは完全な闇に包まれてはいなかった。リビングルームから射す光がリノリウムの床をやわらかに染め、陰影のある彼の顔と目の輝きが見てとれた。

ふたりのあいだにわだかまる沈黙は、熱く張りつめている。彼がゆっくりと控え目に息を吸い込み、おなじように吐いた。「おれの話を聴く気になったか？」ようやく彼が尋ねた。「それとも、手足を縛って猿ぐつわをかますか？」

驚きと困惑に彼を見つめる。殺すつもりならさっさとやればいい。手足を縛ったり、猿ぐつわをかます必要はない。彼の勝ちだ。あとは彼の慈悲にすがるだけ——慈悲があれば、だが。

もしかして……殺すつもりはないって言おうとしているの？　ほんとに？

なにも彼女を驚かす必要はなかったのだ。殺すのが目的ならば、いつだって撃ち殺せた。彼はそのつもりだという前提にたって行動してきたから、まるで足元の地面が消滅してしまったような気分だ。現実だと思っていたことが現実でもなんでもないとしたら、もうわけがわからない。

手で口をふさがれていなければ、あんぐり開けていただろう。彼の手に動きを妨げられながらも、ゆっくり慎重に首をたてに一度、それから横に一度振った。

その動きで彼の質問に順番に答えたことが理解されたようだ。彼が言った。「だったらよく聴け。どんな形にせよ、きみを傷つけるつもりはない。その点ははっきりしたな？　理解したな？」

彼女はまたうなずいた。やはり動きは妨げられていた。彼はこれぐらいのことで手の力を抜かない。

「いいだろう。これからきみを起きあがらせる。手を貸そうか？」

頭を振ったものの、自分の気持ちがよくわからなかった。彼がゆっくりと手を離し、圧力を加えていた顎の部分を指で揉《も》み、刺すような痛みをやわらげてくれた。しなやかな動きであぐらをかき、腕を彼女の背中に当てて起きあがらせた。

アンディは茫然《ぼうぜん》とし、黙って床に座っていた。彼女をしばらく支えてから、彼が尋ねた。

「大丈夫か？」彼女がうなずくと、あの優雅で抑制のきいた身のこなしで立ちあがり、シンクに向かって蛇口をひねり、流れる水を腕で受けた。「ライトをつけろ」彼が振り向かずに言った。

ショックで口がきけないまま、彼女はよろよろと立ちあがって戸口へ行き、壁のスイッチをつけた。暗いところにいたあとだけに、ライトがまぶしすぎて目をしばたたいた。何カ月ものあいだ彼女をこれほど怯えさせた男が、平然とキッチンのシンクに向かい、腕と手の血を洗い流しているという信じがたい事実を、なんとか受け入れようとした。

おずおずと彼にちかづき、数十センチ手前で立ち止まる。手を伸ばせば届くところに、身を置くことができなかった。彼の腕の傷に目をやる。歯が突き刺さった皮膚の縁が青黒くなっている。頭がくらっとして、カウンターの縁をつかんだ。彼女がやったのだ。どんな形の暴力もふるったことのない人間が。

アドレナリンの噴出がおさまりはじめると、体が震えだした。足首からはじまった震えが膝まで伝わり、それから一気に全身に広がったので、内臓までもが震えている気がした。煉《れん》瓦《が》道を転がるビー玉のように、歯がカタカタいった。その音が聞こえているだろうに、彼は腕に水をかけたまま、振り向きもしない。冷たい反応に、彼女は自分で自分を抱きしめ、鳴るのをおさえようと歯を食いしばった。「ほ、ほんとに、破傷風の注射が必要なの？」ようやく小声で尋ねた。馬鹿げたことを言うにもほどがある。どうしてそんなことを言ったのか、自分でもわからなかった。

「いや」彼がぶっきらぼうに言った。「ワクチンがまだ効いている」

アンディは彼を見つめ、混乱の海にもぐった。これで三度目だ。麻疹《はしか》とか水疱瘡《みずぼうそう》とか、子供のころに打つワクチンのことを言っているのではない。ほかにワクチンで思いつくのは、狂犬病の予防注射ぐらいだ。意味がわからない。ショック状態にあるせいか、別世界に紛れ込んでしまったのか。きっとここは別世界なのだ。そうでなきゃ、キッチンに彼が立っているはずがない。彼がちかくにいると、現実の境界線がぼやけてしまう。その存在感があまりに強烈で、屑鉄が磁石に吸い寄せられるように、意識が彼に吸い寄せられてしまって、残ったものはすべてぼんやりとして焦点を失う。

「ワ、ワクチン？」まるで舌足らずの馬鹿女みたいだ。でも、あいかわらず体が震えていて、歯がカタカタいうので、そういうしゃべり方しかできなかった。

「海外に行くから」

まったくなんて馬鹿なんだろう。彼が〝仕事〟の大半を海外で行なってきたことは、知っていたはずなのに。まったく自分の愚かさには呆れる。そして賢明な人間なら、第三世界に出かけるときには必要なワクチンを打つ。まったく注意が向かないのだから。でも、ワクチンが効いているかどうか、などという些細《ささい》なことにしか注意が向かないのだから。でも、彼女の現実に生じた変化が唐突で劇的だったので、すべてを一度には吸収できず、小さな事柄しか理解することができない。

視線を彼に向け、その上背を、筋肉質の広い肩を視線でなぞった。ダークグリーンのポロシャツの半袖からむき出しになった腕は筋張って力強い。でも、彼の筋肉がどれほど強靭《きょうじん》か見るまでもなく知っていた。身なりのきちんとした男だ。シャツの裾《すそ》はズボンのなかに入れ、贅肉のない腰には細い黒のベルトをしていた。黒いズボンは折り目がつき、やわらかな靴底の黒い靴は、雨のなかに立っていたにもかかわらず汚れていなかった。あいかわらず短くカットした濃い黒髪や、ひげが生えかけて影ができた顎を餓えたように見つめた。彼の容姿の細かなところまで目に焼きつける。記憶をあらたにする作業は、苦しいと同時に安堵をもたらした。

　彼の肌の匂いは忘れない。嗅ぎ慣れた匂いさながらに。目覚めるとかたわらの枕に、彼の黒い頭が載っているのがあたりまえのように。彼の声質も知っていた。低くて、いつもほんの少しかすれている。彼の味も、キスがどんなふうかも、唇のやわらかさも、ペニスの形や長さや太さも知っていた。これまで出会っただれよりも、彼のことが怖かった――それなのに、名前を知らない。彼は名前すら知られたくないのだ。知らないことの悲しさに喉が詰まりそうであっても、だれが尋ねたりするものか。彼は冷たくて危険だというだけでなく、どうしてだかわからないが、彼女の心をズタズタにできる。ズタズタの心をつねに意識しなければならない。彼女の恐怖の半分はそのことに由来していた。

　尋ねてみなければ。もっと苦しくなるだけだとしても、もう一度尋ねてみなければ。彼がなにも話してくれないなら、手の届かぬものを恋焦がれるのはやめるべきだと身に沁みてわかるだろう。感情をとめることはできないかもしれないけれど、期待することはやめられるだろう。ティーンエージャーがロックスターを見つめるように、期待の眼差しで彼を見つめることはやめられるだろう。

「あなたがだれなのか、あたし知らない」弱々しくかすれた声でつぶやいた。

　彼はちらっとこちらを見てから、シンクの脇のロールからペーパータオルを千切り、腕と手を拭いた。「サイモン・グッドナイト」

驚きのあまり口走っていた。「本名のはずがない！」それから笑いそうになり、泣きそうになった。少なくとも答えてくれたから。目を擦《こす》って溢れそうになる涙を拭う。

彼は肩をすくめた。「さしあたり。きみがアンディ・ピアソンであるのとおなじだ。さしあたり」

「アンディは本名よ。正式にはアンドレアだけど。子供のころはアンディと呼ばれていたの」

「サイモンは本名だ」彼は言い、傷口から吹き出る血を拭き取った。

つまり、グッドナイトは本名ではないということだ。よかった。そんなへんてこな名前、名乗れないもの。どうしてそんな名前を選んだの？　茶目っ気から？　それとも、あまりにも似つかわしくなくて、かえって隠れ蓑《みの》になるから？　また笑いそうになった。スミスとジョーンズならぬバッツとグッドナイト。ボードビルのコンビにうってつけの名前だ。

ペーパータオルについた血を見て、笑いが一気にひいた。「傷口を縫ってもらわなくちゃ。ERに行きましょう」

「ここを出たら自分でやる」彼が即座に申し出を却下した。

「へえ、だったらランボーを気取ったら？」強い口調で言い、使い古しの冷蔵庫に向かい冷凍庫の扉を開けた。冷凍のエンドウマメのパックを取り出し、彼に放る。彼女がおかしなことをしないよう見張るつもりでこっちを向いていたのだろう。彼は驚きもせずに放られたエンドウマメのパックを受け止めた。「それを傷口に当てて。腫《は》れがひくわ。でなきゃ、タフを気取ってられないわよ」

彼が実際に笑みを浮かべたわけではないが、一瞬だが目尻にしわが寄ったので、おもしろがっているのがわかった。「それほどタフじゃない。とりあえず鎮痛剤のスプレーを傷口に吹きつけるからな」

つまり、以前にも傷口の縫合をしたことがあるのだ。彼女がそっちに顔を向けるまえに、彼がテーブルのほうに頭を倒した。

「座れ。話がある」

彼女が手近な椅子に座ろうとすると、彼が左手で彼女の腕をつかみ、右手で倒れた椅子を持ちあげてテーブルの反対側、壁にちかいほうに置き、彼女をそれに座らせ、自分はもうひとつの椅子に腰をおろした。つまり、彼女とドアのあいだに位置を占めたわけだ。身に染みついた習慣なのだろうが、意図的な動きだった。彼女のほうに逃げる気があれば、頭にくるし、動揺しただろう。でも、家が火事にでもならないかぎり、逃げ出すだけのエネルギーをかき集められるわけがない。

彼は椅子の上で体をねじり、戸棚の引き手に掛かっている布巾をつかんだ。それで冷凍のパックを包んでテーブルの上に置き、腕をあてがった。「仕事を辞めたのか？」彼が尋ねた。

「ええ」彼に言わないでおく理由はない。こっちの動きを先まわりして察知する彼の直観力の鋭さに、警戒するとともに怒りを覚えた。限られた数の駒を限られたスペースのなかで動かすチェッカーじゃないのだから。やる気になればなんだってできた。空港に直行してもよかったし、ここに立ち寄らずに車を走らせることだってできた。いろいろある選択肢のなかから彼女がなにを選ぶか、彼にはどういうわけだかわかるらしく、先まわりして待っていた。

「職場に戻ったっていいんだ」彼がちらっとこっちを見た。黒いオパールの眼差しで、一瞬にして彼女のすべてを網羅する。「逃げることはない。サリナスはきみが死んだと思っている」

アンディはまた自分を抱きしめた。手で肘をつかんでぬくもりを逃すまいとした。歯がカタカタいうのはおさまっていたが、まだ凍えるほど寒かった。「だったら、なぜあたしを追いつめたの？　なぜあたしを見張っていたの？」

「きみを追いつめるつもりはなかった」彼が冷静に答える。「居場所は最初からわかっていた」

「最初から？　でもどうやって？」

「退院してからずっとあとをつけた」

あそこにいたの？　ずっとあそこにいたの？　彼女はきょとんとして彼を見つめた。天井のライトが不意にとんでもなくあかるく、すべてを曝《さら》け出すように思えた。そこではっとひらめいた。「入院費を支払ったのはあなただったの？」問いつめる口調だった。地元のウォールマートで、クリスマスの買い物の列に割り込んだ人を責めるような、敵意むき出しの口調だった。

たいしたことはないと、彼は手を振って訴えを退けた。

「なぜ？　あれぐらい払えた。あたしがお金をもっていること、知ってるくせに」

「奴の金を使わせたくなかった」ハンバーガーを注文するような淡々とした口調だったが、向けられた眼差しは肌を焦がすほど強烈だった。彼がなにを考えているのかわからないが、不意に椅子の上で身悶《みもだ》えしたくなり、ゆっくりと伝わってくる熱が凍えるほどの寒さを追い散らしてくれた。

「でも……なぜ？　彼はあたしを殺すためにあなたを雇った。あんな事故が起きなければ、あなたはきっとあたしを――そうしていたにちがいない。そうなんでしょ！」最後のほうは声がうわずっていた。言葉を呑み込んだ。そうしないと彼に怒鳴り散らしていただろうから。

「かもしれない。わからない」彼は口元に険しい表情を浮かべた。「仕事は引き受けていない。そのことに嘘偽りはない。でも、きみが事故を起こしていなかったら、どうなっていたか、おれにはなんとも言えない。そうしてはいなかったと思いたいが、断言はできない」

「なぜ引き受けなかったの？」押しが強いとは思ったが、かまうものか。いろんな意味で腹がたってたまらない。こっちは神経がピリピリして、いつ悲鳴をあげ、通りを走りまわらないともかぎらないのに、彼が冷静で落ち着き払っているのがまず癇《かん》に障った。「あなたにってあたしは虫けら同然だった。いまだってそうでしょ」

彼はただ見つめるだけだ。あいかわらず表情が読めないことによけい苛立つ。「彼はいくら提示したの？　充分な金額じゃなかった？　それが問題だったの？」

「二百万」彼が落ち着いて言う。「金は問題じゃない」

二百万ドル！　肺から空気が抜け出していく。ラファエルは彼女が盗んだのとおなじ額を提示した。銀行法や税法や法令がからまり合っているから、金を取り戻すことはできないと知っているはずで、つまりは四百万ドルの損だ。テーブルの向かいに座る男を見つめ、どうして即座に仕事を引き受けなかったのだろうと思った。

「だったらなにが問題だったの？」

彼はため息をついて椅子を押し、立ちあがった。片手をテーブルに突き、もう一方の手を彼女の髪に滑り込ませて後頭部を包みこみ、屈み込んで唇を重ねた。彼女は頭が真っ白になって凍りついた。腕を自分の体にまわしたまま、彼に髪をつかまれ頭を倒された。ぐいぐいと唇で押されると、開かざるをえない。舌にまさぐられ感覚が麻痺しながらも、ためらいがちに舌で応じ、受け入れた。

彼が離れた。また椅子に腰をおろした。アンディは身じろぎもできずにテーブルを見つめるばかりだ。静寂のなかで、時計のチクタクいう音が聞こえ、冷蔵庫のブーンという音が聞こえ、自動製氷機ができたての角氷を皿に落とすくぐもった音が聞こえた。皮肉な話だ。男のあしらいに手こずったことはなく、自分の有利にことを運ぶ術を熟知している自分が、途方に暮れるだなんて。なにを言えばいいかわからない。それにこの男は、生まれてから人にあしらわれたことはなかったにちがいない。彼のほうは見ないようにして、ただ黙って座っているしかなかった。

「〝虫けら〟というのは当たっていないと思う」急に険しい口調になって、彼が言った。

27

彼がしぶしぶながらもなんらかの感情を示してくれたことに有頂天になりながらも、彼女が考えたのはひとつのことだけだった。なぜいま？　ようやく決意をかため、ゴールを決めたいまになって、どうして彼は現われたの？　決意にもゴールにも、どんな形であれ男と人生をともにすることは含まれない。とりわけこの男とは。それに、いまのがそういう申し出であったのかどうかもわからなかった。彼はいろいろな意味で事実を述べたにすぎない。彼の人生に女が入る場所はない。一夜の相手はいても、女と永続的な関係を結ぶことはありえない。彼女がもし、もう一度、人間関係を築く時間と場所がもてたら、決めたことをやり遂げても命があったら、長つづきする相手とどこかに落ち着くことしか考えられなかった。

男なしの生活を数カ月つづけ、孤独が身に馴染んでいた。自分を少しずつ取り戻していることが嬉しかった。だれかの女や、連れ歩いて見せびらかす女や、遊び相手ではない。だれかの所有物ではない。自立した女だ。ためらいもなくサイモンと——この名前に慣れなければ――寝たのは過去のことだ。あれから死と甦《よみがえ》りを経験し、基本的にはおなじ人間であっても、生き方や考え方は大きく変わった。幸福も安全も自分のなかにある。人から与えられるものではない。

ふと気づいた。彼女が死んだとき、彼はあの場にいたことに。思わず顔をあげ、彼を見つめていた。憶えている。あのときの彼は、いつもの無感情で冷たい表情ではなく、むき出しだった……なにが？　彼女には理解できないなにかが。彼はなにか言ったが、そのときの記憶は、透き通った白い光の記憶に埋もれて消えてしまった。でもそれはどうでもいいことだ。問題なのは、彼女になにが起きたか彼が知っていたということ。彼女が死んだことを知っていた。彼女の所持品を取りあげ、あそこに置き去りにした――それなのに、なぜ戻ってきたの？　自分の目で死を見届けたのに、なぜ生き返ったかもしれないなんて考えたの？

「あたしは死んだ」アンディはにべもなく言った。

彼がちょっと眉を吊りあげた。急に話題が変わって驚いたというように。「知っている」

「だったら、なんであたしのことを調べたの？　人は死ねばたいてい埋葬され、それで終わりになる。あたしがまだ生きていることを、知ることはなかったはず」

「理由はいろいろだ」

その理由とやらを話すつもりはないのだろう。彼女は苛立って両手で髪をかきあげ、引っ張った。頭皮に刺激を与えれば考えがまとまるような気がして。彼のわずかに細められた目が、この話題には触れてほしくないと言っている、そうはいかない。

「あたしが死んだことを、あなたは知っていた。間違いはない。あなたはそんな間違いをする人じゃないし。だったら、あたしがなぜいまここに座っているのか、多少でも興味を覚えるはずじゃない？　あなたがなぜここにいるのか、あたしを殺すためじゃないなら、なぜここにいるのか、あたしは大いに興味があるわよ。あたしのことが急に大事になったなんて、たわ言は聞かせないで。一度で充分だ。この台詞、憶えてる？」

「おれは関係を結ばない」落ち着き払った口調だった。「その意味で、一度で充分だ。だから と言って、心を惹かれなかったわけじゃない。おれは四時間も勃起しっぱなしだった、憶えているだろう？」

ええ、もちろん憶えている。なにからなにまで、興奮のひとつひとつを。記憶はあまりにも生々しくて、あのときに戻ったみたいだ。顔が熱くなるのを感じた。「あれはただのセックス。あたしが言ってることとは関係ない」

「ふつうはそうだ」彼は言い、例のほほえみにちかい表情を浮かべた。でもそれは、ふつうの人の満面の笑みに匹敵する。

顔がますます熱くなった。気持ちを聞きだそうとしたのに、彼はセックスではぐらかした。

腹がたつ。思わずテーブルを叩いた。小さな銃声のような音がした。「はぐらかさないで。どうしてあたしを探したりしたの？　なにがあなたをその気にさせたの？」

「きみの正体がばれたかどうか、インターネットで新聞記事検索を行なった。そうしたら、きみが生きていたことがわかった」

「あたしの身元がばれようがどうしようが、あなたには関係ないでしょ」

「好奇心だな」

心があたたかくなるような返答を期待していたなら、肩透かしを食らったわけだ。彼はほかのおおかたの人間とおなじレベルで動かないことは、肝に銘じていたはずなのに。「でも、ラファエルには言わなかった」

「なぜ言わなきゃならない？　きみは生き延びた。彼は永遠にそのことを知らない。それでいいじゃないか」

「どうしてわざわざあたしの居場所を突き止めたの？　入院費まで払ってくれた。そこまでする必要ないのに。あなたはあなたで好きにすればいい。あたしのことなんてほっといて」

なんとしても答を聞きたかった。なんなら彼を揺さぶってでも。もっとも、ほんとうにそんなことができたらたいした見ものだ。

「きみの無事をたしかめたくて、ときどきチェックしていた。今夜、もしきみがおれを見なかったら、ここに座っていなかっただろうが、きみは見てしまった。それで、逃げ出す必要はないと知らせなければならなくなった」

「あたしが無事かどうか、あなたになんの関係があるの？　あたしは元気だし、仕事もしている——していた。お金もある。一度チェックすればすむことじゃない」彼女だって、こんなにしつこく追求する必要はないのだ。あとはほっとけばいい。でも、それができなかった。彼の答は表面的には満足のいくものだけれど、彼の行動には裏がありそうで不安だった。彼はただ者ではない。他人に心を開かず、法律の外側で生きて、あたりまえの人間的感情に左右されない。彼女のことをチェックしていたのは、彼がいま言った理由からかもしれない。でも、ほかにも理由があるとしたら、用心しなければ。

　彼はすぐには答えなかった。人の気持ちを挫《くじ》く沈黙のなか、彼はじっとアンディを見つめていた。その視線からなにも読み取れなかった。彼と目が合い、飛びあがりそうになった。激しい眼差しにいてもたってもいられなくなった。「きみが死ぬのを見守った」彼が静かに言った。「きみを救おうにも、できることはなにもなかった。きみは遠くにいってしまった。ごめん、と言うこともできないまま。あんなことになるとは思っていなかったと、伝えたかったのに。でも、きみの顔をじっと見ていたら、きみはおれの肩越しに遠くを見つめて……なにかを、なにかこれまで見たこともない美しいものを見たのだろう。きみはささやいた。

『天使』とささやいて、死んだ」

「あなたの顔を憶えている。後ろから射していた光も」

「しばらくきみのそばについていた。きみの頬に触れた。心拍も呼吸もとまっていた。肌もすでに冷たくなっていた。９１１に通報して、サイレンが聞こえたので立ち去った。数分やそこらの話じゃないんだ、ドレア――」

「アンディよ。いまはもうドレアではない」

「きみが死んで三十分はたっていた。冷たい湖に沈んだのなら、体の組織がだんだん機能しなくなり、脳への酸素供給がじょじょに減っていくが、そうじゃなかった。救命士にはきみを蘇生させる術はなかったし、事実蘇生させられなかった。きみは死んでから一時間ちかくたってから、自力で呼吸をはじめたんだ」きつい口調で言う。「きみは脳に損傷を受けていなかった。まったく。ほんの小さな損傷さえ、受けていなかった。だから、奇跡を信じないわけにいかない。きみは生きて、呼吸して、歩いて、奇跡について語っているんだから。つまり、この世以外の世界があるということだ、そうなんだろう?」

　彼女の顔にあかるい笑みが広がった。「ええ」ぽつりと言った。

「だったらそれに馴染むことだ、スウィートハート、奇跡はこの先ずっときみのボディガードになってくれるんだからな」

彼が去ったあとも、アンディはキッチンに座っていた。あれからしばらく話をし、なにも恐れることはないと彼女が納得したことを確認して、彼は去っていった。そのまえから納得していたのに、彼は心配性だし、そうやすやすと人を信用しない。

頭のなかをたくさんの思いが渦巻いて、うまく整理できなかった。最初に思ったのは、心からの安堵《あんど》だった。彼女は死んだとラファエルは思っている。彼のことはなにも心配する必要はない。サイモンが彼女のあとをつけたのは、彼に依頼されたからではなかった。彼はもうアンディを殺そうと思っていない。自由だ。

自由！　おとなになってからはじめて、いや、生まれてはじめて、彼女はほんとうに自由になったのだ。ラファエルのもとを去ったとき、自由だと思ったが、いまはちがうふうに思っている。好きなものを食べたり、馬鹿なふりをしなくていいことだけが自由ではない。

幸せになる自由をえたのだ。

子供のころでさえ、幸せだとは思っていなかった。屈託なく生きていたとは言えない。充分な食事も服も与えられてはいたが、スクールバスを降りると、家族がそのときどきに住んでいた家のドライヴウェイを重い足取りで歩いたものだ。家になにが待っているかわからなかったから。両親が喧嘩《けんか》してるんじゃないか、酔っ払ったあげく、子供が聞いているのもかまわず、売女《ばいた》だの人でなしだのとののしり合うんじゃないか。バスルームに行こうとすると、父親がぬっと現われて、邪魔だ、と殴るのではないか。

あとになると、べつの心配を抱えるようになった。母親のいまの恋人が、母親が見ていない隙に、彼女の股間に手を差し込んでくるんじゃないか。一度だけ、母にそのことを訴えたら、あんたはクソッタレ親父とそっくりだよ、嘘ばっかりついて、と言われた。それからは、母の恋人が家にいるときには近寄らない知恵が身についた。すでに家にいるときに恋人がやってきたら、さっさとベッドルームの窓を乗り越えて逃げ出した。十二の歳には、言い逃れと、隠れることと、逃げ出すことが上手になっていた。

たしかに逃げ出すことはできたが、けっして自由ではなかった――いままでは。

目のまえに広がる未来に不安や困難がないわけではないが、ラファエルにつきまとわれることはないし、見つかる恐怖を覚えることもない。最初に感じたのは自由と深い安堵感だった。残りの人生をつねに後ろを気にして生きることもないし、ラファエルを罠《わな》にかけるための餌としてこの身を捧げることもないのだ。

シャワーを浴び、疲れた体をベッドに横たえたのは三時すぎだったが、頭を休め眠りに落ちることができなかった。短時間のうちにあまりにもいろいろなことが起きた。混じりけのない恐怖と、力を振り絞って抵抗した結果の激しい疲労から、困惑、欲望、安堵、そして喜びへ、いちいち立ち止まって考えている間もなかった。それぞれの反応が、これからの人生にどんな意味をもつのだろう。

暗闇で天井を見上げ、サイモンに口をふさがれた瞬間からたてつづけに起きた事柄を反芻《はんすう》した。彼に無関心ではいられない。もし彼が指を曲げて「ついて来い」と言ったら、そうしない自信がなかった——彼に抵抗する強さを見出さなければならない。彼は金で雇われる殺し屋だ。彼と結びついているかぎり、どう考えてもまともな生活は送れない。結びつくことは問題ではない。もっとも、彼とのセックスを考えると、どうしても用心が先にたつ。まえにそれでひどい目にあっているから。彼は問題だ。彼の人となりも仕事も、なにもかもが問題だった。

彼を警察に突き出すべきかも。そう思ったとたん、胃がギュッと縮まった。それが正しいことだとしても、どうすればいいのかわからない。考えてみれば、警察に通報しようにも、海外で仕事をしているということ以外、具体的にはなにも知らなかった。彼がどこの国にいたことがあるのかも知らない。もっともそれは、パスポートを調べればわかるだろうが。でも、彼のことだから、パスポートはひとつきりではないだろう。人知れず国を出たり入ったりすることで生計をたてている男だ。

この国の法執行機関に関して、彼には鉄壁の備えがある。彼の仕業だとわかっている犯罪はないのだから、逮捕されることもない。彼女が具体的な情報を提供したとしても、警察は、彼がその時間に国外にいた証拠を見つけられないだろう。

彼を警察に売ってもなんにもならない。そう気づいたとき、安堵の涙が込みあげてきた。彼を売ろうとなんて思っていない。残りの人生を刑務所で過ごしてほしくない。ほんとうは通報すべきなのだろうが、彼女は聖人ではないし、自分の心を完璧に無視しなければ、そうはなれない。

さらに困ったことがあった。殺人はぜったいにしてはならないけれど、母が付き合っていたろくでなしに比べ、彼ははるかにまともな人間だ。悪という秤《はかり》で量ったとき、殺人と虐待はどちらが重いのだろう?

法律は、〝殺人〟と言っている。でも、生きるに値しない人間はたしかに存在するし、麻薬王がサイモンを雇って殺させる相手は、たいてい商売敵の麻薬王だ。それなら殺人は理にかなっているし、悪いことだと片づけられる? そういう連中の数を減らすのは、人類にとってよいことだ。ろくでなしの比率をさげて世の中をよくしようという理念のもとにではなく、金で雇われて殺しているから悪いの? 動機がすべてではない。志は立派でも、世の中に害をなしている人間はいっぱいいる。

すぐに結論が出る問題でもないし、細かなところまで詰めて考えるには疲れすぎていた。

すぐになにかしなければいけないことはないから、ひと安心だ。サイモンのことでなにか決める必要はないし、ラファエルのことでなにかする必要もない。自由に——

思考が袋小路に突っ込んだ。ラファエル。

自分さえ安全なら、彼をこのまま野放しにしておいていいのだろうか。彼はせっせと麻薬を密輸して人の人生をめちゃくちゃにしている。習慣性があり、死にいたることもある麻薬で巨万の富を築きつつある。自分さえ安全ならいいの？　ラファエルの麻薬取引に終止符を打たせるために、できることをやる義務があるんじゃない？

ある。お腹の底から、即座に心強い返事が返ってきた。彼女にはほかのだれよりもそうする義務がある。なぜなら、彼女はその金で生活して便宜をえていたのだから。ラファエルを知っているばかりか、彼女の存在そのものが、ラファエルに馬鹿な真似をしでかさせ、警察に彼の罪を立証する確たる証拠を握らせられる人間は、彼女をおいてほかにいない。

やらなければ。どんな危険を冒そうと、やらなければならないことだ。

思いがサイモンに戻った。彼はいま、彼女を守るべき義務があると思っている。ラファエルの目に棒を突き立てるための彼女の計画には、邪魔な存在でしかない。計画そのものをめちゃめちゃにしかねない。サイモンには関わってほしくなかった。これは彼女の借りであり、義務だ。でも、この状況を彼がどう見るかは、まったくべつの話だ。

彼はとめようとするだろうか？　疑いなくそうする。しかも、彼はそうときめたらかならずやりぬく人間だ。ラファエルを狙わないよう、彼女をどこかに閉じ込めるか、国外に連れ出すぐらいやりかねない。

けっきょくはおなじことだ。彼から逃げなければならない。

彼女が逃げ出さないとわかって、彼は安心している。おそらくいまの時点では。狡猾《こうかつ》で疑い深いから、これから二、三日は彼女を遠くから見張るだろう。しばらくは準備をしながら、のんびりしているように見せかけて彼の疑いをやわらげ、これなら去っても大丈夫だと思わせなければ。それがいつのことになるかわからないが、彼も人間だ。たいていの人間よりタフで頭がいいかもしれないが、それでも人間は人間だ。食べたり眠ったり用を足さなければならない。たまには気を抜くこともあるだろう。うまくすれば、彼につきまとわれているあいだでも、飛行機に飛び乗って遠くに行くことができるかもしれない。

彼のことだ、きっと居所を突き止める。いままでも、外見と身分を変えるためにとった行動のすべてを、彼に見透かされた。彼が突然愚かになり、こっちが突然逃亡のプロに変身することはありえないが、必要なのはほんの二日ほど先んじることだ。それほど長くなくてもいいかもしれない。ニューヨークに行けさえすればいいのだ。

ＦＢＩに駆け込もう。ラファエルはつねに監視されており、ＦＢＩは彼を有罪にする証拠をつかめず苛立っているはずだ。担当エージェントは、彼女を利用できる機会に飛びつくにきまっている。

ＦＢＩの懐に飛び込んでしまえば、サイモンは手を出せない。

28

サイモンはホテルの部屋に戻ると、ラップトップの電源を入れ、彼女の位置をチェックした。彼女が安全だと納得し、命からがら逃げ出していないことを確認するためだ。よし――エクスプローラーも携帯電話もあるべきところにあって、動いていない。つまり、彼女はベッドに入ったということだ。発信器が動いたら携帯電話にメッセージが送られるようプログラムしてあるが、彼女が策略を用いないともかぎらない。

ほんとうはそばにいたかったが、キスしたとき、彼女のためらいが伝わってきた。彼ともう一度堕ちるところまで堕ちる気はないということだ。少なくともいまはまだ。待つのは好きではないが、待つつもりだ――もうしばらくは。彼の忍耐力は芸術の域にまで達しているし、標的を追いつめるのに辛抱強く待つ必要があるときには、忍耐力は武器になる。それには、用を足すのを我慢することも含まれる。だが、彼とアンディとのあいだに秘密のベールがおりたいま、本能が動くならすばやく、徹底的に動けと告げていた。彼女は男を歓ばすことで人生を乗りきってきた。自分の欲求も好き嫌いもおもてに出さず、男が望む女を演じつづけてきた。彼女には時間が必要だが、男から望まれることも必要だ。これまでとは逆に、男に言い寄られ、追いかけられることが必要だ。ご機嫌をとってくれる男が必要なのだ。

忍耐は形を変えた執着だ。彼女をあれだけ苦しめた挙句に、彼女につきまとうなんて人でなしのすることだ。だからどうした？　紳士ぶって彼女を失うぐらいなら、人でなしになって彼女をものにしてやろうじゃないか。

もし彼女が応じてこなかったなら、喪失感を抱えながらも彼女をそっとしておいただろう。だが、彼女は椅子の上でたしかに身悶えした。ふたりのあいだになにがあったか思い出したにちがいない。それがわかるぐらいには女を知っている。ふたりで過ごしたあの午後に、彼女のことは充分知ることができた。その気になったとき彼女がどうなるか、知っている。彼女は無関心でいようとしたができなかった。彼もまた、無関心ではいられなかった。彼女から離れたらすぐに忘れ去るつもりだった。生まれてはじめて、それができなかった。現実になら対処できる。バラの花束だの願いごとだのには対処できない。そして、ふたりのあいだのことは現実だ――未踏破で未開発だが、現実だ。

さしあたり彼女がおとなしくしていることを確認すると、救急箱を取り出して腕の傷口を消毒し、感覚を麻痺させるためのスプレーを振りかけた。鎮痛剤は局所にしか効かないが、痛みをやわらげてくれるから、なんとか傷口を縫合できる。砲弾の破片が刺さってもっとひどい思いをしたことがある。縫合痕に抗生剤を塗ってガーゼ付き絆創膏《ばんそうこう》を二枚貼り、小さな救急箱の中身を整理して、補充すべきものをメモした。どこへ行くにも救急箱をもってゆく。おかげで命拾いしたことが二度ばかりあった。熱帯では、どんなに小さいものでも開いた傷口は命取りになる。

あくびをしながら、鎮痛剤のイブプロフェンを二錠口に放り込み、服を脱いだ。ライトを消してベッドに横になる。もし彼女が逃げ出す決心をすれば、携帯電話にメッセージが届くことになっているが、今夜はどこにも行かないにちがいない。なにか企んでいるとしても、彼の目をごまかすため数日はじっとしているだろう。彼女はずる賢いが、彼ほどではない。すべて手の内におさまっていると思いながら、眠りに落ちた。

アンディは朝寝し――驚きだ――十一時半にようやくベッドを出て、キッチンにコーヒーを飲みに行った。頭が痛いのは興奮しすぎたせいか、ただのカフェイン不足か。いつもは八時ごろに起きて、出勤前に雑用をすます。つまり、コーヒーの最初の一杯を摂取する時間を三時間も過ぎていたのだ。

アスピリンを二錠呑み、コーヒーをもってリビングルームに行き、中古のテレビをつけてソファーの隅に丸くなった。コーヒーを飲みながら、アスピリンが頭痛に効いてくるのを待つ以外、なにもする気がしなかった。昼のニュースを見るともなしに見て、午後にまた雷雨になることを知り、コーヒーを飲んだにもかかわらず二度寝した。

玄関のドアを二度、強く叩く音で目覚めた。きっと隣人だ、とうんざりして思った。ゆうべの騒ぎを耳にしていて、遅まきながら彼女の安否を尋ねることにしたのだろう。隣りからドタドタと歩きまわる音がしていたから、彼女が椅子を倒した音が隣りまで聞こえていたにちがいない。でも、泥棒がはいったんじゃないかと、ふつうなら心配になって調べるんじゃない？　もし隣りからおなじような物音がしたら、彼女なら壁を叩いて、どうかしましたか、と叫ぶぐらいはするだろう。

ドアの鍵を開けるまえに、ブラインドのスラットを持ちあげて覗いてみると、サイモンがそこにいた。彼はドアいっぱいに立っていた。その存在感の強烈さに、肺から息がすべて出ていった。覗いたら、大きな狼が立っていたような感じだ。ガラス越しに目が合うと、彼が眉を吊りあげた。それで？　と言うように。

スラットをおろし、しばらく突っ立っていた。ドアを開けようかどうしようか迷う。彼が町を出てくれることを願っていた。なんでぐずぐずしてるの？　ほかに言うことがあるの？

「ドアを開けたほうがいい」ドアの向こうで彼が言う。「おれはどこにもいかない」

「だからなんなのよ」彼女はぶつぶつ言いながら鍵をまわし、ドアを開けた。彼が入ってきた。口元に微笑の影がちらついている。「なに？」彼女は言い、寝癖のついた髪を顔から払いのけた。まだ梳《と》かしてもいないが、気にしない。

「昼を食べに出かけないかと思って。その気、ないみたいだな」彼はなんとなくおもしろがっている。

アンディはあくびをし、ソファーに戻って座り、脚を抱え込んで裸足《はだし》をクッションに突っ込んだ。パジャマのズボンとTシャツのままだし、昼を食べにでもなんでも、出かけるつもりはなかった。「その気、ない」顔をしかめて彼を見る。「朝食もまだなの。尋ねてくれてありがとう。狙いはなに？」

彼は片方の肩をすくめた。「きみを昼食に連れていきたい。それだけだ」

信じると思っているのだろうか。「へえ、そう。秘めた動機がなければ、呼吸だってしないくせに」

「無事がなにより」彼は顔をあげ、クンクンと匂いを嗅いだ。「コーヒーは淹《い》れたてか？」

「まあね」時計を見る。思ったより長く眠っていた。「淹れてから一時間ぐらいだから、まだ飲めるんじゃない」彼女もコーヒーを飲みたかったので、立ちあがり、カップを手にキッチンに向かった。「コーヒーはどんなふうに？」戸棚の扉を開けてカップを取り出しながら、リビングルームにいる彼に聞こえるよう大声で言った。

「ブラック」すぐ背後から声がしたので飛びあがり、カップを落としそうになった。彼が手を伸ばして、カップが落ちないよう彼女の手ごと包み込んだ。彼女はすぐに手を抜き、コーヒーポットを保温器から取りあげ、ふたつのカップに注いだ。

「歩くとき音をたててくれないかしら」つっけんどんに言う。

「口笛でも吹こうか」

「お好きなように。こっそりちかづくのだけはやめて」内心の不安を彼には知られたくなかった。ペントハウスのバルコニーで背後にやってきて、そのままセックスしたときのことをありありと思い出したから。あのときは振り向かせてキスすることもしなかった。彼にとってただのセックスの相手だったのは、わざわざ言われなくてもわかっていたが、純粋な歓びにわれを忘れ、彼が連れて逃げてくれるのではないかと、勝手に思い込んでしまった。拒絶された屈辱は、思い出しても顔がカッと火照るほどだ。

カップを置いてゆっくりと息を整えた。「帰ってもらえないかしら」思いきって言った。

「出て行ってほしいの」

「ゆうべキスしたから？」鋭い目で様子を窺っている。

「あなたがあなたで、あたしがあたしだから。自分がどんな人間だったかわかってる。でも、あの事故からこっち、あたしはひとりで――」そう、彼は知っている。ずっとこっちを見張っていたのだから。「それに、ひとりでいるのがいまのあたしにはいちばんなの。男のことなると、ちゃんとした決断ができない。悲しいけど、そうなの」

「決断しろと頼んではいない。なにか口にいれなきゃ、そうだろ？　昼を食べに行こう。朝食でもいい。パンケーキ・レストランならどっちにも合う」彼の口調は穏やかで、押しつけがましくなかった。用心していなかったら、偽りの安心感にころっと騙《だま》されていただろう。パンケーキ・レストランのどこが危険なの？　問題は、この男と一緒にいるかぎり、安全ではありえないことだ。少なくとも彼から安全ではいられない。原因は彼にもだが、彼女自身にもあった。

アンディは頭を振った。「あなたと一緒にどこにも行く気はありません」

「もしついてきたら、どんな質問にも答えてやるのにな」

自分に腹がたって身動きできなかった。申し出はあまりにも魅力的で抗《あらが》えない。そのことは彼も承知だ。彼からできるだけ遠くに離れているべきだと、頭ではわかっているのに、彼について知りたいことがわかるチャンスを鼻先にぶらさげられると、兎に襲いかかる鷹《たか》みたいに飛びつかずにいられない。目に楽しげな表情を浮かべ、口元を引き攣《つ》らせながら、彼がじっとこっちを見ていた。あまりにも魅力的だった。気を抜いて、いつもの無表情ではない。

彼にぐいぐい引きつけられて、体が震えだした。それでもなんとか踏み止まった。「あなたのことなんて、なにも知りたくない」

「へえ、そうかな。たとえばどうして尻にタトゥーをいれたか」

「あなたのお尻にはタトゥーなんてない！」アンディは彼を睨みつけた。彼の尻を見ている。すばらしい尻だったけれど、目がくらむほどではないから、タトゥーがあれば気づいたはずだ。

彼がベルトのバックルをはずしにかかった。

「やめて！」ぎょっとして言った。「そこまでしなくたって――」

彼の筋張った指がジッパーのタブをつかみ、引きおろした。

アンディは茫然として言葉を失った。

彼が後ろ向きになり、ジーンズのウェストバンドに親指を引っかけておろした。丸みのある筋肉質の尻をシャツの裾がおおい隠す。彼が背中に手をまわして、シャツをもちあげると、たしかにあった。右の尻の高い位置に、渦巻いた奇妙な迷路みたいな抽象的な模様が彫られてあった。不意に触れたい衝動に駆られ、彼女の指がピクピク動いた。タトゥーのせいではなく、彼の尻の形や冷たさをもう一度手のひらで感じたかったからだ。

両手を拳に握り、平静を装った。「おかしなデザインね。どんな意味があるの？」

彼はジーンズを引きあげてシャツの裾をなかに押し込み、こちら向きになってジッパーをあげ、ベルトのバックルを留めた。おもしろがっている。「食事しながら話してやる」

「なによ」刺々しい声で言い、踵《かかと》を軸に体の向きを変え、着替えるためベッドルームに向かった。

支度に十分しかかからなかった。歯を磨いて髪を梳かし、パジャマのズボンをジーンズに穿き替え、プルオーバーのシャツを着て胸元のボタンを上から二番目まで留めた。いまはもう襟ぐりのあいたものは着ない。胸の傷痕が前とはちがうことをつねに思い出させてくれた。最小限の化粧すらしなかった。彼に対してもだれに対しても、自分をよく見せようとは思わないから。サンダルに足を入れ、ペディキュアをしていないつま先を見おろして鼻を鳴らした。ラファエルが彼にくれてやったときの彼女とは百八十度ちがうが、彼が気に入らないなら勝手にしろ、だ。

彼女の姿を見て、彼は笑った。正真正銘の笑みだ。「すごくきれいだ」

まさかお世辞を言われると思ってなかったし、彼女が考えていたこととあまりにかけ離れていたので、口をあんぐり開けてパッと立ち止まった。「ああ、あの、ありがとう。でも……あなた、目が見えないいんじゃない？」

「いや、見えてる」彼が大まじめに答えた。手を伸ばして彼女の髪に触れる。「カールしてるほうがいいけど、色は好きだ。まえみたいに派手でもないし、弱々しくもない。これがいい。きみの口はあいかわらず……まあ、いい」

「まあいいって、なにが?」彼は針にかかった魚みたいに彼女をいたぶっている。わかってはいても、どうしようもなかった。口がどうしたの? 答はセクシャルなものにちがいないし、その領域には踏み込みたくないから、尋ねるべきではないのだろうが、でも……口がなんなの?

「食事しながら話す」

パンケーキ・チェーン店アイホップのブースに腰かけ、メニューを手にし、目のまえでコーヒーが湯気をあげているのを見てようやく、彼がどんな質問にも答えると言ったが、正直に答えるとは言わなかったことに思い至った。引っかけられたことにもっと早く気づかなかった自分に苛立ち、テーブルにメニューを叩きつけて彼を睨んだ。「質問に答えるって言ったけど、ほんとうのことを言うつもりあるの?」

「もちろん」彼があっさり言った。あまりにもあっさりしているから、やられたとわかった。

「嘘ばっかり」

彼も自分のメニューを置いた。「アンディ、考えてもみろよ。なんでおれがきみに隠し事をしなきゃならない? きみだってそうだ」

「あたしにどうしてわかる？　あなたのことをすべてわかっていたら、質問する必要はないはずでしょ？」

「たしかに」

彼がほほえんだ。ほほえむのをやめてほしい、と彼女は思った。彼がほほえむと、雇われ殺し屋だということを忘れそうになる。血管に氷水が流れていることを忘れそうになる。彼は平然と立ち去り、ほかのどんな男から受けた傷より深い傷を、彼女に残した。でも、彼が立ち去ることを考えると、思いは尻のタトゥーに向かい、それをどんなに懐かしく思い出すだろうと考えずにいられない。

「それで、タトゥーのデザインにはどんな意味があるの？」

「知らない。子供騙しのタトゥーシールだからな。けさ貼った」

彼女はコーヒーを飲みかけてむせ、テーブルに吹きこぼさないよう口と鼻を押さえた。なんとか飲み込み、笑いだした。彼の罠にまんまと引っかかった自分がおかしかったから。

「よくも騙したわね。あなたはタトゥーをいれてないってわかってたのに」

ウェイトレスがやってきて、パッドとペンを構えた。「お決まりですか？」

アンディはスクランブルエッグにベーコンとトーストを、サイモンはおなじものにハッシュドポテトを付け加えた。またふたりきりになると、彼女はカップを置いた。彼が袖《そで》のなかに、それともズボンのなかに、ほかにも驚きを隠していて、コーヒーを鼻から噴き出したくなかったからだ。きまりが悪いったらありゃしない。

彼に尋ねたいことはたくさんあったが、なかには答を聞きたいかどうか自分でもわからないものもあった。好きなことを質問して答をえられる力を与えられ、少しばかりたじろいでいた。相手がだれでもたじろぐだろうが、相手が彼だからなおさらだ。まるで虎を棒で突くようなもの、たとえ虎の許可をもらっているとしても、危険なことに変わりない。

自分の身の安全のため、やさしい質問からはじめた。「あなた、いくつなの？」

彼女がそんな質問を選んだことに、彼はちょっと驚いて眉を吊りあげた。「三十五」

「誕生日は？」

「十一月一日」

彼女は黙りこんだ。本名を訊きたかったが、それには触れないほうがよさそうだ。彼の秘密はこっちの秘密よりも暗い。彼を形作る輪郭線ははるかに強く、くっきりと描かれている。

「それだけ？」質問が途絶えたので、彼が尋ねた。「おれが何歳でいつ生まれたか訊きたかったのか？」

「いいえ、それだけじゃない。思っていたよりむずかしいわ」

「おれが最初に人を殺したのは何歳のときか、知りたくないか？」

「いいえ」人に聞かれたのではないかと、彼女は慌ててまわりを見まわしたが、声が低くて届かなかったらしく、ぎょっとした顔をしている人はいなかった。

「十七」彼はかまわずつづけた。「血を見る仕事に生まれつき才能があることがわかった。でも、去年、足を洗った。きみの病室の外に立っていたら、きみが看護師と話しているのが聞こえて、きみが生きているばかりか、もとのままだったことがわかって、それから、病院の礼拝室に座って泣いた。それ以来、仕事を引き受けていない」

29

バカ、バカ、彼のバカ。

それからの二日間、アンディは彼を恨みつづけた。そばにいて見守ってくれているのはわかっているのに、まったく姿を見せないからだけでなく、アイホップのブースに座って、彼が本心を曝け出すのを聴きながら、恋に落ちてしまったからだ。これまでしてきた無分別なことのなかでも、引退したとはいえ殺し屋に恋をするのは、トップに位置する。男選びは不得意だから恋愛関係にならないよう避けてとおるべきなのに、これだもの。まったく。

泣きたかったけど泣かなかった。胸にズキンとくる告白を、彼がいたって冷静に事務的な口調でやってのけたので、彼女は落ち着きを失わず、さらにいくつか質問することができた。たとえば出身地（彼はドイツのアメリカ軍基地で生まれた）、家族がいるかどうか（彼はひとりっ子で両親はもう亡くなった）。肉親がいたとしても、彼はやはりひとりを選んだだろう。彼女もひとりで生きてきたから、自分だけが頼りで、他人を信じないのがどういうことかわかる。いまだって、だれも信じていない。あまり信じていない。カンザス・シティに落ち着いてからも、親しい友人を作らなかった。とても残念なことだが、その点で彼をよく理解できた。

彼はいろんな意味で型にはまらない。プロスポーツにはいっさい興味がないのも、理解できる。チームスポーツは一匹狼には受けない。好きな色はなく、パイが好きではない。好みとはつまり弱みで、付け入る隙を人に与えるものだ、と彼は思っているのだろう。人が自分を規定し、自分自身を形作るための〝好き嫌い〟から、意識して無縁でいようとしている。そうやって、自分と人とのあいだに距離を置いてきたのだ。

それでも、彼は手を伸ばしてきた。一度ならず。ふたりで過ごしたあの午後、彼女が怯えているのに気づき、やさしさで安心させ、歓びにわれを忘れさせた。ふたりは愛を交わしたのだが、そのときはどちらも、そんなふうには受け止めなかった。事故が起きたときには、かたわらに付き添って彼女の死を看取り、人が来るまでそばを離れなかった。

事故のことはめったに夢に見ないし、死んでゆくおぼろげな記憶を手繰ることもあまりしなかった。最初に信じがたいような光が見えた。澄みきっていながら鮮やかな光。それからあのすばらしい場所にいた。このふたつは匂いから手触りまで事細かく憶えているのに、そのあいだに起きたことはおおざっぱで、ぼんやりしている。それはたぶん、彼と向かい合わせに座って、彼の顔を見つめながら記憶を甦らせようとしたせいだ。そうして不意に、まるで目のまえで繰り広げられているように、その場面がはっきりと見えてきた。頭のなかで彼のささやきを聞いた。「ああ、スウィートハート」それから髪に触れた。彼がかたわらで見守っている。自分の体は遮蔽物《しゃへい》でおおわれているのかよく見えないが、彼はとてもはっきりと見えた。必死で抑えようとしている苦悶も、彼自身がぼんやりとしか意識していない痛みも、見てとれた。

彼がなぜ事故の記事を探したのか理由がわかった。まるで胸をまた刺し貫かれたような気がした。彼女がどこに葬られたか知りたかったのだ。墓に花を手向けるために。

「アンディ」彼がテーブル越しに手を伸ばし、荒れた手のひらに彼女の手を包み込んだ。「なにぼんやりしてるんだ?」

頭のなかはめちゃめちゃだけれど、なんとか現実に戻った。もちたくなかった思い出から離れて。でも、向かいに座る男について、また少し理解が深まっていた。よそよそしさをやわらげようとしている男、彼女が投げかける質問にすべて答えて、自分を曝け出そうとしている男。

ほかに質問が思い浮かばないので、食事の残りを黙って口に入れた。こちらを見る彼はまた無表情に戻っていたが、いままでだって表情が豊かだったとは言えない。ほんのちょっぴ

りおもしろそうな顔をするぐらい、たまに彼女の口元を見つめるとき目が熱く燃えるぐらい
だから、なにを考えているのか、なにを感じているのか窺い知ることはできなかった。

　彼はうちまで送ってくれ、玄関ポーチまで一緒に来たが、わずかに距離をおいて立つ姿から、誘ってもなかには入らないだろうとわかった。驚いたことに、隣りのうちの玄関へと歩いてゆき、ドアをノックしたのだ。なにをするつもり？　彼女は怪訝《けげん》な顔で様子を見ていた。十五秒後、もう一度ノックした。だれも出て来なかった。

「なにしてるの？」

「だれも家にいないことを確認した。車はないが、片割れが残っている可能性がある」その言葉で、隣りにカップルが住んでいることは知っているが、ふたりともアンディとおなじセカンドシフトで働いて、一時には家を出ることまでは知らないことがわかった。

「なぜ？　なにが問題なの？」

「人は好奇心が旺盛だ。聴くべきでないときに、耳を澄ます」

「だから？」

「つまり、これは彼らが詮索《せんさく》すべきことじゃない」

　なにがなんだかわからずに見つめていると、彼は財布を出してカードを引っ張り出した。

「金を動かすのに支障があってはいけないので」彼は言い、カードを差し出した。

彼女の古い運転免許証だった。

それを見つめ、写真を見つめながら、震える指でつかんだ。ドレアは死んだと思っていた。埋葬はされなかったが、死んだと思っていた。でも、そこに彼女がいた。豊かなブロンドの巻き毛、厚化粧、ちょっとぼんやりした表情。いまはもうこの人間ではない。このドレアの顔といまの彼女の顔の共通点を見つけるには、よほど写真をよく見なければならない。

「お金は聖ユダ小児病院に寄付するつもり」茫然と言った。「こっちに銀行口座をもってる。そこに電子送金して、それから銀行に出向いて、聖ユダ小児病院宛ての支払い保証小切手を作ってもらうつもり。ＩＰアドレスはちがうけど、パスワードを知っているし……」声が先すぼまりになった。自分がなにを話しているか意識せずにしゃべりつづけていた。彼はＩＰアドレスも電子振替も知っているだろう。おそらく海外の銀行を相手に行なっているはずだ。金を振替えるのになんの問題も生じないだろうが、事前にミセス・ピアソンに電話して、通知しておくつもりだった。でも、サイモンが古い運転免許証を返してくれたので、たとえミセス・ピアソンが銀行を辞めていても、お金を引き出すのにも振替えるのにもなんの支障もないだろう。

「ありがとう」彼女は言い、写真は二度と見たいと思わないけれど、免許証はしっかり握りしめた。「どうしてこれをもってたの？」

彼は質問に答えなかった。なんでも質問していい〝白紙委任状〟は、レストランを出たときに効力を失ったのだろう。その代わりに、彼はこう言った。「飛行機に遅れる」彼女をポーチに残し、去っていった。彼の車を見送って家に入り、ソファーに座ってこの二時間のことを考えた。

飛行機に遅れるだって、よく言うわよ。信じるわけないでしょ。

それから彼に会っていなかったが、だからといって安心できないことは経験からわかっていた。彼はどこかにいて、こっちを見張っている。わざわざ姿を現わし、恐れることはなにもないと彼女に納得させたからといって、彼女が逃げ出さないだろうとは思っていないのだ。

恐れることはなにもないという言葉は、信じていた。彼女は安全だ。堂々と生きていく自由がある。後ろを気にせずに、好きなことをやれる自由がある。もっとも、ラファエルが死ぬか刑務所に入るかしないかぎり、ニューヨークにちかづかないのが賢い人間のすることだ。あれだけの大都会で会いたくない人間に出くわす率は低いとはいえ、信じられないことは起きるものだ。彼女がその生きた見本。

つまり、彼女は賢くないということだ。ニューヨークに舞い戻ろうとしているのだから。でもその前に、〝自薦〟のボディガードをまかなければならない。

彼女は留まるつもりだと彼に納得させるいちばんいい方法は、グレンの店に戻ることだ。

グレンは喜んでまた雇ってくれるだろう。でも、それはできない。数日で去るつもりなのだから、それではグレンを騙すことになる。

だから、目のまえの仕事に集中することにした。ミセス・ピアソンに電話すると、ああよかった、無事だったのね、と言われた。最後にアンディに会ってから、口座の金を動かす処理がなにもなされていないし、電子メールの返事がないので、なにかあったのではないかと心配していたそうだ。たしかにあった。でも、それには触れず、元気だから大丈夫、とミセス・ピアソンを安心させた。しばらくおしゃべりしているうちに、ミセス・ピアソンから女の孫が生まれるという話を聞いていたような気がしてきた。「女のお孫さんの誕生、おめでとうございます」と言うと、ミセス・ピアソンは息を呑んだ。

「孫が生まれる予定だったたって、どうしてご存じなの？」

「そう伺ったような気が」アンディはちょっと不安になった。「ちがいました？」

「いいえ、お話しした覚えはないわ。来月になるまで、男か女かもわからないのよ」

「ああ、あたし、てっきり――」慌てて取り繕う。どうしてわかったか説明するわけにはいかない。「ああ、そうだわ、孫ができるって話、ほかの人から聞いたんでした。ごめんなさい。けさは頭が散漫で。もっとコーヒーを飲んだほうがよさそう」

電話を切り、電信振替の手続きをした。取引が完了するまで、何度か口座をチェックして、支払い保証小切手がフェデックスで小児病院に送られたことを確認すると、肩の荷がおりた気がした。金は手に入れたとたん悩みの種になった。自業自得だ。

でも、ほっとするとともに、惜しい気もしていた。手元に置いておけなくてすごく残念だ。彼女のなかには、金持ちになりたい自分がいる。たとえ盗んだ金でも――たとえ汚れた金でも。柄にもなくそれを手放したのだから、余分にポイントが稼げたはずだ。志の高い人間でいるのは、金をもつこととおなじぐらい悩みの種だ。

でも、金のほうは片がついたし、リストのつぎの項目に取りかかれる。現金が必要なのに手元にあまりないので、ラファエルがくれた宝石を換金するときがきた。

まず電話帳でダイヤモンドのブローカーを探した。質に入れることもできるが、貸してくれるのは原価のほんの一部だし、請け出す気はないから質屋に大儲《おおもう》けさせるだけだ。宝石を売らなければならないが、ネットオークションにかけている時間はなかった。

取るべき道を決めた以上、すぐにも完遂したかった。ニューヨークに行って、計画を実行に移す。いまこそその時だ。

一週間後、銀行口座に金があるし――望んでいたほどの額にはならなかったが――あたらしい銀行のクレジットカードも手元に届いたので、ニューヨーク行きの翌日の便を予約し、二度と戻れないかもしれないので、家の片づけをした。

冷蔵庫を空にし、腐る食品はすべて捨てた。ここに戻れなくて、一カ月ほどたったころ、家主がドアを開けたら、腐敗臭がすごかったなんてことにはしたくない。掃いて拭いて、片づけて、泣くまいとした。メゾネット型アパートメントを飾るために買った中古の家具は、どれも貧弱なものだし、持ち家でもない。それでも、はじめてもったわが家だった。自分のうちだった。安物の調理道具からシェニール織りのベッドスプレッドまで、すべて自分で選んだものだ。リビングルームのランプはガレージセールで五ドルで買い、ソファーの袖から垂れるやわらかな掛け布も、べつのガレージセールで一ドルで買った。空気清浄スプレーは好きな香りのものだし、石鹸《せっけん》も好みの石鹸だ。

服はすべて荷物に入れた。数は多くないからふたつのスーツケースにおさまった。化粧品も詰めたが、それもたいした分量はなかった。濃い化粧をしなくていいのが嬉しかった。人前に出るのにいちいちめかしこむ必要もない。髪に残っていたパーマの跡はすっかり消え、伸びてきた部分を染めなおすこともしなかった。二度とブロンドにはしたくない。ドレアはブロンド。アンディは地味な茶色だ。

掃除が終わり、荷物も詰め終わると買い物に出かけた。まずウィッグを扱う店のある大きなモールに出かけた。ラファエルの目を引くため、もう一度ドレアになる必要がある。でも、ウィッグを脱げば、彼が気づかずに素通りする別人になっていなければならない。

あのころの髪形とおなじウィッグは見つからなかったので、ちかいのを選んだ。長さが少し長めでストレートにちかく、色はゴールドよりプラチナにちかいが、なんとかなるだろう。

つぎの買い物も陽動作戦にかかわるものだが、目的はべつだ。サイモンがいまも見張っていることを考え、いつも使っている食料雑貨店で保存のきくものばかり買い込んだ。食料を買ったのを見れば、ここに留まるつもりだと彼も思うだろう。それに、ここに戻ってこれたとき、食べるものがあればありがたい。

翌朝、空港まで車で行って長期用の駐車場に駐め、ニューヨーク行きの飛行機に乗った。ぎりぎりに予約したので、案の定、席は最後列の真んなかだった。恰幅《かっぷく》のいい紳士と、おなじく恰幅のいい夫人のあいだに挟まれ窮屈な思いをした。夫婦はあいだの席が埋まらないことを願っていたにちがいない。そうすればゆったりと旅ができる。世の中そううまくはいかない。

乗り継ぎ便を三時間ほど待ち、ようやくラガーディア空港に着いたのは午後のなかばだった。荷物を受け取って一階におり、ホテルのシャトルバスを待った。春なのに気温は十度そこそこで、風があるから体感温度はもっと低く感じる。

シャトルバスが来て、彼女と一緒に四人が乗り込んだが、みなひとり旅で、マンハッタンに向かう車中は静まり返っていた。

建ち並ぶ高層ビルがちかづいてくるにつれ、やっぱり都会が好きなのだ、とあらためて思った。人込みも喧騒《けんそう》も、景色も物音も匂いもすべてが好きだった。カンザス・シティはけっして小さな町ではないが、ニューヨークとは規模がちがう。すべてがうまくいけば、ここに戻ってこられるかもしれない。

こられないかもしれない。高給が稼げる仕事には就けないし、マンハッタンは物価が高い。宝石を売った金では、ここで長くは暮らせない。現実的にならなければ。特別な技能もないし、職業訓練もうけていない。そもそも分不相応を願ったおかげで、ラファエルみたいな男と結びつくことになったのだ。これからは、自分で稼げる範囲で満足しなければ。

ホリデー・インの煤《すす》けた狭い部屋に落ち着くと、分厚い電話帳を引っ張り出して番号を調べた。「合衆国政府」とつぶやきながら、ずらっと並んだ番号を指でたどり、目当ての番号を見つけた。そこに指を置いたまま、空いているほうの手で携帯電話を開き、サービスがつながるのを待った。それから、番号を押した。

よし、いた。見つけた。彼女がようやく携帯電話の電源を入れた。

サイモンの指がラップトップのキーボードの上を躍りまわってコマンドを入力した。サンフランシスコに移動し、いまもそこにいる。一カ所にこんなに長くいたのははじめてだった。

いまでは仕事をしていないので、動きまわる必要はない。ここに根をおろしたわけではないが、生活は多少変わった。

アンディに言ったとおり、カンザス・シティを離れた。彼女を煩わせたくなかったからだ。考える時間を与え自分と折り合いをつけさせてやりたかった。彼女の動きは監視し、いつもと変わらぬ生活ぶりだとわかっていたが、グレンの店に戻らないことが気がかりだ。警戒するような動きはしないので、よけいに注意して彼女の監視をつづけていた。

夜明け前に、携帯電話が鳴ったが、それで即警戒態勢に入ったわけではない。カンザス・シティとは時差があるから、あちらはすでに夜が明けている。それでも起きてエクスプローラーの動きを追うと、空港でとまった。冷や汗が出た。彼女は飛行機に乗ろうとしており、こっちは千五百キロも離れた場所にいてなにもできない。

この数カ月、システムに侵入していなかった。その必要がなかったからだ。どのエアラインを使うかわからないから動きようがない。彼女が携帯電話をもっていかなかったか、使う必要が生じるまで電源を切っている可能性があるから、エアラインを順番に調べてみた。

携帯電話の発信器が作動しはじめたので、正確な位置を知らせるようコマンドを打ち込んだ。画面に地図が表示されると、また冷や汗が噴き出した。

彼女はニューヨークにいる。

30

翌朝、アンディはフェデラル・プラザのすべてのバリケードとセキュリティチェックを通過した。訪問者用のＩＤを渡され、しばらく待たされたあと、狭いオフィスに通された。スペシャル・エージェントのリック・コットンが立ちあがって彼女を迎え、握手した。きつすぎもせず、ゆるすぎもしない、いい握手をする人だが、ひと目見ただけでは、この人のどこが〝スペシャル〟なのかわからなかった。

中年で髪には白いものが混じり、すっきりした体形を保っていて、表情は穏やかで落ち着いている。彼のまわりにいる人たちの態度から、彼が好かれていることはわかったが、只者《ただもの》でないことを示す張りつめた空気は感じられなかった。そういう張りつめた空気を身をもって経験したことがある。去年の夏のあの日、サイモンの人格が放つ力はあたりを圧していた。だが、リック・コットンにはそれが感じられない。

「どうぞお掛けください、ミズ・ピアソン」エージェント・コットンは言い、使い古しの背もたれのまっすぐな椅子を示した。「ラファエル・サリナスという名の人物について、情報をおもちだとか」

その名前にピンときているとしても、自分から手の内を明かすことはしないだろう。こちらから手札を示すことを期待している。彼女としてもそのほうがありがたい。

「あたしの名前はピアソンじゃありません。アンドレア・バッツです。以前はドレア・ルソーと名乗って、ラファエル・サリナスと二年間、暮らしてました」

彼の顔に一瞬ショックがよぎるのを、アンディは見逃さなかった。彼は目をしばたたき、彼女を見つめた。「あのころは長いブロンドの髪を、クルクルにカールしてました」念のため言い添えた。

「ちょっと待ってください」彼は言い、受話器を取りあげ、内線番号を押した。「ドレア・ルソーがわたしのオフィスにいる」それだけ言って受話器を置いた。

彼が黙っているので、アンディもそうした。正直に言うと、FBIにとって自分が役にたつのか、あるいはFBIが役にたってくれるのかわからない。でも、ここからはじめるのが妥当だろう。彼女を餌として差し出すのは、罠を見張る人がいてはじめて有効だ。そうでなければ食べられておしまい。ラファエルに対し、なにもできないかもしれない。それでも、やってみなければ。

砂色の髪の男がオフィスに入ってきた。「ミズ・ルソー。スペシャル・エージェントのブライアン・ハルシーです。いまはサリナスの捜査を担当しています。わたしのオフィスにお越し願えませんか？」

アンディはためらった。わずかに首を傾げ、彼を観察した。エージェント・コットンのオフィスに入ってくるのにノックしなかったし、〝いまは〟という言葉をいくらか強調して言った。以前に捜査を担当していたエージェントに対して釘を刺すつもりがなければ、わざわざ口にはしない。エゴと権力がからんだ局内の対人工作だろう。一方のエージェント・コットンは落ち着き払っていた。エゴもないし、権力争いにも関心がないのだろう。

「いいえ」言葉を引き伸ばして、決断を下す間をとった。「スペシャル・エージェント・コットンに話します」

スペシャル・エージェント・ハルシーが言う。「誤解しておられるようだ。エージェント・コットンはもう担当ではない――」

「なにも誤解してません」冷ややかな口調で言った。「英語は第一言語ですし、言葉はたくさん知ってます」第一もなにもそれしか話せないが、彼に言う必要はない。

彼の顔が赤くなった。「失礼。べつにわたしは――」

「馬鹿だと言いたかった？　かまいませんよ。たいていの男性がそう思うみたいですから」

彼女はほほえんだ。甘いほほえみだが、注意して見れば、血を凍らす笑みだとわかるだろう。

「ラファエル・サリナスもそのひとりでした」

「いいですか、ミズ・ルソー――」

「バッツ」子音のすべてを強調して言った。「本名はアンドレア・バッツです。ご存じだとは思うけど」

「もちろん、わたしは――」

彼が入ってきて自己紹介して以来、彼に一度も最後までしゃべらせていなかった。いまさらそうさせるつもりもない。「スペシャル・エージェント・コットン」きっぱりと言う。「以外はお断わりです。あとはそちらで決めること」

さあ、どうする。捜査の権限をスペシャル・エージェント・コットンに譲るか、ラファエル・サリナスを完全に叩きつぶせるかもしれない機会を失った責任をとるか。最初の選択は彼の権威を――彼は権威を振りかざすタイプだ――踏みにじる許しがたいものだが、第二の選択はキャリアを台無しにしかねない。

「アシスタント・ディレクターと相談してみないと」彼が憤懣《ふんまん》やるかたないという口調で言い、オフィスを出て行った。ドアを開けっぱなしにして。

アンディは立ちあがり、ドアをバタンと閉めた。

「彼は好きじゃない」椅子に座りなおし、正直に言った。

スペシャル・エージェント・コットンはほほえんだが、口にしたのはこれだけだった。

「彼は優秀なエージェントです」

「そうでしょうね。でなきゃニューヨーク勤務にはならない。でも、それはあなたにも言えることでしょ」ワシントンDCやニューヨークといった大都市に配属になるエージェントは、優秀にきまっている。動きが激しいし、人目を引きやすい。

「とても切れる人たちと仕事をしてますからね。まわりがすぐに動いてくれると、こちらまで優秀に見られる」

つまり、彼は部下を信頼して仕事を任せるということだ。ハルシーはそうではない。スペシャル・エージェント・コットンにこだわった選択に、彼女は満足した。

「よろしければ、わたしがサリナスを担当していたとき一緒だったエージェントに連絡したいのですが」彼は言い、受話器を取った。「名前はゼイヴィア・ジャクソン、彼は天才ですよ。わたしと組まされたのは彼にとって不運だったが、担当を離れたいまも連絡を取り合ってましてね」

彼らが担当をはずされたのは成果をあげられなかったせいだろうが、ハルシーのほうがうまくやれるとはとても思えない。ハルシーが、コットンにではなく自分に話をするよう言い張るのも無理はない。彼女は大手柄をもたらしてくれるかもしれない。形勢を逆転し、ラファエルを起訴にもちこむ証拠をつかむことこそ、彼がいまいちばん望んでいることだ。

彼女はコットンと世間話をしながら、〝天才〟ジャクソンが現われるのを待った。十五分後、ドアを控え目に叩く音がして、コットンが「どうぞ」と言うのを待ってドアが開かれた。

ゼイヴィア・ジャクソンは若く、彼女と同年代だろう、瘦《や》せぎすで黒髪のハンサムな男で、肌はオリーブ色がかってどことなくエキゾチックな顔立ちだ。FBIの建物に入って目にした職員たちよりも、はるかにお洒落だ。スーツは規定にかなった地味なもので、シャツも白だが、ネクタイは深い赤の地に小さな模様が入っている。よく見るとさらに深みのある赤のデザイン化された馬の模様だった。胸ポケットに挿してあるのは、長方形に畳んだ白いハンカチではなく、深みのある赤いポケットチーフで、いくつかの折れ目が覗いている。そんなこんなで華やかだし動きもすばやく、テレビのニュース番組のアンカーみたいに訛《なま》りがまったくない。目の表情はサメのように鋭いが、ハルシーとちがって、エージェント・コットンに敬意を表わしているのが態度からわかった。

ふたりともすぐには死なないだろう。

彼女にはわかった。目のまえにぶらさがる熟れたリンゴみたいに、その確信がどこからともなくふっと浮かんだ。でも、彼らに言う必要はない。ジャクソンは自らを不死身だと思っており、コットンは妻とともに過ごし好きなことを楽しめる定年退職の日を心待ちにしている。ふたりとも死の不安に心を曇らせてはいないのだから、わざわざその話題をもちだすことはないだろう。

ジャクソンが信じられないという顔で彼女を見た。「あなたがほんとうにドレア・ルソーですか？」

彼女が笑うと、彼は慌てて言った。「ああ、そう、笑い声に聞き覚えがある」好奇心に目を光らせる。「あなたは亡くなったものと思っていました。ふっつりと姿が消えたから」

「そうしなきゃならなかったんです。命からがら逃げ出した」

「サリナスはあなたの死を望んでいる？」

「望んでいました。でも、街を離れてから、交通事故にあって、事故死と誤ったニュースが流れたんです。それで命拾いをしたわけだけど。ラファエルは猟犬たちに獲物を追いつめるのをやめさせましたから」猟犬は一匹だけだったし、彼女が死んだとラファエルに伝えたのがその猟犬だったわけだが、事実を曲げた彼女の作り話のほうがよほど信憑性《しんぴょう》がある。

「つまり、あなたは死んだと彼は思っている」コットンが言った。「あなたはもう安全でしょう。なのになぜこっちに戻ってきたのですか？　彼の縄張りに」

「それは、彼に不利な証拠を積みあげて刑務所送りにする手助けができるのに、安全第一でぬくぬく暮らすのは間違いだと思ったから。そのあいだも、彼はこの国にせっせと麻薬を運び込んでいるんです。ラファエルは頭がいいから、彼の隙を突く以外に、不利な証拠をつかむことがなかなかできない。あたしがその〝隙〟になれるかもしれない。どこまでできるかわからないけど、試してみる気は充分にあります」

「彼の会計士がだれかご存じですか？　表向きの帳簿をつけている人物ではなく、ほんとうの会計士」

彼女は頭を振った。会計士がだれで、その居所がわかれば、ラファエルの事業の全体像をつかむことができる。「名前が口にされるのを耳にしたことはありません。彼は不注意なところもあるけど」――たとえば銀行のパスワードとか――「その点は徹底してました。手下のだれひとり知らないと思います。手下たちはあたしがいてもかまわずいろんなことを話してましたけど、帳簿とか会計士が話題になったことはなかった」

「彼が手下をひとりも連れずにどこかへ行くことはなかったですか？」ジャクソンがはじめて口を挟んだ。

「あたしが知るかぎりでは。いつものように取り巻きを連れて出かけて、どこかに待たせておくことはあったかもしれないけど。でも、いまも言ったように、そのことが話題に出たことはなかったです。ラファエルは被害妄想だから、ひとりではけっして外出しなかった。通りには、彼を蹴落とそうとする商売敵がうようよいるって思ってるもの。いつだって周囲を固めていました」

ふたりは考えつくあらゆる質問を彼女に浴びせた。会見は四時間におよび、アンディも役にたちそうな情報を洗いざらい話したが、どれも彼を捕まえる証拠として充分ではないとわかり、憂鬱《ゆううつ》になってきた。一か八かの手を打たねばならないのか。それを恐れていたのだけれど。

「ひとつ提案があります」彼女は言った。サリナスを逮捕する絶好の機会だと思っていたのが空振りに終わりそうで、ふたりのエージェントもがっかりしはじめていた。「ＦＢＩが扱うケースではないけれど、ラファエルを廃業に追い込めればいいんですよね？　あたしの姿を見たら、彼はカッと頭に血が昇るにきまってます。あたしは死んだことになっている。彼のもとを去るときに、彼にとって大事なものを奪ったんです」そう、二百万ドルはたしかに彼にとって大事だが、ラファエルみたいな人間にとって、エゴを踏みにじられたことは同様に許しがたい。それを言うなら、エゴのほうがより大事だ。彼女を愛していることに気づいたとたん、彼女にその愛を叩き返されたのだ。「彼はきっとあたしをその場で殺すでしょう。彼を倒す材料に使えませんか？」

「うまくいくはずがない」ジャクソンがぽつりと言った。ドレア・ルソーは帰ったあとだった――大変身したドレアだったが、彼女にまちがいない。「民間人を囮《おとり》に使ったとして、地区検事が許すわけないけど、殺人未遂では廃業に追い込めない。一年ほどで出てくるでしょうからね――実刑の判決を食らったとしても」

「そうだな」コットンが疲れた口調で言った。「わかっている。彼女の協力があっても、われわれには奴を逮捕できない。彼女を囮に使ったとして、奴が街中で彼女を撃つなんてことは断じてあってはならない。そんなことになったら、自分が許せないからな」

アンディは昼食をとろうと小さなレストランに入ったが、がっかりして、注文したスープも喉を通らないほどだった。ニューヨークに戻りさえすれば、ラファエルがFBIの手に落ちるか、死ぬかして、一気に片がつくと思っていた。ドラマチックな銃撃戦の末、ラファエルが殺されることを本気で考えていたのだ。このところ大きなニュースがなかったから、マスコミが派手に騒ぎ立てるだろう。冷静になってみれば、どうしてそんなシナリオを考えついたのかわからない。それは、彼女がほかの人間に関して、不意になにかひらめくのとはちがった。自分のこととなると、なにもひらめかないのだ。

計画と呼べるかどうかはべつにして、彼女の計画は規模ばかり大きいけれどずさんなものだった。なんだか自分が馬鹿に思える。自分らしくもなく、じっくり考えることをしなかった。われながら呆れる。勇敢でもないし、怖いもの知らずでもないし、ヒロインになれる柄でもないのに、どうやったら実行できるか考えもせず、一大計画を立てたわけだ。いったいどうしちゃったの？

本気で死ぬつもりでなければ——彼女の死が、ラファエルを終身刑に処す礎とならないかぎり、彼女の計画はただの夢物語にすぎない。

ぼんやりと窓のそとの雑踏に目をやる。死ぬことを恐れてはいないが、充分にいい人間になれず、アルバンのいるあの場所に戻れないのが怖かった。生きている甲斐のある人間になろうと懸命に努力した。分相応の暮らしをし、欲しいものを手に入れるために外見やセックスを利用するのもやめた。でも、八カ月が虚しく過ぎただけだった。秤の右には十五年の歳月が、左にはこの八カ月が載っている。いま死ねば、その差を埋めるだけの〝いい人間ポイント〟を稼げるだろうか？

死が、最終的な死が、ほんとうの意味での試験なのだ。それこそが至上の愛だ。ラファエルを倒すために死ななければならないのなら、そうする。そのために、なんとか勇気をかき集める。

ああ、でも、サイモンを残して死にたくない。出会いはあんなだったけれど、ふたりのあいだには新鮮で心震わすものがある。未知の部分がたくさんある。彼がどんな仕事をやってこようが、彼を選ぶことが最悪の選択であろうが、無精ひげでザラザラする顎を両手で擦ってみたい。暗いオパール色の瞳を覗き込み、ずっと虚ろだったその場所にやさしさが花開くのを眺めていたい。

彼を知る時間が、ほんとうの彼を知る時間が欲しい。アイホップで行なった〝質疑応答〟で仕入れた表面的知識よりもっと多くのことを知りたい。くだらないジョークを言って彼を笑わせたかった。一緒に食事をしたい。傷口をひとりで舐める男から、他人に助けを求められる男に変身するのを、そばにいて見守りたい。

彼はとても孤独だ。もし彼女が死んだら、彼はどうなる？　自分で選んだ道に踏み止まるか、それとも昔の生き方に戻ってしまうか。彼が二度と女を愛せなくなるほど、自分は特別な存在だとは思っていない。でも、問題は、彼がそうしようとするかどうか、だ。人を愛そうとするかどうか。それとも、いままで以上に硬い壁をまわりに張りめぐらせる？　答はわかっていた。一緒に過ごしたあの午後、彼女が口にした願いを、彼はきっぱりと拒絶した。名前すら名乗らずに去っていった。彼女がキスすることも望まなかった。キスしようとすると、彼は身を竦《すく》めた。押しのけられると思ったが、彼はそうしなかった。抱きしめられ、キスされることを、彼のなかのなにかが切望していたのだ。お返しに彼がくれたキスは、あまりにも深く、あまりにも餓えていた。あんなキスははじめてだった。

もし雨の駐車場で彼の姿を見ていなかったら、もし彼が家に押しかけてきて安心しろと言わなかったら、キスしなかったら、振り払っても振り払えない苦痛と後悔に苛《さいな》まれながら彼を思い出しただろうが、こんなふうに恋焦がれはしなかっただろう。彼を思うと、すべきことをするのにためらいを覚える。

スープを飲み終え店を出て、バスで宿泊先のホリデー・インに戻った。バス停から歩いてほんの二ブロックだった。ギシギシいうエレベーターに乗り込んだのは彼女ひとりだった。廊下のはずれに清掃用カートがとまっていて、開いたままのドアから掃除機のブーンという音が聞こえた。

キーカードを差し込んでドアを開け、そのまま凍りついた。

「悲鳴をあげるな」サイモンが目のまえに立ちはだかった。不可解な表情を浮かべて。

彼女が悲鳴を呑み込むのと、彼が手をつかんで彼女を引っ張り込みドアを閉めるのと同時だった。チェーンを掛け、デッドボルトを閉める。「ここでなにをしてるんだ？」彼が苛立った声を出した。

「ここはあたしの部屋よ。そっちこそなにしてるの？」アンディは喘ぎ、バッグを床に落として彼の首に抱きついた。涙が込みあげ泣きだしそうになったが、目をしばたたいて払った。

たったいま彼のことを思い、会いたいと思っていなかったら、自分を抑えられただろうが、声を聞き、引きしまった体に触れた安堵感はあまりにも強く、思慕がいまにも溢《あふ》れ出しそうだった。じきに死ぬかもしれないから、その前に彼が欲しかった。彼の唇に唇を押しつけ、その味と忘れられないやわらかさに小さくうめいた。

前にキスしたとき、彼はためらったが、今度はそうではなかった。彼女を抱きしめて体の向きを変え、なかば抱えあげ、なかば押しながら、バスルームの前を通って部屋のメインの部分へ——

——ベッドのあるほうへ向かった。

唇を離したのは、屈み込んでベッドスプレッドをはがして床に落とし、彼女をベッドに横たえるあいだだけだった。

彼のキスにはあのときとおなじ熱と、おなじ渇望があった。彼の体の重みでマットレスに沈められると、アンディは脚をからめ、腿を彼の腰まで滑らせて包み込んだ。彼はゆっくりと勃起したものを押しつけながら、上体をあげて彼女のコートを脱がしにかかった。「ほんとうにいいんだな」彼がつぶやき、目と目を合わせた。「逆戻りはできないんだぞ」

細めた目の激しさに、彼女は震え、燃えた。想像していたとおりに両手で彼の顔を包み、思いきって言った。「愛してるわ、サイモン」一度は言いたかった。これが最後の機会かもしれないから。愛されていることを、大切に思われていることを、ひとりじゃないことを、彼に知ってほしかった。

彼がたじろいだ。不意に腕の力が抜けて、体重を支えられなくなった。彼女の上に落ちてきて、額《ひたい》を額に押しつけた。息遣いが荒い。「そんなこと言う必要ないのに」彼がつぶやいた。あまりにも控え目な言い方に、アンディの心が張り裂けた。

「ほんとうなの。あなたが連れていってくれなかったから、あたしズタズタになった。何時間も泣きつづけたわ」彼の髪を撫でる手はとてもやさしかった。「なにも考えられなくなって、あまりにも傷ついたから、それで、ラファエルにこう言ったの。あなたに飽きられたことがわかって気が動転していたら、いちいち面倒みてられないって、彼はあたしに触れもしないで出て行った、ってね」

彼がハッと顔をあげ、彼女を見つめた。目と鼻の先の彼女の顔を。「奴はそれを鵜呑みにしたのか?」信じられないという顔で尋ねた。

「もちろん。嘘つきの才能があるもの」彼女は、おもしろそうに口角をヒクヒクさせた。

「まったく。嘘がうまいのは知ってたが、そうなると一級品だな」

「ありがとう」彼女は笑い、顔をあげてやわらかな唇をまた味わった。その唇が動いて笑みを浮かべるのがわかり、胸がキュンとなった。

彼がやさしく顎を嚙み、手をさげて腿《もも》をつかみ引っ張りあげた。「まず服を脱ごう。きみとやるなら多少は時間をかけたい」

「多少ってどれぐらい？」ブラウスのボタンをはずそうとしてやめ、彼のボタンをはずしにかかった。自分のより彼の肌に触れていたいから。「パーソナルベストを出すつもり？」

「つまり、四時間以上ってことか？」彼が笑って頭を振った。「無理だ。いまは無理。二十分ってとこかな」

「怠け者。あなたならもっと頑張れるでしょ」二十分も必要ない。腰をあげて擦りつけ、硬くなり具合をたしかめる。五分あれば充分。彼が入ってきたときの感じがどんなだったか思い出し、内側の筋肉がギュッと縮まった。深く侵入してきた彼のペニスは太く、さらに押し広げられる感じがした。何カ月も禁欲生活を送ったいまは、どんな感じ？　事故以来、セックスのことを考えなかったから、衝動も干あがったと思っていた――彼がキッチンに現われるまでは。でも、そうじゃないとわかった。ほかのことに気が向いていて、休眠状態だっただけだ。

彼のシャツのボタンをはずし、裾《すそ》をズボンから引っ張り出す。広い胸と、ライトを受けて輝く胸毛が誘いかける。両手を開いて押し当てると胸毛がチクチクする。指が平らな乳首を探し当て、撫でているうちに真んなかの小さな塊が硬くなってきた。彼は頰を赤黒く染め、肘を突いて上体を支え彼女の愛撫を受けた。

もう充分。彼の胸はそりゃあ大好きだけれど、もっと欲しいものがある。ズボンのなかに。乳首を放り出し、ベルトのバックルをはずしにかかった。「ジッパーに気をつけて――」解き放とうと躍起になる彼女の危険な企みから、彼はなんとか勃起したものを救い出そうとした。彼女がカーッとなってその手を払いのける。

「どけて。あたしがやるから」

「まあ落ち着け。あとでたっぷり――クソッ。ちょっと待ってくれ」

「だめ。急いで」

「きみも服を脱げ」

彼が横に転がり、彼女はもどかしげに膝を突き、服を大急ぎで脱いで横に放った。ジーンズと下着を脱いで放ると彼にまたがり、もっと報いのあることに集中した。

「愛してるわ、サイモン」そう言って彼のペニスを握り、脚のあいだへと導いた。わざと名前を呼んだのは、彼を愛しているのであって、ただセックスがしたいだけじゃないことを強調するためだ。熱い期待に胃がギュッと縮まった。膨張した先端がとば口を突くぐらいまで腰を落とす。開いて包み込むと重たい圧迫に体が燃えあがった。痛かったけれど、気にしない。さらに押して、さらに求めてから、わずかに腰をあげて自分を焦らす。

彼は喉の奥でうなり、彼女の腰をつかんでぐいっと引きさげ、一気に根本までおさめた。頭をのけぞらせ目を閉じ、貫通の瞬間を味わう。つかんでいた手からも、体からも力を抜くと、口元に美しい笑みを浮かべて言った。「さあ。好きにしていい、スウィートハート。すべてきみのものだ」

31

「なんでこっちに来たんだ?」彼が尋ねた。

「どうやってあたしを見つけ出したの?」彼女が質問で答えた。

シーツと枕がからみ合ったなかに裸で横たわり、ゆったりとしていると、たがいにもっと、もっとちかづくこと以外のことに意識を向けることができるようになった。彼はアンディの頭を肩に休ませ、体を自分のほうに抱き寄せたままだった。まるで触らずにいるなんて耐えきれないと言いたげに。

ふたりとも、相手に包まれている無上の喜びに慣れていなかった。アンディも彼に触れずにいられず、ふたりのあいだに起きた変化のあまりの速さに面食らっていた。自由に彼に触れてキスして、その首に顔を埋め肌のすばらしい熱と香りを吸い込めることに、面食らっていた。すべてがほんの少し現実離れしていた。ほんとうに彼とここにいるの? 体は彼の存在を大喜びで受け入れているのに、頭はこの急激な変化についてこれないでいた。何カ月ものあいだ恐れてきた相手が、いまでは恋人だ。ただの恋人ではない、愛そのものだ。どんなに無分別と言われようと、彼を愛していた。長い時間をかけてたがいを知り、デートを重ねて相手の性格や趣味を、おかしな部分も含めて理解し合った気楽さはなかった。会うたびに激しく燃えあがり、その関係はどちらも経験したことのない感情を孕《はら》んでいた。愛することでは、彼女も新米だから、すべてを理解するのがむずかしい。

まず最初に頭がくらくらする。酔っ払ったみたい。彼に酔い、セックスに酔い、安堵と喜びと痛みがいっしょくたになったものに酔う。彼に触れられると、大切にされていると思える。これまでだれからも大切にされず、だれからも愛されず、評価されなかった彼女――アンディ・バッツまたの名をドレア・ルソー――がだ。彼は評価してくれている。彼女の歓びや満足や幸福に関心をもってくれているなんて、理解の枠を超えていた。

おなじように心をかき乱すのが、彼を大切に思う気持ちの深さと強さだ。彼を守り、慈しみ、彼の人生の障害物をすべて取り除くためなら、どんなことだってするだろう。逆に彼のほうは、どんな感情を抱いているのだろう。ミドルネームが〝激しい〟で、捕食者の本能をもつ男のなかに、彼女に対するどんな感情が渦巻いているのか、想像するしかない。彼女が命を危険に曝すつもりだと知ったら、どんな反応をするのだろう？　嬉しいわけがない。平凡な男だってそうだもの。彼はどんな基準に照らしても、平凡な男ではない。

ここにやってきた理由を話すべきだろう。彼を騙せない。ふたりのあいだに生まれたすばらしいものを、そんなふうにないがしろにはできない。でも、もしいま、彼が〝質疑応答〟の時間だと考えているのなら、こちらの質問にまず答えてもらおうと思う。彼が答を聞いたあとで、彼女を説き伏せようとしないように。

頭を彼の肩に戻して顔を見あげながら、質問をあれこれ考えてみる。「あたしのエクスプローラーに発信器を仕掛けていたとしても、追跡できるのは空港の駐車場までよね」考えを口にする。「どのエアラインを使ったか、どこ行きの便に乗ったかまではわからない。あなたが優秀なハッカーだとして――」

「そうだ」彼が言った。うぬぼれでも自慢しているのでもなく、たんに事実を述べたという口調だ。

「いずれは突き止められただろうけど、それには時間がかかる。運よく最初か二番目のデータベースでヒットしたんでないかぎり。でも、あたしがニューヨークに飛んだとわかったとしても、滞在先を探し出さなければならない。このあたりにはホテルやモーテルが無数にあるし、あたしがどんな名前でチェックインしているかもわからないわけだから、コンピュータを使ってこんなに早く探し出すのは無理でしょう」

彼はなにも言わず、彼女が状況を吟味するのを興味深そうに眺めていた。

「あたしに探知器を仕掛けた。それしか説明がつかない。エクスプローラーにではなく、あたしに」

「エクスプローラーにもひとつ仕掛けた」彼が臆面もなく言う。

「それで、どこに？」

「論理的に考えてみろ」彼が楽しそうに唇を歪めた。「いずれ答に行き着く」

「あたしが身につけているなにかね。バッグとか、でも、女はバッグをよく替える。バッグの中身。ああ、なんだ――携帯電話ね」

「GPSのテクノロジーはたいしたものだ。数メートルの範囲内できみの位置を知ることができるし、コンピュータを使えば住所までわかる。たとえば、きみはどうしてFBIの建物のなかにいたんだ？」

「FBIと話をするために。ウヘッ」彼女は〝ウヘッ〟と一緒に目をくるっとまわした。彼をからかうために。彼はこれまでめったにからかわれたことはなかったろう。たまにはふざけたほうがいい。「あたしの携帯電話にどうやって発信器を仕掛けたの？　いつ手を触れたの？」

「数カ月前。朝早く、きみが眠っているあいだに家に忍び込んだ」

彼が家のなかにいた。ベッドルームに――バッグはいつも手元に置いていた――いたのに、まったく気づかなかったなんて。もし稲妻が駐車場に立つ彼の姿を照らし出さなかったら、距離を保ちながら、守護天使のように彼女の安全を見守っていてくれたことも知らずじまいだったろう。稲妻に感謝しなくちゃ。おかげでいま彼はここにいて、彼女はその腕に抱かれている。

「ＦＢＩと話をするのに、ニューヨークまで来ることはないじゃないか。カンザス・シティにも支局がある」

「でも、あっちのエージェントはラファエルを監視してはいない。ここに来なくちゃならなかったの」

「ＦＢＩにも電話ぐらいある」

「サイモン、あたしはここに来なきゃならなかったの」

「きみはここにいては危険だ」この話題はこれで終わりにしようと暗に言っているのに、彼は無視した。彼女のほうに寝返りを打ったので、ふたりの体がぴったりくっついた。「髪形を変え、彼の縄張りの外にいるにしても、ここにいるべきじゃない。いろんな意味で彼の仕事に関わっている連中が、この街にはごまんといるんだ。その多くがきみを見て知っている。ＦＢＩは奴らを監視している。奴らもＦＢＩを見張っている。きみによく似た女がＦＢＩを訪ねたことが、すでにサリナスの耳に入っているかもしれない」

ＦＢＩに入ってゆく人すべてを、通りから写真に撮っている人間がいるかもしれないとは、思ってもみなかった。迂闊《うかつ》だった。スパイ活動や機密情報に関与する外国企業なら興味をもって当然だ。ラファエルは——そう、彼もその範疇《はんちゅう》に含まれる。当然のことを見落とすようでは、麻薬取引でいまの地位は築けなかっただろう。彼自身の組織のなかにさえ、信頼関係は存在しない。

彼が顎に手をあてがって顔を上向かせ、表情の細かなニュアンスを読み取ろうとした。

「これで尋ねるのは三度目だ。どうしてここにいる？」手はすぐには離れず、彼女の顔にかかるほつれ毛を耳にかけた。

「どうしてだかわかってるんでしょ」ため息をつき、頰を彼の手のひらにあずけた。「彼を捕まえるために協力できることがあれば、するつもり。午前中、ふたりのエージェントと話をして、憶えていることはすべて伝えたわ」

「サリナスを捕まえることが、どうしてそんなに重要なんだ？　麻薬取引に携わっている人間は大勢いる。みんな人間のクズだ。奴もそうだ。奴はなかでもひどいほうだが、一緒に並べたら奴が少年聖歌隊員に見えるような連中にも会ったことがある」

恐ろしい話だ。アンディは小さく震えた。「あたしが知っているのは彼だけ。ほかの連中のことは知らない。それに、あたしは彼と暮らしたことで、麻薬の恩恵を受けていたの。その償いをしなくちゃ。正さないといけないの」ＦＢＩが仕掛ける罠の餌になると申し出たことは、まだ彼には話せない。コットンもジャクソンもいろいろな理由から乗り気ではなかった。この計画は実行に移されないかもしれないのだから、サイモンを無駄に怒らせることはない。サイモンを怒らせたら危険だと、内心で思っていた——彼女にとって危険なのではない。フェデラル・プラザの建物全体を破壊するなんてことになったら大変だ。

でも、もし——万が一——コットンとジャクソンが計画に乗ってきたら、彼に話さなければならない。これまで彼女はめったに人を信頼したことがなかった。サイモンはもっとそうだ。そういう貴重なものを粗末に扱いたくなかった。

でも、きょうのところは彼に話すことはなにもない。これから午後いっぱい、それに夜も、彼と一緒にいることがなによりも大事だ。一緒に過ごす時間を多くはもてないかもしれないから、おろそかにはしたくなかった。

どうしようもなく惨めだったのが、サイモンの登場で輝くような喜びに包まれた。ふたりでまどろみ、それからまた愛を交わした。そのころには夕闇が迫り、空腹を覚えた。実用一点張りでちょっとしみのあるタブで、シャワーを——一緒に——浴び、通りの先のイタリアン・レストランに出かけることにした。

サイモンは荷物をもってきてなかったので、着の身着のままだ。アンディはドレッサーの引き出しよりスーツケースのほうがきれいに思えたので、荷物を解いてなかった。スーツケースの蓋《ふた》を開け、着替えの下着を取り出そうとしてウィッグの箱が目に留まり、慌ててシャツで隠した。ウィッグを出してブラシをかけてなくてよかった。ウィッグの箱はかなり小さいから――

「それ、なんだ？」サイモンが音もたてず背後にやってきて、無表情な声で尋ねた。スーツケースに手を伸ばし、箱をおおうシャツを指でもちあげた。

「シャツよ」アンディは答えた。彼が尋ねたのがそのことでないのは百も承知だ。

彼はなにも言わなかった。スーツケースから箱を取り出して開け、ウィッグを引っ張り出して振った。長いブロンドの髪が垂れ下がった。それを掲げもつと、人工の髪が彼の上腕を包んだ。

「色はまったくおなじじゃないが、ちかいな」よそよそしく、感情を殺した声で彼は言い、ウィッグを前後に揺すってしげしげと眺めた。「それにカールが足りない」ウィッグをスーツケースに落とし、細めた目を彼女に向けた。長いブロンドのカールしたウィッグをもっている理由はただひとつで、ふたりともわかっていた。「きみをＦＢＩが思いついた馬鹿げた罠の餌にするなんてことは、おれがぜったいに許さない」

アンディは肩を怒らせた。自分は正しいことをしようとしているのだし、決めたことは守らなければならない。「FBIはなにも思いついてないわよ。あたしが提案したの——乗ってこなかったけど」あなたには関係ないからほっといて、とは言わなかった。関係あるからだ。おなじように、彼のことをほってはおけない。愛していると彼に言ったとき、その権利を彼に与えた。

「そりゃよかった。法執行機関の人間を殺したことはないが、とっかかりとしてはなかなかいい」

ふつうはこういうことを言っても、おおげさな物言いか鬱憤晴らしで片づけられる。サイモンはちがう。彼は事実を述べただけだし、その言葉には裏づけがある。アンディは手を伸ばして彼の手を握った。彼はされるがままになっていたが、握り返してはこなかった。

彼の手を両手で包んで胸に当てた。鎖骨から肋骨の下まで縦に走る傷口の上に。一時間前、生まれたばかりのわが子にキスする母親のやさしさで、彼はその傷口にキスした。彼女に起きたことや、彼女がいまや〝歩く奇跡〟であることに、彼も思いを馳せたにちがいない。

「この償いをしなければならないの」彼女は静かに言った。「代償が伴うのよ。その一部が、ラファエルを阻止するために、できることはなんでもすることなの。あなたに恋したからって、知らん顔はできない。あなたとのんびり船旅をしたりして、一緒に過ごすことだけで人生を終わらせることはできないの。この借りは返さなくちゃ。せっかく与えられた二度目のチャンスを生かさなきゃならないの」

「ほかのやり方で生かせばいいだろう。ボランティアをやるとか。慈善団体に寄付するとか――」

「それはもうやった。こっちに来る前に」

「生き残れない場合を考えて、始末をつけてきたってわけか？」

皮肉がその言葉に鋭い刃を与えていたが、彼女はかまわず言った。「ええ」彼がたじろいだ。一瞬のことだったから見間違いかもしれない。でも、彼を思って心が痛んだ。

「あなたから引き離されるようなことは、あたしだってしたくない。あす、エージェントともう一度会う約束をしているの。もしべつの方法があるなら、自分を危険に曝すようなことはしないって、約束します――きっとそうする」

「それぐらいのことじゃ引き下がれない。きみを奴にちかづけたくないんだ。奴がほんの一時間でも刑務所につながれようが、金持ちのまま幸せに九十まで生きようが知ったこっちゃない。おれはすでに一度、きみを見送った。二度とそんなことはできない、アンディ。おれにはできない」

彼は握られていた手を抜いて体の向きを変え、窓のほうに向かった。見える景色は細い路地と隣りのビルの裏側というおもしろくないものだった。彼女は無言で身支度を終えた。彼を安心させるようなことは言えなかった。言えば嘘になる。超一流の嘘つきである彼女が、彼の信頼を裏切れないなんて皮肉な話だ。できるかぎりの約束をした。あとはうまくいくことを願うだけだ。

レストランまで歩いて行き、黙々と食事をした。むっつりと黙りこくるのでも、相手を責める沈黙でもなかった。言うべきことは言いつくしたから、もうなにを言っても無意味なのだ。アンディは無駄なおしゃべりをする気分ではなかったし、彼は無駄なおしゃべりをするタイプではない。ふたりの将来について話し合うこともできない。将来なんてないかもしれないのだから、黙り込むしかなかった。

でも、ホリデー・インに戻る道すがら、彼が手を握ってくれた。それから下着だけになってベッドに入り、積みあげた枕にもたれて脚を投げ出し、並んでテレビを観た。番組の途中で、アンディは彼のお腹に頭をあずけ、眠りに落ちた。

翌朝、エージェント・コットンに電話して、フェデラル・プラザ以外の場所で会いたいと告げた。ＦＢＩの建物は出入りを見張られているとサイモンに言われ、不安になったのだ。ショッピングをしていて、警備員に見られていると気づいたときのような不安な気持ちだった。なにも悪いことをしているわけではないが、見られているのは気分が悪い。原初の警戒心を目覚めさせる。

もっと不安なのは、FBIの職員のなかに密告者がいて、ラファエルに、彼の愛人を名乗る女がエージェントに会いにきたと告げているかもしれないことだ。もしそうなら、彼には計画を練る時間があり、彼女の姿を見て受ける衝撃の価値はぐんとさがる。どうせ自分を犠牲にするのなら、無駄死にはしたくなかった。

「マディソン・スクエア・パークはどうですか？」コットンが言った。「話をするのに最適の場所です。コンクリングの銅像のまえで一時に」

スーツケースを取りにいってくると言って、サイモンは十時にホテルを出た。どこに行ったのかわからないが、正午過ぎまで待っても戻らなかったので、アンディは書置きをデスクに残し、ホテルを出た。彼はキーカードをもっていないが、前日も彼は部屋に入っていたわけだから、戻ってきたら廊下で待っていたなんてことはない。

その日は前日よりはあたたかかったが、コートを着てきてよかったと思った。風に運ばれて白い雲が空を流れてゆく。両手をポケットに突っ込み、都会暮らしの足早な人たちに混じって約束の時間少しまえに公園に着いた。コンクリングの銅像は南東の隅にある。一八八八年の猛吹雪で凍え死んだこと以外、コンクリング上院議員が記憶に残る働きはしていないと思うが、それだって銅像が立つには充分なのだろう。

コットンもジャクソンもすでに来ていた。風よけにコートのボタンは留めている。「コーヒーでよかったですかね」コットンが言い、テイクアウトのカップを差し出す。「クリームと砂糖ももってきてますから、言ってください」

「ブラックでけっこうです」凍えた手に熱いカップがありがたかった。熱すぎるコーヒーで火傷《やけど》したくないから、ためしにすすってみる。

「座りましょうか」コットンがちかくのベンチを指差した。ふたりに挟まれて座ったアンディは、実行可能な計画が提示されることを願いつつ、恐れてもいた。

「ほかになにか思いつかれましたか？」コットンが始終まわりに視線を配りながら尋ねた。絶えず視線を動かすのは、警察官の習性だ。連邦警察でもそれは変わりないのだろう。

「いいえ、あたしが提案した計画についてお話ししたい――」

「やめておけ」背後から静かな声がした。「うまくいくわけがない」

FBIのエージェントふたりはぎょっとして立ちあがり、振り向いた。襲われるものと思ったにちがいない。アンディは声を聞いたとたんにわかり、思わず立ちあがった。彼が現われるとは思っていなかった。FBIに姿を曝すなんて。顔を見られていいわけがない。

彼は黒いカシミアのコートのポケットに手を突っ込み、ベンチの後ろに立っていた。濃いサングラスで目を隠している。ふたりのエージェントのどちらにも気づかれずに、よくもこんなにちかくまで来れたものだ。三人でベンチに腰をおろしたときには、彼の姿はなかった。腰をおろしてから三十秒とたっていないから、よほどすばやく動いたことになる。

驚愕《きょうがく》の沈黙のあと、コットンがため息をついてサングラスを取った。「わたしはスペシャル・エージェント・コットン」自己紹介してIDを開いて見せた。「こちらはスペシャル・エージェント・ゼイヴィア・ジャクソン」

「名前は知っています」彼は名前を名乗らなかった。偽名すら口にしなかった。ポケットから手を出すこともしない。コットンは握手しようとするように、わずかに身じろぎしたが、儀礼的な挨拶は抜きだと気づき、動きをとめた。

「ミズ・ピアソンの問題をあなたと話し合うわけにはいかない――」

「いいんです。彼はすべて承知してますから」アンディは言った。彼を紹介はしなかった。エージェントに名前を知られてもいいと思っていたら、自分から名乗っただろう。苛立ちの大きなため息をつきたいところだ。彼がこの場に現われることを事前に話してくれていて、偽名でもなんでも名前を教えておいてくれたら、もっとうまくやれたのに。

エージェント・コットンはサイモンの登場を嬉しく思っていない。「また日をあらためてということで。あなたの計画については、こちらから連絡します。なんとかなるだろうと思っています」彼はサイモンに会釈し、ジャクソンとふたりで足早に通りに向かった。

彼女が撃たれることも含まれる計画を、彼らが実行可能だと思うとは予想外だったので驚いた。込みあげる涙をこらえながら、うつむいて足元を見つめた。サイモンの無表情な顔を見ることは、とてもできなかった。

「行こう」彼が手をとって腕にからませた。ホリデー・インに戻る道々、話す時間はたっぷりあったのに、彼は黙ったままだった。彼は自分の立場を明確にした。そういうことは一度言えば充分だと思っているのだ。

アンディのほうは、彼の気持ちをやわらげる言葉を口にしないではいられなかった。「きっと大丈夫だから」思いきって言ったが、沈黙の壁にぶつかるだけだった。

32

歩いて車に戻るあいだ、ジャクソンは無言だった。車のドアを閉めてシートベルトを締めるまで、質問したいのを我慢していた。「あれはどういうことですか？」ドレア・ルソー――彼女のことを〝アンディ〟なにがしとして考えることはむずかしかった――に、彼女を餌に使う計画が実行可能だと誤解させるようなことを、コットンがなぜ口にしたのか理由がわからなかった。サリナスがどこかに隠れていて、おびき出すための囮にするというなら話はべつだ。やろうと思えばいつだって彼を逮捕できる。問題は、サリナスを起訴にもちこめるだけの証拠が集められないことで、サリナスが彼女を殺すところをビデオに撮るのでないかぎり、彼女に使い道はなかった。ＦＢＩは彼女を〝生贄《いけにえ》の子羊〟にするわけがないから、計画そのものが実行不可能だ。

コットンは通りやまわりの通行人に目をやってから、静かに尋ねた。「彼に気づかなかったのか？」

「彼に気づく？　わたしの知っている人間ってことですか？」

「バルコニーの男だよ」

ジャクソンは驚いてコットンを見つめた。〝バルコニーの男〟ふたりがそう呼ぶようになった男のことでは、この数カ月、頭を悩ませつづけた。彼は姿を消した。その訳はついにわからずじまいだった。ジャクソンはシートにもたれかかり、記憶にある男と、公園に立っていた男を頭のなかで比べた。「なんで気づかなかったんだ。さすがに見る目がありますね、コットン」脚を指でトントンと叩く。「彼女はおそらくずっとあの男と一緒だったんだ」

そうであってほしいと思った。だれにも言ったことはないが、彼女に弱い自分がいた。サリナスと暮らす彼女に同情していた。サリナスにとって彼女は、遊びたくなれば引っ張り出し、そうじゃなければほっぽらかしておく、かわいいだけの人形だったからだ。バルコニーの男が何者かわからないが、彼女は愛している。ジャクソンはガチガチの現実主義者だが、現実主義者だからこそ、目のまえで行なわれていることのなにが正しいか見極めることができる。あの男がまるで幽霊みたいに音もなく背後に現われたとき、彼もコットンも心臓発作を起こしかけたが、彼女の顔には輝くばかりの表情が浮かんだ――苛立ちつつ喜んでいた。まるで太陽が彼女の世界に降り注いだかのようだった。太陽に少し苛立ってはいても、嬉しくて見ずにいられない、そんな感じだった。

彼女は変わった。髪の長さや色が変わっただけではない。これみよがしな服を着ていないからではない。ある意味で、以前より人目を引くようになっているが、派手だからではなかった。彼女の表情にはなにか、そう、安らかな落ち着きがある。以前にはなかったものだ。ときおりふっと遠くを見る目になり、背後にだれかいるのかと彼が後ろを振り向き、顔を前に戻すと、彼女はすでに焦点を彼に合わせている、というようなことが何度かあった。ほかにもある。彼女が人を見る視線だ。奥の奥まで見通すような視線。彼女に見られると、つい股間に目をやりたくなる。ジッパーをあげ忘れているのではないか、それであんな目でじっと見つめるのではないかと。

あの男のことは、彼女ほど読めなかった。表情が浮かんだと思ってもほんの一瞬で、しかもサングラスで目が隠れていた。まるでウィンドウに飾られたマネキンのように無表情だった。でも、振り向いたら、男が彼女の手を取って腕にからめるのが見えた。彼女に触れる仕草から、ふたりのあいだに気持ちが通い合っているのがわかった。

よかったと思った。あの日、バルコニーで彼女がサリナスと交わした会話から、彼が命じて彼女に男の相手をさせたのだとわかった。まるで娼婦扱いだ。彼女がひどく動揺しているのがわかった。その翌日、彼女は姿を消した。荷物をまとめて出て行ったのではない。あの建物の人の出入りはすべてチェックしていたから、それはわかっていた。最後に彼女の姿を見たのは、サリナスの手下のひとりが運転する車に乗り込むところだった。手下が戻ってきたとき、彼女は一緒ではなかった。

彼女の失踪後、サリナスのまわりで慌しい動きがあったから、彼女は殺されて死体を処分されたのではないかと思った。理由となると憶測の域を出なかったが。あの数日のことを思い返してみて、ふと思い当たることがあった。「ねえ！　サリナスがセントラル・パークで人と会っていたこと、憶えてますか？　相手の男の顔はどうしても写真に撮れなかった。憶えてるでしょ？　あれも同一人物だった――バルコニーの男」

コットンは記憶を手繰り、サリナスが会っていた男について細部を思い出し、深くうなずいた。「きみの言うとおりだと思う」

あの会見の目的がなんだったかはわからない。だが、一連の出来事を思い返し、ジャクソンはひとつの結論に到達した。ドレアはサリナスを捨ててあの男に走った。サリナスは彼女の行方がわからなかったので、あの男に会って尋ねたか、あるいはあの男を雇って彼女を探させたか。あの男が何者で、なにをしているのかわかっていないから、可能性はいくらでも考えられる。

これは挑戦だ。なんとしても受けて立たなければ。明敏な頭脳が忙しく働きだした。あらゆる可能性とシナリオを思い浮かべ、手元にあるわずかな事実と照らし合わせ、いくつかは

ットンが彼の質問に答えていないことに気づいたのは、ずっとあとになってからだった。

すっかり馴染んだ〝死〟の冷たさが全身に広がるのを、サイモンは感じていた。なにかを決めるとき、あれこれ悩むことはしない。選択肢を確認し、分析し、最善と思われるものを選び、それに添って動く。だが、この選択は口に苦い味を残した。後悔しているからではない。後悔はしないし、できなかった。だが、気に食わなかった。そうせざるをえないことが気に食わなかった。外部からの干渉抜きでおなじ選択をしていたとしても、気に食わなかっただろう。アンディを守る、それだけだ。それが基本原則だ。

ホリデー・インに戻り、彼女を部屋まで送り届けた。部屋に侵入した者がいないことを、自分の目でたしかめずにいられなかった。それから、彼女の顔を両手で包み、キスした。長くゆっくりなキスをすると、彼女の味わいと感触が気持ちをなだめてくれた。

「やらなきゃならないことがある」ようやく唇を離し、言った。彼女をまっすぐベッドに運び、その体の熱い締めつけに自分を解き放ちたかったが、自制を失えば自分が自分でなくなってしまう。「起きて待ってなくていい。どれぐらい時間がかかるかわからないから」

彼女はブルーの目を不安で曇らせ、彼を見つめた。「行かないで」彼がなにをするつもりか知らないくせに、彼女はそう言った。彼女の直感が鋭いことはわかっていた。鋭いをとおりこしてべつの次元に達していた。到底知ることのできないことが、彼女にはわかるのだ。目を見つめ合ってどれぐらいの時間を過ごせば、たがいを隔てる境界線があいまいになるのか、彼女にはわかっているのだろうか？　いや、それはない。彼女はやはりこの世の人間だ——ちょっと気むずかしくて、ちょっとせっかちで、とてもセクシー——でも、ときどき行ってしまう。内にこもるのではなく、どこかべつの世界に。戻ってくると、いつもほんの少し輝いて見える。

どうしてそうなのかわからないが、彼女には思っていることを見抜かれる。彼女のなかに、彼の頭に通じる道ができているかのように。

「できるだけ早く帰る」彼は言い、もう一度キスした。「おれが戻るのを待つんだ。それまで、ＦＢＩのクソッタレの口車に乗るな。約束してくれ」

彼女は眉をひそめ、口を開きかけた。こっちの頼みを聞き入れてくれないで、あたしにばかり約束させるなんてひどい、と言いたいのだろう。彼はその口を指で封じ、おもしろそうに目尻にしわを寄せた。「わかってる。それでも約束してくれ」

彼女は目を細めて彼を見つめ、時計に視線を移した。「正確な時間を教えて。〝やることがある、どれぐらい時間がかかるかわからない〟なんてたわ言、とてもじゃないけど聞き入れられない。二時間？　五時間？」

「二十四時間」

「二十四時間？」

「正確な時間だ。さあ、約束しろ」二十四時間は口からでまかせではない。それぐらいは優に必要だ。「おれにとって大事なことなんだ。きみが安全であることの確証が欲しい」彼女は納得した。なぜなら、彼を愛しているから。彼女に愛されている、その非現実感が彼を揺さぶる。それでも、その正しさはまっすぐ彼の心の核心に触れた。

彼を愛しているから、アンディはしぶしぶ言った。「わかったわ、約束します」約束なんてしたくなかった。彼はもう一度キスして、部屋を出た。彼女がドアチェーンをし、デッドロックをかける音を聞き届けるまで、廊下に立っていた。エレベーターに乗り込んだときには、すでにいちばん大事な電話をかけていた。

「こちらサイモン」彼は言った。相手はスコッティだ。「頼みがある。おそらくこれが最後の頼みになる」

「なんでも言ってくれ」スコッティは即答した。娘が無事なのはひとえにサイモンのおかげだからだ。「最後であろうとなかろうと、こっちは関係ない。わたしはいつだってここにいて、きみの頼みを聞く」

彼が説明すると、スコッティは一分ほど考えてから言った。「わかった」

そっちが片づいたので、状況を細かく分析しはじめた。人を殺すために必要なものはふたつ。武器と機会だ。ほかにもいろいろ細かなことはあるが、どれも重要なふたつのカテゴリーのどちらかに入る。武器を手に入れるのは問題なかった。足がつかない武器、それもよい武器を手に入れるのは、充分な時間さえあれば簡単だが、あいにく彼の手元に〝時間〟はなかった。ふつうは細部を詰めるのに数日かける。今回はすばやくやらねばならない。それからアンディを連れ、出られるうちに国を出る。

それも頭にくることだった。自分の国を離れざるをえなくなることが。しかも、二度と戻れないかもしれない。すべてがうまくいけば、もしかしたら。だが、時がたたなければわからない。

サリナスが住むペントハウスの下のほうの階に借りていた部屋をそのままにしておけば、問題はなかったが、数カ月前に出てサンフランシスコに移った。それに、サリナスの日課を調べる時間もなかったから、どこかで会う段取りをつけるしかない。サリナスを引っ張り出すのは簡単だ。連絡をくれと向こうから再三言ってきていたからだ。どんなでかい仕事を依頼するつもりか、わからずじまいに終わるが、そんなことはどうだっていい。サリナス自身も見届けられないのだ。世界のどこかに、命拾いをする人間がいる。

　戸外で狙うのはリスクが高い。プラス面は天候で、まだ寒いからコートを着ていてもおかしくない。マイナス面は武器を持ち歩かねばならないことで、減音器《サプレッサー》をつければ長さも倍になりそれだけ目立つ。

　ほかにも面倒なことはある。拳銃を使う場合は標的にちかづかねばならず、サリナスはつねに手下に囲まれている。サプレッサーはその構造上、スライド（銃身を包む鉄のカバー）と銃身の噛み合わせがはずれるのを阻止するため、セミオートマチックが単発拳銃になってしまう。だが、標的にちかづいているため、サリナスの手下のひとりかふたりでも、銃撃に驚き慌ててもうまく機能できるよう訓練されていれば、反撃を食う可能性はある。その問題を克服できる最新のサプレッサーを使うか、べつのタイプの武器を使うしかない。

　発射音を抑えられれば、射撃手の居場所を特定するのはそれだけむずかしくなる。口径の小さなブローバック方式の固定銃身のものを使おう。そのほうがより効果的に減音できる。ハリウッド映画みたいに音を消せる拳銃にお目にかかったことはないが、通りの騒音が加わるから、すぐに銃声だとはだれもわからない。映画で耳にするような〝プスッ〟という音ともちがうし、減音されていない銃の鋭い銃声ともちがう。サリナスが倒れ、手下が彼を抱えあげれば、通行人はあたふたし、まわりを取り囲んで見物するか、じろじろ見ながらもそのまま通り過ぎるか。サリナスの手下どもは、狙撃者が通行人に紛れてそっと立ち去ろうとしていないか、あたりをきょろきょろ見まわすだろう。だが、彼はこそこそしない。彼らの目と鼻の先に留まる。見物人のなかに。

だが、それまでにやるべきことが山ほどあった。

昼過ぎに、ラファエル・サリナスがペントハウスのある建物から出て来た。いつものように七人の手下に取り囲まれている。車がエンジンをかけたまま通りに停まっていた。長い黒髪を細い革紐《かわひも》で縛った男がまず出て来て、四方八方に目を配った。通行人にも目をやっているが、注意はもっぱら車に向かっていた。疑わしいものはないとわかると、振り向くことなく小さくうなずいた。建物からさらに七人の男たちが出て来た。ラファエル・サリナスは六人の男たちの真んなかにいた。サリナスが建物のドアを出てまっすぐに車の開いたドアに向かえるよう、六人の男たちが体を張って人の流れをとめた。立ち止まる者もいたが、脇をすり抜けようとする者、「邪魔だ！」と怒鳴る者もいたが、ことごとく無視された。杖を突いた腰の曲がった老人がちょっとよろめいた。

バスがちかづいてきたので、ディーゼルエンジンの轟音《ごうおん》にかき消され、〝ポン〟という音はほとんど聞こえなかった。ラファエル・サリナスがよろっとし、自分を支えようとするように手を伸ばした。すぐにまた〝ポン〟という音がして、通行人の何人かがなんの音だろうかとあたりを見まわした。サリナスが倒れ、喉から血が噴き出した。

建物から最初に出て来た男が異変に気づき、踵《きびす》を返した。ジャケットから現われた手には
セミオートマチック拳銃が握られていた。

ポン。

男は胸を真っ赤に染め、車のほうによろめいた。だらんとなった手から拳銃が落ち、歩道に当たってくるくるまわった。人びとはなにかあったことに気づき、単発的な悲鳴が空気を切り裂いた。通行人が右往左往しはじめる。杖を突いた老人が押され、サリナスの車の背後に尻餅をついた。体半分は歩道に、半分は車道にはみ出し、伸ばした手の先数メートルに杖が転がった。しわ深い顔に驚愕の表情を浮かべ、杖に向かって這《は》い進もうとしたが、じきに力尽きて大の字になった。

「あそこだ！　行け！」手下のひとりが通りの先を指差した。若い男が通行人をかき分け、走り去ろうとしていた。手下のふたりがあとを追う。いまでは全員が拳銃を抜いており、ただやみくもに銃口をあっちに向け、こっちに向けしていた。ラファエル・サリナスを守ろうとするように取り囲んではいるが、無駄だとわかっていることが目の表情に表われていた。サリナスの喉から噴き出していた血がとまった。最初の銃弾が彼を引き裂いてから、心臓はほんの数度脈打っただけだった。二発目は、サリナスが不意に前のめりになったので、心臓

をはずれ喉に当たった。

老人はなんとか膝を突こうとしていた。「わたしの杖」ぶつぶつ言いつづける。「わたしの杖」

「ほら、てめえの杖だ」手下のひとりが言い、杖を彼のほうに蹴《け》った。「さっさと行きやがれ、耄碌《もうろく》じじい」

老人は手袋をした手を震わせながら杖をつかみ、やっとのことで立ちあがった。隣りに駐車している車までよたよたと歩き、立ち止まってあたりを見まわす。なにが起きたのかさっぱりわからないと言いたげに。「どうかしたのか？」何度も尋ねる。「どうかしたのか？」

だれも彼に注意を向けなかった。ニューヨーク市警のパトカーがサイレンを鳴らし、車の流れに逆行してやってくる。老人は人込みを押し分け、やってきた方向に戻っていった。十五分後、制服警官が凶器を発見した。サプレッサー付きの拳銃が、ラファエル・サリナスの車の下に転がっていたのだ。

サイモンはアンディの携帯電話にかけた。「荷物をまとめろ」早口に言う。「街を出る」

「出るって？　でも――」

「サリナスは死んだ。ここに留まる理由はない。さあ、荷造りしろ。すばやく動かなければならない」

　アンディは茫然と携帯電話を閉じた。ラファエルが死んだ。

　彼女は馬鹿ではない。いちいち説明してもらわなくてもいい。恐怖に体が竦む。サイモンがなにをやったのかわかっていた。化粧品を集めてスーツケースに入れる。荷物を解いてなかったから、たった十分で支度が終わった。

　三十分後、サイモンが現われた。厳しい表情を見て、彼女は質問を呑み込んだ。スーツケースをもつ彼に無言で従う。彼女の目にも厳しい表情が浮かんでいた。

　二時間後、ニュージャージー州の小さな民間飛行場から飛び立った。操縦席にはサイモンが座った。アンディは小型機に乗るのがはじめてだし、好きになれなかった。体を強張らせ、シートの端を必死でつかんだ。そうしていれば飛行機が落ちない気がして。窓に射す午後の太陽は二時の方角に見える。つまり南西に向かっているのだ。

　墜落もせずに時間がたってゆくと、恐怖もだんだんに薄れ、麻痺《まひ》していた感覚が戻ってきた。なんとか言葉を口にする。「あたしたち、どこに行くの？」

「メキシコ。できるだけ早く」

　彼の無表情な横顔を見つめながら、その言葉を頭に取り込む。彼は怒っているわけではないが、自分を閉ざしていた。彼に届かない無力さを感じる。「パスポートをもってない」

「いや、もってる。おれのバッグのなかだ」

沈黙がまた訪れた。給油のために着陸せざるをえなくなったときにも、彼女は沈黙を乗り越えられなかった。これまでの生活には終止符が打たれ、きっともう後戻りはできないのだろう。サイモンは殺人罪で指名手配される。どんなことがあっても、彼を裁判にかけさせるわけにはいかない。彼女のためにしたことだ。これ以上彼に犠牲を払わせてはならない。自由な時間を失わせてはならない。なにがあっても。

なにがあっても、ぜったいに。


「信じられないかもしれないが」技術者が言い、椅子の上で体をねじった。「あのカメラは作動していない」

「なんだって?」ジャクソンは怪訝な顔を彼に向けた。怒りに駆られ髪が逆立つのを感じた。「つまり、この街にごまんとあるカメラのなかで、よりによっていちばん必要なカメラが作動していなかったのに、だれも気づかなかったということか? 画面になにも映ってないことに、気づかないなんてことがありうるのか?」

「なにも映ってないわけじゃないから」技術者は不機嫌に言い、彼を睨み返した。「それ以上怒鳴らないでくれ」キーボードに体を戻してすばやくコマンドを打ち込んだ。「ほら、こっちに来て自分の目で見てみろ」画面を指差す。どんな目的があるのか知らないが、白黒の人間たちが無言でパレードしている。

ジャクソンは苛立つ気持ちを懸命に抑えた。この男を怒らせてもなにもならない。それより我慢ならないのは、サリナスを殺したのがだれであれ、パレードをして讃えられるべきだと思っている自分がいることだ。これを個人的聖戦にするつもりはないが、捜査はしなければならない。「あのカメラか？」

「そうだ」

「作動しているように見えるが」ジャクソンは言ったが、やっと気づかれるぐらいの皮肉を込めずにいられなかった。

「注意して見てないからだ、スペシャル・エージェント」技術者もジャクソンに負けず劣らず皮肉がきつい。「オーケー、ここだ。あの男がブリーフケースを落としただろ？」画面を戻してもう一度流した。ブリーフケースを抱えた恰幅のよいビジネスマンが、飲み物をこぼさないようにもちつつホットドッグを食べながら、ペースを乱すことなく歩いてゆく。それがうまくいかなくなると、ビジネスマンは飲み物とホットドッグは死守して、ブリーフケースを足元に落とした。ブリーフケースが歩道を滑る。

「たしかに見た。それがどうかしたか？」

「目を離さないで。早送りしてやるから」

技術者がキーを打つと、画面の人びとがアリのようにすばやく動きまわった。十秒後、彼が別のキーを叩き、ふつうの動きに戻った。さらに数秒後、恰幅のいいビジネスマンがブリーフケースを犠牲にする場面が映し出された。

「クソッ」ジャクソンは言った。「クソッ！　エンドレスじゃないか！」

「そのとおり、エンドレス。何者かがシステムに侵入し、エンドレステープが流れるように細工した。そいつがだれであれ、とても優秀だ。言えるのはそれだけ」

「協力に感謝する」コットンが静かに言い、意味深な視線をジャクソンに向けた。「ミスター——？」

「ジェンセン。スコット・ジェンセン」

「ミスター・ジェンセン。ほかに疑問が生じたらまた連絡するが、おたくも管理上の問題を解決する必要がありそうだな」

スコット・ジェンセンが険しい口調で言う。「そのとおり」それからさっさとキーボードに向かった。

コットンがこの問題をそれ以上追及しないことに、ジャクソンは驚いたが表情には出さなかった。黙って車に戻るころには、苛立ちは姿を消し、考え込む表情が浮かんでいた。

彼はとんでもないことを考えていた――まったくもってとんでもないことを。彼が知っているリック・コットンは、何事も規則どおり、これほど誠実な男もいない。確証はないし、疑いを口にすれば局内の笑い者になるだろう。すべては彼の直感によるもので、その直感が叫んでいた。

そのときは、なにも言わなかった。フェデラル・プラザに戻っても無言でとおし、予想される動きを詳しく検討した。頭のなかで細部を繰り返し思い浮かべ、順を追って目にした微妙な表情を思い返してみた。すべてが当てはまる。立証はできない――立証したいのかどうかもわからないし、立証されたとして、それに沿って動くつもりかどうかもわからない――が、なにが起きたのかわかった。直感的にそうだとわかった。

それはコットンもおなじだ。

終業時間になるまで待った。コットンは妻の待つわが家に帰り、ジャクソンはそとで食事をし、周囲の光や絶え間ない動きに注意を払いながら、少し散歩した。いつだって角を曲がった先になにかあたらしい発見がある、ちがうか――人でもものでも。人はとくにそうだ。

結論に達したので、ポケットから携帯電話を取り出して、番号を押した。コットンの声が聞こえると、ジャクソンは言った。「彼がやった、そうでしょう？　彼がやることを、あなたはわかっていた」

コットンはしばらく黙っていてから、穏やかな口調で尋ねた。「なんの話をしてるのかな？」

ジャクソンはそれ以上なにも言いたくなくて、電話を切った。ポケットに手を突っ込んで散歩をつづけた。夜気は冷たさを増していたが、もうしばらく歩きたかった。

なによりも、決断を下さねばならない。言うつもりか？　頭のなかに即座に浮かんだ答はきっぱりとしていた。「まさか、言わない」立証できることはなにひとつない。そうしたくても、できない。そもそも、したくない。

サリナスを殺した男には、パレードがふさわしい。捜査ではなく。彼は愛する女を守るためにやった。そこには崇高なものがあるんじゃないか？　ドレアとの会見に邪魔が入ったとき、コットンは即座に感じ取り、直感に従い、計画が実行に移されるよう仕向けた。ＦＢＩが彼女を餌に使うつもりだとほのめかすことによって。でたらめもいいところだ。彼女を餌に使うなんて選択肢があるわけないことは、ジャクソンもよく承知していた。彼女を利用してサリナスを起訴にもちこむ唯一の方法は、彼が怒りにわれを忘れて彼女を殺す現場をおさえることだ――バルコニーの男にはそれがわかっていた。彼女を愛しているから危険に曝すことはできない。そこで自分の手で決着をつけることにしたのだ。

あの男にそれだけのことができると、コットンはどうしてわかったのだろう？　巧妙に練られた計画だったが、それを実行に移すとなると、よほどの肝っ玉が、それもチタン製のやつが必要だ。男の名前もなにも知らない。照合しようにも指紋を取ってないし、あのクソ野郎が撃ち殺された近辺にあの男がいたことを証明するための顔分析もできない。だが、コットンは、ごく短時間の会見であの男を見抜き、数秒のうちに〝人間武器〟の照準をラファエル・サリナスに定めた。

あの一瞬、リック・コットンは能力以上の働きをしたのだ。ジャクソンとしては、頭のなかで敬礼するしかない。「お見事」夜に向かってつぶやいた。

その晩、リック・コットンはぐっすり眠った。平々凡々と勤めた長い仕事人生にもうじき終止符を打つが、今度だけは、自分の限界を超える働きをした。そのことに満足していた。そのうえ、捜査を意図的に終わらせた。幸せになるに値するふたりだ。なんとしても幸せをつかませてやりたかった。

ときに法律と正義のあいだにはずれがあり、ときに正義《ジャスティス》が法律《ロー》の枠をはずれることもある。その証拠に、彼が勤務している司法省は〝デパートメント・オブ・ロー〟とは呼ばれず、〝デパートメント・オブ・ジャスティス〟と呼ばれている。そんなことを、眠りに落ちる直前に考えた。

この数日は緊張の連続だった。たがいにどう振る舞っていいかわからないみたいに。たぶんわかっていないのだ、とアンディは思った。ある意味では、ふたりは深いところで結ばれている。出会いが劇的で情熱的だったし、深い悲しみに彩られていた。もっと日常的なところで言えば、たがいに知らないことがあまりに多すぎた。それを埋めるのは時間だけだ。いまのところは、彼女の感覚だと、部屋の真んなかに巨大な象がいて、そのまわりを用心しながら歩きまわっているみたいだ。そのことに触れず、認めず、避けようとして部屋を出て行ったりもするけれど、そこに象がいることに変わりはない。

彼がなにを考えて、なにを感じているのかわからなかった。彼はもともと打ち解けないタイプだ——なんとまあ控え目な言い方——それが、ニューヨークを離れて以来、感情面で壁を張りめぐらし内にこもってしまった。彼のそばにいながら触れることができないのは辛かった。でも、彼と離れているほうがもっと辛い。彼の肉体に触れることはできても、ふたりのあいだに彼が築いた感情の壁が、ペントハウスでのあの午後を思い出させる。必死で彼に触れようとしたのに、背中を向けられたあの午後を。

彼のことを前よりはわかっているし、恐れる必要がないこともわかっている——実際にはまったくその逆だ。なにがあろうと、この男はためらうことなく、彼女と危険とのあいだに立ちふさがるにちがいない。

ある日の午後、彼はドア枠に肩をもたせ、長いことじっと海を眺めていた。その姿に、胸が痛くなった。彼はあまりにも孤独だ。彼女を守るため、すべての危険をひとりで引き受け、そうしてすべての危険を取り除いたのに、彼女から距離を置いている。二度と殺しをしないと自分に誓ったのに、殺さざるをえなくなったことで、彼女を責めているの？

あの喜びに溢れた完璧な場所に戻れなくなり、息子に二度と会えなくなるようなことを、せざるをえなくなったら、どんな気持ちになるだろう。ひとりぼっちで、努力してなんになると苦々しい思いを抱えるだろう。サイモンがいま抱えているのもそんな思いなの？

彼の背中を見つめ、気分を読み取ろうとした。彼についてなにかを感じ取ろうとした。でも、彼女が自分自身に心を閉ざすように、彼は彼女に心を閉ざしていた。心の扉を閉めきっているのだ。彼の将来を見通すことができない。それは自分の将来についてもおなじだ。

逆光だから表情はわからないが、光に取り囲まれているから白の薄いシャツが透き通り、引きしまった筋肉質の体の輪郭がはっきりと見えた。じっと見つめていると頭から血が引いてゆき、体が揺れてまわりの景色がゆっくりと薄らぎ、そこにあるのは彼と光だけになった。

あのとき、死と彼女のあいだに彼は立っていた。彼の苦痛と愛が楯《たて》となって彼女を守り、物事が彼女の有利に運ぶようなシグナルが発せられたのだ、きっと。彼女はあのとき、愛し、愛された。わが子への愛が、彼女にもう一度チャンスを与えるかどうかの決定の、最大の要因になった。でも、彼女へのサイモンの愛もそこに加算されたにちがいない。

ふたりは結びついている。彼女がすることは彼に影響を与え、彼のすることは彼女に影響を与える。彼に恋したのは、はじめて過ごしたあの午後だったのか、と尋ねられれば、答はきっぱりと〝ノー〟だ。でも、それより前からふたりのつながりを感じていて、だから彼をあれほど恐れたのだ。理解を超えた分子レベルで、彼がだれだかわかっていたし、もう一度人を愛するチャンスをつかませようとするだろうとわかっていた。もし彼がそうしなかったら、彼女はいまここにいただろうか？　彼女が心に抱える感情の荒野を消し去るのに充分な愛がなかったということだろうか？

逆に言えば、彼を愛することで、彼を守れるの？　彼がそうしてくれたように。彼は愛し、愛されている。そのことで彼の人生はどれぐらい変わるのだろう。いまだってすでに、大きく変わっている。でも、愛は攻撃的な地被植物で、どんどん広がって場所を取り、雑草を窒息させる。彼は愛ゆえに、金で雇われて殺すことをやめた。愛ゆえに、彼女に心を開き、世の中と自分を隔てる鉄の楯のなかに彼女を入れようと努力している――それがどんなに大変な努力か、彼女にはわかっていた。彼にとってはひとりでいるほうが楽だ。それでも彼女のためなら、安全なその領域から踏み出し、残りの人生を無防備な姿で生きてくれるだろう。

彼女のためなら、また人を殺すこともいとわない。そのつけを払うのが彼女ではなく自分であるかぎり、きちんとつけを払うだろう。

なんの音もたてなかったつもりだ。喘いだり、すすり泣いたりしていない。彼女が背後にいることを、むろん彼は知っている。忍び足で歩いたわけではないし、家は狭かった。とても狭いから、彼女がどこにいようが彼にはわかる。でも、彼女の周波数に自分を合わせているから、不意に振り向いた。彼女をうろたえさせる原因を突き止めたらすぐに行動に移れるよう、全身の筋肉を緊張させて臨戦態勢だ。彼女が真っ青な顔で揺れているのを見ると、数歩でそばまで来て、力強い腕に包み込んだ。

「どうした？　気分が悪いのか？」そう言いながら、彼女を胸に抱きあげた。ふたりのあいだに距離はなく、氷のようにもなる黒い目によそよそしさはなかった。

「いいえ、大丈夫」彼女は言い、腕を彼の首にまわして抱き寄せ、自分からも寄り添った。ふたつの動作はひとつに見えるかもしれないが、意図するものはまったくちがう。「愛してる、サイモン・グッドナイト。サイモン・スミス。サイモン・ジョーンズ。サイモン・ブラウン。サイモン・ジョンソン。あなたの苗字がなんであろうと、あなたを愛してる」

体にまわされた彼の腕が引きしまり、彼のなかでなにかがほぐれた。重荷のようなものがいくらか軽くなった。「なんであろうと？　本名がクラレンスかホーマーかパーシーでも？」

「そうね、だったら考え直したほうがいいのかも」彼女はすぐさま言って彼をからかった。小さな笑みが返ってきて、報われた。

「クロス」あまりにもさりげない言い方だったから、その言葉の重大さにすぐには気づかなかった。

「クロス？　それが本名？　ほんとうに？」

「ほんとうに」

彼の肩に頬を擦《こす》りつけた。「ありがとう」本名を告げるという単純な行為に込められた信頼は、とてつもなく大きなものだから。「もうおろしてもいいわよ。どこもなんともないんだから」

「いまにも気を失いそうに見えた」

「いいえ。それがどんなものかわかってるでしょ？　人をものすごく愛してて、あまりにも愛しすぎていて、ときどき抑えるのが大変になることが。それだったの」彼の顎の下に唇を押しつけ、彼の匂いを愛で、肌の冷たい表面のすぐ下の命のぬくもりの感触を愛でた。

彼は脚を抱えていた腕をゆるめ、彼女の足が床に着くまで滑らせたが、すぐに腕の位置を変えて抱き寄せ、うつむいてキスした。アンディはつま先立って迎え、彼の首にまわした腕に力をこめ、襟の下に手を差し入れた。彼の勃起したものに押されて、興奮と期待の熱い塊がお腹の奥でうごめいた。ここに着いたときから、一緒に眠っていたが、彼は愛を交わそうとしなかったし、ふたりを隔てる溝を埋めて彼に触れることが、アンディにはできるとは思えなかった。

でも、いまならできる。彼はここに、腕のなかにいる。両手を首から胸へ、腹へと滑らせ、ズボンのジッパーをおろし、猛々しくなっているものを見つけた。嬉しくてハミングしながら両手で包み込むと、彼が喉の奥から声を絞り出した。それが彼女をゾクッとさせる。

彼がすばやく動いて腕に抱きあげたので、ペニスを包む手が離れた。「ベッド、それともソファー?」彼が尋ねた。

「ベッド」もちろん、ベッド。彼にしてあげたいことをするには、場所がいるもの。

彼は日当たりのいい小さなベッドルームに彼女を運び、部屋いっぱいに置かれた大きなベッドに彼女を落とした。彼女は弾みながらジーンズを脱ごうとして、笑いだした。彼はシャツを脱ぎ、ジーンズから足を抜いた。それで完了だから、彼女が残りの服を脱ぐのに手を貸した。

といってもたいした数はない。重ね着するには暑すぎる。ジーンズと下着、それにルーズなタンクトップ、それ以上は着ていられない。彼はタンクトップを頭から脱がせ、両方の乳房を包み込んだ。「なんてきれいなんだ」つぶやきながら、親指で乳首を撫でて硬く色づかせた。

頭のてっぺんからつま先まで舐めまわしたいと言いたげな彼の表情が、あたしのどこもかしこもきれいなんだ、と思わせてくれた。自分をきれいだと思ったことはなかった。鏡はきれいだと言ってくれても。たまに百万ドルに見えることもあったが、中身はなんの価値もないとわかっていた。でも、サイモンに触れられて、扱いのやさしさを感じると、理屈ぬきで自分は貴重なんだと思え、だから――だからこそ――自分はきれいだと思えた。

彼がおおいかぶさってきて脚を開かせ、腿が作るV字に重い体を休めた。彼女は満足のため息をつく。前戯を楽しみたい気持ちもあるけれど、彼の性急さも嬉しい。圧力が加わって押し広げられる。まだ準備ができていない体に、彼がゆっくりと入ってくる。彼の体を包む両脚が震える。力を込めて体を彼のほうにもちあげ、深く受け入れた。

魔法。彼と愛を交わすのは魔法だ。はじめてのときからそうだった。体が応えて、歓びに、骨までとろけるような丸ごとの歓びに空高く駆けあがる。だって、ちがうから――セックスでもファックでもない、愛を交わすことだから。自衛のメカニズムが働きをやめて彼女を解き放ち、彼と一緒にいる、そのことだけに没頭する。

いまもそうだった。準備がまだだったのに一気にオルガスムへと駆けあがり、そのあまりの速さに、彼がしっかりと抱きしめていてくれなかったらきりもみ降下していただろう。頭がはっきりし、すっかり満足して体をゆるめると、お返しをした。彼が体を強張らせ震え、悦楽にすべてを解き放つあいだ、両腕と両脚でしっかり抱き留めていた。

ふたりでまどろみに沈んだ。目が覚めると、後始末が待っていた。コンドームを使わなかったから大変なことになっていた。たいていの男は、ゴムをかぶせずにすることを単純に歓ぶが、サイモンはたいていの男ではない。もしかして、子供が欲しいと思っているのだろうか。心が締めつけられる。けっしてやわらぐことのない痛みが、けっして消え去ることのない痛みがそこにあった。

「あたし、子供は産めないの」彼女は静寂のなかに言葉を投げ、腕で顔をおおった。彼の顔に失望がよぎるのを見たくなかったから。

「おれも」彼が静かに言った。

困惑してしばらく動けなかった。聞き間違いだったのかも。動けるようになると、腕の下から覗いてみた。じっとこっちを見る彼の目に浮かんでいるのは、安堵だろうか。「なんですって?」

「数年前にパイプカットをした。おれの遺伝子は受け継がれていく必要のないものだと思ったからな」

彼の言うとおりなのだろう。そう思ったら涙が溢れた。クソッタレ。この男は、こうもやすやすとあたしを泣かせる。でも、たいしたものだ。状況を冷静に分析し、自分の子孫から世界を守るための手段を講じた。遺伝子の特別な組み合わせが、彼をここまで危険な存在にしている。でも、冷静な思考がなければ、ここまで自分を制御できない。

「あ、あたしは、十五のときに子宮摘出手術を受けたの」しゃっくりするのと、泣くのと、話すのをいっしょくたにやった。起きあがってバスルームに行き、ティッシュで鼻をかんだ。ついでにほかの部分もきれいにし、タオルを濡らして彼にもっていった。

「あたしの遺伝子だって自慢できたものじゃないけど」鼻をすすりながら言った。「あたしの気を惹くには奇跡が必要だけど、いつもいつも奇跡をあてにはできませんからね」

「一生に一度でいいさ」彼が皮肉めいた笑みをくれる。「おれはすでに自分の分を使ってしまった……きみに対して」

また彼に寄り添い、頭を肩にあずけ、胸に手を置いた。力強いリズムを刻む鼓動を手に感じ、気分がよくなった。守られている気がした。彼がそばにいればいつだって気分がいい。ふたりの絆《きずな》が彼女を強くする。彼がくれる力の半分でもお返しができればいいのに。彼女は恩恵を受けるばかりで、彼はひたすら与えつづけ、報われないなんて不公平だ。

「多くは望まない」彼がつぶやき、彼女の髪を撫でながら天井を見あげた。「けっきょくのところは。罪の購いに必要なのが深い後悔だとしたら、おれには無理だ。それができるとは思えない。おれが差し出せるのは……復讐と、それに天罰。おれが差し出せるのは、束縛——きみが脅威に感じない程度の。それから、すべてをご破算にすること。でも、深い後悔を感じることはない。世の中には殺されて当然の人間がいて、おれは仕事をやってきたまでのことだ。だから……きみとのこういう暮らしが、おれの手に入るすべてだ。でも、充分だよ、スウィートハート。これで充分だ」

忌々しいことにまた涙が溢れた。ほほえみを浮かべ、涙で霞《かす》む目で彼を見つめ、身を乗り出してキスした。指の下で彼の心臓が力強く脈打っている。手を広げて、生気に溢れたリズミカルな鼓動に手のひらをあてがう。「あなたの人生はまんざらでもないわよ。内部情報によれば、いい人生を送る」

ふたりのまえには長い道がある。不意に目のまえにそれが見えた。長くつづく道が。時が経過してゆくのを感じる。特別なこともなく、この先何年も、何年も、ずっと。ふたりには時間があるし、いつもふたりは一緒だ。

訳者あとがき

リンダ・ハワードの最新作をお送りする。原題は〝Death Angel〟、メタルロックのバンド（実在します）とか暴走族の名にぴったりなハードでダークな題名。内容もハードでダーク、〝死〟と〝再生〟の物語だ。

ドレア・ルソーは、麻薬取引で富と力をえたギャングのボス、ラファエル・サリナスの愛人になって二年。「カールしたブロンドの髪といい、大きなブルーの目といい、鈴の音のような笑い声といい、おまえは天使を思わせる」とラファエルは言う。ショッピングとネールサロンとヘアサロンに通うのが唯一の楽しみ、自分を飾ることにしか興味のない、頭が空っぽでお人よしで、男にとって都合のよい女、とラファエルは思っている。だが、それはうわべにすぎない。欲しいものを手に入れるため、セックスと手練手管、化粧と香水を武器に男を騙し、うそ泣き以外で涙を流したことのない、計算ずくのしたたかな女、それがほんとうの彼女だ。三十を過ぎたし、女の盛りは短い。いずれラファエルに飽きられる。そのときのために手は打ってあった。彼が上機嫌のときに買ってくれる宝石を、こっそり持ち出して精巧な贋物《にせもの》を作り、本物は銀行の貸し金庫にせっせと蓄えてきた。ラファエルに捨てられたら、それをいただいて出てゆくつもりだった。

だが、そんな〝生活設計〟が崩れ去る事態が起きる。ラファエルが商売敵を始末するのに雇っている暗殺者が、ひと仕事終えて報告のためやってきた。報酬に十万ドルのボーナスを上乗せしてやる、というラファエルの申し出に、暗殺者は、なんと、金ではなくドレアが欲しい、と言い出したのだ。一度だけ彼女を抱かせろ、と。所有欲の塊のラファエルがそんな要求を呑むわけがない、とドレアは思ったが、ラファエルは、〝自分の女〟と、暗殺者が提供する〝サービス〟を秤《はかり》にかけ、後者が重いと結論づけた。ドレアにとって暗殺者は、虫唾が走る相手、「瞬きしないその目で……正体を知る人間を視線で抹殺する練習でもしているのだろうか」と思うほど恐ろしい相手だった。

否も応もなく暗殺者とふたりきりにされて四時間。それがドレアの人生を変えた。ラファエルの愛人のままではいられない。二百十万ドルをラファエルの口座から自分の口座に振替え、貸し金庫に預けておいた宝石を持って逃げた。最初は敵対するギャングにさらわれたのかと、柄にもなくドレアの身を案じたラファエルだったが、まんまとしてやられたとわかると逆上し、二百万ドルの報酬で彼女を消せ、と暗殺者に命じる。

死に物狂いで逃げるドレアを、ネズミをいたぶる猫のように追い詰める暗殺者。そして悲劇は起きる……。ここまでは序章だ。自分以外の人間をけっして信用せず、感情的なかかわりをもたない男と女。不毛の闇を心に抱える男と女が、死を通して愛に目覚めてゆく〝再生の物語〟、それが本編だ。

〝ロマンティック・サスペンスの女王〟と呼ばれて久しいリンダ・ハワードが、久方ぶりに放つ、サスペンスよりもロマンス色の濃い作品、女と男の心のありようをじっくりと描いた作品だ。『悲しみにさようなら』のディアスを思い出させる寡黙なヒーローが、ぽつりと洩らす愛の言葉に胸がキュンとなる。

最近になって、リンダのバイオグラフィーに誕生日が記されるようになった。孫が三人もいるし、いまさら歳を気にしてもね、という気分になったからだろうか。一九五〇年八月三日生まれ、寅年の獅子座というのがいかにもリンダらしい。もっぱら自分の楽しみのために書きつづけていた小説を、ありったけの勇気を掻き集めて出版社に送ったときには、「赤ちゃんを裸のまま郵便ポストに放り込んだような気分」で、連絡を待つ間、食事も喉を通らず体重が五キロも減ってしまったそうだ。以来三十年ちかく、けっしてマンネリに陥らず、つねにあたらしい分野に題材を求め、魅力的なヒロインを生み出しつづけるバイタリティには頭がさがる。『チアガール ブルース』や『パーティーガール』のような、思いきりハッピーで読者をゲラゲラ笑わせる作品もうまいし、『心閉ざされて』や『悲しみにさようなら』のような情感たっぷりの泣かせる作品もうまい。ウェスタンも書くし、ジョン・マディーナを主役にしたスパイものだって手堅くまとめる。まさにオールラウンド・プレーヤーで、つぎはどんな変化球を繰り出してくるのか、わくわくしながら待っている読者も多いのではないだろうか。

これまで年一冊のペース（ハーレクインは除いて）だったのが、今年は二冊、七月に〝*Burn*〟が、十一月に〝*Ice*〟が出版されるそうだ。還暦を来年に控えても元気いっぱいなリンダ。プロデビューが一九八〇年だから、来年はデビュー三十周年！

ますます目が離せません！

二〇〇九年六月

23 ザ・ミステリ・コレクション

天使《てんし》は涙《なみだ》を流《なが》さない

著者　リンダ・ハワード
訳者　加藤洋子《かとうようこ》

発行所　株式会社 二見書房
東京都千代田区三崎町2－18－11
電話 03(3515)2311［営業］
03(3515)2313［編集］
振替 00170－4－2639

印刷　株式会社 堀内印刷所
製本　合資会社 村上製本所

落丁・乱丁本はお取り替えいたします。
定価は、カバーに表示してあります。

ISBN978－4－576－09083－2
http://www.futami.co.jp/

氷に閉ざされて
リンダ・ハワード
加藤洋子［訳］

一機の飛行機がアイダホの雪山に不時着した。乗客の若き未亡人とパイロットのジャスティスは、何者かの陰謀ではないかと感じはじめるが…傑作アドベンチャーロマンス！

夜を抱きしめて
リンダ・ハワード
加藤洋子［訳］

山奥の平和な寒村に住む若き未亡人に突如襲いかかる恐怖。彼女を救ったのは心やさしいが謎めいた村人の男だった。夜のとばりのなかで男と女は愛に目覚める！

チアガール ブルース
リンダ・ハワード
加藤洋子［訳］

殺人事件の目撃者として、命を狙われるはめになったブロンド美女ブレア。しかも担当刑事が、かつて振られた因縁の相手だなんて…!? 抱腹絶倒の話題作！

ゴージャス ナイト
リンダ・ハワード
加藤洋子［訳］

絵に描いたようなブロンド美女だが、外見より賢く計算高く芯の強いブレア。結婚式を控えた彼女に、ふたたび危険が迫る！待望の「チアガール ブルース」続編

未来からの恋人
リンダ・ハワード
加藤洋子［訳］

20年前に埋められたタイムカプセルが盗まれた夜、弁護士が何者かに殺され、運命の男と女がめぐり逢う。時を超えた二人の愛のゆくえは？ 女王リンダ・ハワードの新境地

くちづけは眠りの中で
リンダ・ハワード
加藤洋子［訳］

パリで起きた元CIAエージェントの一家殺害事件。復讐に燃える女暗殺者と、彼女を追う凄腕のスパイ。危険なゲームの先に待ち受ける致命的な誤算とは!?